FLOSSETTE

TRADUIT DE

MISS AGNÈS GIBERNE

PAR

Mˡˡᵉ MARIE TABARIÉ

12929

PARIS

J. BONHOURE ET Cⁱᵉ, ÉDITEURS

48, RUE DE LILLE, 48

—

1877

FLOSSETTE

I

EN ATTENDANT GÉRALD.

« Je voudrais bien que les grandes personnes ne prissent jamais un air grave », soupira Flora Hamilton.

Un feu brillant était allumé dans le petit salon, car on était à la fin de février. Auprès de la cheminée, sur un canapé moelleux qu'éclairait la flamme des tisons, une petite fille était couchée, appuyant la tête sur des coussins qu'elle avait empilés pour être plus à l'aise. Derrière elle le bureau de Gérald Hamilton, couvert de papiers et de livres, sur lequel on voyait encore une belle poupée habillée de rose à côté des plumes et de l'encrier. L'enfant, qui

1

Mlle MARIE TABARIÉ

ROSSETTE

PARIS
I. BONHOURE ET Cie, ÉDITEURS
48, RUE DE LILLE, 48

J. BONHOURE ET Cie, LIBRAIRES-ÉDITEURS

48, RUE DE LILLE, PARIS

TRADUCTIONS DE Mlle MARIE TABARIÉ :

Enfant (un) **de cœur**. Imité de l'anglais. In-12............ 3 »

Frank. Souvenirs d'une vie heureuse. Traduit de Mme PEARSALL SMITH. 3e édition avec portrait. In-12... 2

Calme (le) **après l'orage**. Nouvelle, traduite de R. L. GREY, par Mme DUSSAUD-ROMAN. In-12.,........ .... 3 »

Colporteur (le). Traduit de Lady A. KEPPEL, par F. M. In-12. 2 50

Équipage (l') **du Dauphin**, par HESBA STRETTON. Traduit par Mme ÉLISABETH DELAUNEY. In-12.............. 2 50

Fleur (une) **dans le désert**, par Mlle LYDIE AUSSET....... 2 50

Germaine. Récit du Jura, par Mme MATTHEY-AMIGUET. In-12. 3 50

Glaucia, l'esclave grecque. Scènes du premier siècle, à Rome et à Athènes. Traduit par P.-M. MAILLARD. In-12.......... 2 50

Idée (l') **de Jeannette**, par Mlle LYDIA BRANCHU. In-12..... 2 50

Madame Fontenoy, par l'auteur de *Mademoiselle Mori*. Traduit par ADRIENNE FRÈNES. In-12.................... 3 »

Marcelle, ou les préludes de la Révolution française, traduit librement de l'anglais par Mme ARBOUSSE-BASTIDE. Un fort vol. in-12.;...................... ,.............. 3 50

Mas-d'Azil (le). Nouvelle historique, traduite de EBRARD, par CHAPTAL. In-12. ,.,,............,.,,..... 3 »

Mon Frère et moi. Souvenirs de jeunesse, accompagnés de poésies d'EUGÈNE BERTHOUD, par Mme PICANON (Henriette Berthoud). In-12.,................,..... 2 »

Secret (le) **de Silvio**, par Mme ABRIC-ENCONTRE. In-12...... 3 »

Serviteurs (les) **du Roi des rois**, par HESBA STRETTON. Traduit par Mme ÉLISABETH DELAUNEY. In-12............. 3 »

Sept Cousins. Traduit de MISS ALCOTT par Mme RÉMY. In-12. 3 »

Travail. Traduit de MISS ALCOTT par Mme RÉMY. In-12.... 3 50

Triomphe (le) **de Marie**. In-12.............. ....,.. 2 50

Veillées (les) **à la Ferme**. Récits populaires sur la littérature française, par A. MASSÉ. In-12.................. 2 »

Veillées (les) **en Famille**. Histoires par VICTOR LAMY. In-12. 2 »

Vies (les) **brisées**, par A. G. BOUTELLEAU. In-12.......... 2 50

Imprimerie D. BARDIN, à Saint-Germain.

paraissait avoir douze ans et qui était la petite sœur de Gérald, contemplait de ses yeux noirs le foyer incandescent, avec une expression pensive et même triste qui ne semblait pas devoir être habituelle à son jeune visage.

« Si Gérald avait des raisons pour être malheureux, passe encore, continua-t-elle. S'il avait comme moi, par exemple, des devoirs à faire pour mademoiselle Alice, devoirs qui ne veulent jamais être bien, malgré tout le temps que j'y passe, je pourrais comprendre qu'il fût triste. Anne me dit quelquefois qu'il est « tourmenté » ; mais je ne vois pas au monde ce qui peut tourmenter Gérald. Elle me tourmente bien souvent, elle aussi, mais cela ne me donne pas l'air triste, au moins pas pour plus d'une minute. Et Gérald n'est jamais obligé de raccommoder ses gants, de faire des boutonnières, ou d'aller se coucher de bonne heure. Il peut toujours faire tout ce qu'il veut, excepté, cela va sans dire, si c'était quelque chose de mal. Mais, bien sûr, Gérald n'a jamais envie de rien faire de mal. »

Flora se redressa un instant, se blottit dans l'autre coin du vaste canapé, puis continua sa méditation en contemplant le plafond :

« Que c'est drôle de voir les ombres danser là-haut et devenir tantôt petites, tantôt grandes! Je voudrais savoir comment cela se fait. Gérald me l'expliquera bien si je le lui demande. Que c'est bon d'avoir un frère comme le mien ! Naturellement il y a un grand nombre de frères dans le monde ; mais il n'y en a aucun comme Gérald ; pour cela, j'en suis sûre. Je plains les petites filles qui n'ont pas Gérald pour frère. Mais voilà, elles ne l'ont jamais eu, de sorte qu'elles ne peuvent savoir ce qu'il est, et il ne leur manque pas comme il me manquerait à moi s'il fallait m'en passer. Il est vrai aussi que la plupart des petites filles ont leurs parents, tandis que Gérald est mon tout, puisque maman est morte quand je suis née, et que papa ne m'a même jamais vue...

» Six heures moins dix. Gérald va être là, et je pourrai lui parler tout à mon aise pendant une bonne petite demi-heure, comme je le fais tous les soirs avant le dîner. C'est là le meilleur moment de ma journée. Je voudrais bien savoir pourquoi les bonnes choses passent toujours si vite. Je sais bien de quoi je lui parlerai ce soir.

Je désire qu'il m'explique la réflexion que le monsieur de l'autre jour a faite quand Gérald m'a appelée sa « fidèle petite servante ». Je ne comprends pas ce qu'il a voulu dire, car enfin je ne suis pas une servante, et je n'ai aucune envie de le devenir; cependant j'aime que Gérald m'appelle ainsi, comme il le fait quelquefois quand je lui porte ses pantoufles, ou que je lui verse une tasse de café.

» Décidément, j'aimerais être la petite servante du Maître comme le monsieur disait. « La servante du Seigneur Jésus-Chrit », quel honneur pour une petite fille ! Mais qui sait si je le suis ou non ? Je sais qu'Il m'aime et je crois que je l'aime aussi un peu; mais, pour le reste, je le demanderai à Gérald, il le saura mieux que moi. Je ne voudrais en parler à personne autre; mais Gérald est toujours si bon, que je n'ai pas peur de lui conter tout ce qui me passe par la tête. Alors peut-être me dira-t-il, à son tour, pourquoi il a l'air si grave depuis quelque temps, et pourquoi il ne s'amuse plus avec moi comme autrefois, et pourquoi Anne pleurait tout en travaillant, hier au soir, tandis qu'elle me croyait endormie.

» Elle m'a bien dit que son petit neveu Joseph était malade; mais je suis sûre que ce n'est pas pour cela qu'elle avait du chagrin. Elle aime sa petite Flossette plus que Joseph, cette chère vieille Anne!

» Qui sait? — Flora se redressa soudain comme frappée d'une pensée subite : — qui sait? Non, il ne peut pas s'agir de *moi*. Parce qu'enfin je me porte très-bien, j'ai bonne mine et bon appétit. »

Néanmoins Flora quitta le canapé, et considéra, d'un air quelque peu inquiet, son visage dans la glace de la cheminée.

« Anne rétrécissait un de mes corsages, disant qu'il est devenu trop grand pour moi; c'est donc que j'ai maigri. Et ce matin Gérald m'a dit que je ne devais pas être si pâle. Je ne suis plus pâle, maintenant; j'ai des couleurs, au contraire; mais cette pauvre petite fille qui est morte poitrinaire l'année dernière était pâle elle aussi le matin, et rouge le soir. Et elle toussait, et moi aussi j'ai toussé, il y a quelque temps. »

En même temps Flora se prit à tousser légèrement deux ou trois fois, puis elle se laissa

de nouveau tomber sur le canapé en poussant
un gros soupir.

« Pauvre Gérald ! pauvre Gérald chéri !
Alors si c'est cela, si c'est vraiment cela, je ne
sais pas ce qu'il deviendra sans moi. Il aime
tant sa Flora, sa petite Flossette ! Peut-être plus
encore qu'elle ne l'aime, quoique je ne voie
guère comment cela se peut faire, puisque je
l'aime de tout mon cœur ; mais il est vrai
que le cœur de Gérald est plus grand que le
mien.

» Plus j'y réfléchis, moins je devine la cause
de son chagrin ; car, enfin, il n'a jamais fait venir le médecin pour moi, et il ne me fait prendre
ni potion ni tisane. Mais alors je ne vois pas au
monde ce que cela peut être.

» Ah ! le voilà ! c'est Gérald ! »

D'un bond, Flora fut debout et s'élança vers
la porte. Un jeune homme de haute taille, à l'aspect énergique et distingué, s'avançait vers le
petit salon, d'un pas lent ; ses bras enlacèrent
étroitement la petite fille lorsque celle-ci eût
jeté les siens autour de son cou.

Cependant le nouveau venu n'avait pas prononcé une parole.

— Gérald, tu rentres un peu plus tôt qu'à l'ordinaire; Gérald, es-tu fatigué?

Observant avec une attention nouvelle le visage du jeune homme, plus grave que jamais, Flora sentit à son tour son cœur se serrer. Elle prit la main de son frère, le fit asseoir sur le canapé, et se tint quelque temps debout auprès de lui, le regardant en silence. De son côté, le jeune homme la considérait de même; tout à coup, il poussa un profond soupir. C'était plus que Flora n'en pouvait supporter.

— Oh! Gérald, ne me regarde pas avec cet air; Gérald, je t'en prie.

— Eh bien, soit. Viens t'asseoir auprès de moi, Flossette.

Flossette prit à son côté la place qu'elle aimait tant; mais elle s'installa de manière à pouvoir encore observer son visage et lire dans ses yeux.

— Qu'y a-t-il donc, Gérald? demanda-t-elle timidement, après avoir de nouveau étudié ses lèvres comprimées, et ce regard abattu qui, depuis quelques jours, avaient porté la tristesse dans son jeune cœur. — Gérald, Gérald, mais parle-moi, répéta-t-elle effrayée, ne recevant point de réponse. Qu'as-tu donc?

— Rien, rien... dit-il enfin d'une voix rauque.
Du moins n'en parlons pas pour l'instant... J'ai
bien des inquiétudes, ma chérie. Mais reprenons
notre causerie habituelle de chaque soir.

Flossette appuya sa tête sur l'épaule de son
frère; néanmoins le tête-à-tête n'avait pas son
charme habituel.

— Voyons, ma Flossette, de quoi parlerons-
nous, ce soir?

— Je voulais te faire une question; mais
maintenant cela m'est impossible, tout à fait impossible tant que je ne saurai pas ce qui te rend
malheureux. Oh! Gérald, tu n'es pas malade,
n'est-ce pas? s'écria tout à coup Flossette,
tressaillant d'une terreur soudaine.

— Malade, moi? Qui est-ce donc qui a pu
faire entrer une pareille idée dans ta petite tête,
ma chère enfant? Non, en vérité, je me porte
le mieux du monde. Voyons, raconte-moi ce
que tu as fait pendant cette dernière demi-
heure.

— Je suis demeurée assise ici en t'attendant.
Tu sais bien que je fais toujours ainsi, Gérald!
Tout le long du jour je me réjouis en pensant à
l'heure de ton arrivée. Car c'est le meilleur des

plaisirs que d'être un moment toute seule avec toi, et de te dire tout ce qui s'est passé dans la journée. Sais-tu, Gérald, que, quand tu es parti l'hiver dernier pour toute une semaine, le moment le plus triste pour moi c'était entre cinq et six heures. Le reste du temps j'avais assez de choses à faire pour me distraire; mais quand arrivait cinq heures, je venais m'asseoir là, dans ce fauteuil où tu t'assieds toujours, et je pleurais jusqu'à l'heure du dîner.

— Il me paraît que c'était là un assez mauvais système, dit Gérald, d'une voix qu'il essayait de rendre enjouée.

— Mais je ne pouvais pas m'en empêcher, et j'en ferais autant aujourd'hui si tu t'en allais encore; car vois-tu, Gérald, il n'y a personne au monde, personne que j'aime comme toi.

— Mais il y a pourtant d'autres personnes que tu aimes?

— Oui, un tout petit peu. Notre bonne vieille Anne est celle que j'aime le mieux après toi. Si seulement elle ne me donnait pas tant de boutonnières à faire ! Et j'aime aussi Mademoiselle Alice, du moins, je le crois; oui, j'en suis presque sûre. Mais, Gérald, je les aime d'une tout

1.

autre façon que toi. L'un semble venir du plus profond de mon cœur, et l'autre seulement de la superficie.

Un autre soupir lui répondit.

— Gérald, s'écria de nouveau Flossette impétueusement, ne soupire plus ainsi, je t'en prie. Tu m'as promis que tu ne le ferais plus, et tu ne sais pas le chagrin que cela me cause.

— Mais tu as aussi, dans le voisinage, des amies que tu aimes? s'efforça de poursuivre Gérald.

— Oh! oui, il y en a bien quelques-unes, dit Flora. Ceux qui t'aiment, je les aime. Naturellement j'aime Lucie qui est mon amie intime, et sa maman, Madame Chevalier, encore plus. Mais, Gérald, pourquoi me fais-tu de si drôles de questions?

Gérald releva soudain la tête, et, prenant les deux mains de sa petite sœur dans les siennes, il plongea son regard dans celui de l'enfant, comme pour ne rien perdre de sa physionomie tandis qu'il lui parlerait.

— Parce que je suis un lâche, Flora; parce que j'ai quelque chose à te dire, et que je ne m'en sens pas le courage. Flossette, tu as toujours été ma petite amie, en même temps que

ma petite sœur, et les amis doivent se prêter secours à l'heure de la difficulté. En ce moment
j'ai de grandes difficultés. Veux-tu être brave
et m'aider à les traverser, ma chérie?

— Oui, si tu veux me dire de quoi il s'agit,
répondit-elle avec calme.

— Te rappelles-tu encore, Flossette, le temps
où nous sommes venus nous installer dans cette
maison?

— Pas très-bien, car j'étais toute petite, puisqu'il y a six ans. Pourtant, je ne l'ai pas tout à
fait oublié.

— Eh bien, ma Flossette, cette maison et ce
jardin, je les avais toujours considérés comme
ma propriété, parce qu'ils appartenaient à notre
vieille tante Forestier, et qu'à sa mort on avait
trouvé un testament dans lequel elle me donnait
tous ses biens. Tu sais qu'avant de mourir, la plupart des gens écrivent ce qu'on appelle un testament, dans lequel ils expliquent à qui ils désirent léguer ce qu'ils possèdent.

— Oui, je le sais, et je me rappelle tante Forestier. Elle me donnait souvent des sucres d'orge.

— Flossette, dit Gérald lentement, cette maison que je croyais à moi...

— Eh bien? interrompit Flora d'une voix altérée, et pâlissant d'effroi.

— Elle est à un autre. Pour des raisons que je ne t'expliquerai pas, car tu ne saurais les comprendre, il se trouve que le testament est sans valeur. Il s'est passé longtemps avant que personne en sût rien, et avant que la question fût éclaircie; mais aujourd'hui, il ne peut plus y avoir de doutes : la maison n'est pas à moi, et je dois la restituer à son légitime propriétaire.

Le visage de Flora exprimait la désolation.

— Alors nous ne pourrons plus vivre ici comme auparavant? demanda-t-elle avec effort.

— Non. Tout appartient au colonel Marchal.

— Au colonel Marchal! A l'oncle de Lucie, qui habite les Indes! Oh! Gérald, est-ce possible?

— Oui, ma chère petite sœur; mais il n'est plus aux Indes. Il vient d'aborder en Angleterre, et il va venir s'installer ici avec ses enfants.

— Et sa femme, ajouta Flossette d'un ton distrait. Lucie va être bien contente, sans doute, d'avoir ses cousins si près d'elle; mais j'espère qu'elle ne me mettra pas de côté pour Hélène

Marchal. Dis-moi, Gérald, crois-tu que Lucie sera toujours mon amie? Oh! Gérald, Gérald, ce sera si dur de partir!

Pour un instant Gérald cacha son visage dans ses mains. Le plus amer, il ne l'avait pas dit encore.

— Ce sera si dur! répéta tristement Flora. J'aime tant cette maison et tout ce qu'elle renferme! Gérald, faudra-t-il tout abandonner? Le colonel Marchal ne nous laissera-t-il pas prendre nos livres, et minet, et mon petit cheval, et Fido?

— Personne n'a aucun droit sur tes petits trésors, ma chérie; mais quant à Rapide et à Fido, ils appartiennent, comme le reste, au colonel. Je dois t'avouer toute la vérité, Flossette, il ne me reste plus au monde un centime que je puisse appeler mon bien.

Flossette demeura quelques instants pensive. Sa confiance en son frère était trop complète pour qu'elle eût des craintes pour l'avenir; néanmoins, elle se sentait inquiète.

— Plus un centime! répéta-t-elle. Je crois que j'ai à peu près vingt francs dans ma petite boîte; mais sans doute nous ne pourrions pas

vivre bien longtemps avec ces vingt francs. Oh!
Gérald, j'espère que nous ne serons jamais
obligés de mendier!

— Non, ma chérie, non; Dieu y pourvoira.

Flora parut rassurée.

— Mais peut-être y pourvoira-t-Il d'une manière qui pourra sembler pénible à supporter,
continua Gérald d'une voix contrainte. Sais-tu,
Flossette, que M. et madame Marchal ont été
bien bons de...

— Je ne trouve pas que ce soit être du tout
bon que de nous chasser de notre maison, dit
Flossette avec des larmes dans la voix. Oh!
Gérald, pourquoi ne nous laissent-ils pas demeurer ici?

— Je n'y voudrais plus rester, Flossette, du
moment que ce n'est plus ma maison. Mon devoir est désormais de partir pour aller gagner
ma vie ailleurs, et créer pour ma Flossette un
autre patrimoine et un autre intérieur.

— Et où irons-nous? dit Flora, cherchant à
lire dans ses yeux. Gérald, il ne faut pas te
tourmenter ainsi; ce ne sera pas si terrible,
après tout. J'aime cette maison, c'est vrai, mais
à la façon dont j'aime mademoiselle Alice, et non

pas du fond du cœur comme toi. Du moment
que nous restons ensemble, nous pouvons encore être heureux. Je serai ta fidèle petite servante plus encore qu'auparavant, et je travail-
lerai, moi aussi, de toutes mes forces, et j'aurai
soin de toi, et je raccommoderai tes habits, et
je ne me plaindrai plus, quand même il me faudrait faire une quantité de boutonnières. Ainsi,
ne t'inquiète pas, Gérald; je serai brave, car
vois-tu, si nous perdons tout, toi tu me restes,
et cela vaut pour moi plus que le monde entier.

— Oh! Flossette, tais-toi! Oh! s'il pouvait en
être ainsi!

Flossette le considéra un moment avec la
plus profonde surprise; puis, peu à peu, un pres-
sentiment douloureux vint étreindre son cœur
et l'avertir qu'elle avait encore quelque chose à
apprendre, et que ce quelque chose serait plus
pénible que tout le reste.

— Gérald, je ne comprends pas ce que tu
veux dire. Explique-le-moi, je t'en prie. Où est-
ce donc qu'il nous faut aller?

— *Moi*, je dois partir pour le Brésil. Le colonel m'a trouvé là une position.

Elle avait eu peine à saisir le sens de ces pa-

roles prononcées d'une façon presque inintelli-
gible. — Partir pour le Brésil, répéta-t-elle,
pour l'Amérique! Oh! Gérald, quel voyage! Mais
cela ne nous fait rien, n'est-ce pas, mon frère
chéri?

— C'est moi, moi seul qui dois partir, Flossette. Tu n'y peux venir, ce serait impossible,
Flossette, ma petite bien-aimée!

La voix du jeune homme s'était brisée en
prononçant ces derniers mots; cependant, il
releva bientôt la tête pour voir comment elle
avait pris la nouvelle qu'il avait trouvé si cruel
de lui annoncer. Ah! elle comprenait maintenant toute la rigueur du coup qui l'accablait.
Elle ne versa aucune larme, mais son regard
devint terne et fixe, et toute trace de couleur
disparut de ses joues et de ses lèvres. Elle ne
fit entendre ni protestation ni plainte; elle ne
fit aucune question. La petite tête bouclée s'était
inclinée sur l'épaule de son frère; les bras de celui-ci étreignaient tendrement la petite fille. Et
une heure se passa ainsi, et ils étaient encore
immobiles à la même place, et ni l'un ni l'autre
n'avait parlé.

II

ENCORE SUR LE CANAPÉ.

— Flossette, ma chérie, il se fait tard; tu dois avoir besoin de prendre quelque chose, dit enfin Gérald rompant soudain le silence.

Le feu s'était à demi éteint, et peu à peu les ombres du soir avaient envahi la chambre. Gérald ne pouvait plus distinguer les traits de celle qui s'appuyait sur lui; mais il comprenait, aux frissons convulsifs qui agitaient de temps en temps tout le corps de l'enfant, et aux soupirs étouffés qui s'échappaient de sa poitrine, que Flora n'était ni endormie ni inconsciente.

Sa question ne reçut aucune réponse, sauf une nouvelle étreinte des bras qui s'étaient rivés autour de son cou. Mais bientôt il reprit la parole :

— Cela ne peut continuer ainsi, ma chérie;

et je ne veux pas voir demain tes yeux cernés
et tes joues pâles. Voyons, Flossette, si nous ne
pouvons dîner comme à l'ordinaire, une tasse
de thé du moins nous fera du bien à tous deux.
Pour moi, je suis très-fatigué, et je n'ai rien
mangé depuis ce matin neuf heures.

Cette dernière remarque, remarque bien dé-
sintéressée, car jamais Gérald ne s'était senti si
peu en appétit, produisit aussitôt son effet.

Flossette se redressa lentement et rejeta en
arrière les cheveux qui cachaient son visage,
tandis que Gérald, se penchant vers la cheminée, ranimait le feu presque éteint. Bien tristes
étaient les yeux du frère et de la sœur, dans
lesquels se reflétait la flamme du foyer; et à
peine Flora eût-elle essayé de regarder Gérald
en face, que, se précipitant de nouveau vers
lui et cachant son visage contre son épaule, elle
y demeura quelques minutes immobile dans un
désespoir muet, mais si violent, que l'énergique
et calme jeune homme aurait volontiers pleuré
de douleur et de compassion.

— Flora, interrompit-il enfin, ne veux-tu
pas sonner pour qu'on nous apporte le thé ici?
Il me tarde vraiment d'en boire une tasse, in-

sista-t-il, voyant qu'elle n'avait pas bougé, et désirant changer, s'il était possible, le cours de ses pensées. J'ai bien mal à la tête, Flossette.

Elle se releva instantanément, courut sonner et revint aussitôt près de lui.

— Pardonne-moi, Gérald, de t'avoir fait attendre. Je suis désolée que tu aies... que ta tête... poursuivit-elle d'une voix entrecoupée, sans réussir à conclure. Je vais chercher, — je vais avertir Anne.

Il aurait voulu de nouveau l'attirer dans ses bras, se repentant presque de l'avoir forcée à surmonter déjà le premier accès de son désespoir; mais elle lui résista, et fit quelques pas en arrière.

— Non, dit-elle, non, je ne veux pas te fatiguer davantage. Je vais te faire du thé ; mais, je t'en prie, n'aie pas mal à la tête, car je ne pourrais supporter de te voir malade, — souffrant, je veux dire.

Un léger coup fut frappé à la porte, et Flossette donna ordre d'apporter le plateau du thé au lieu du dîner accoutumé.

Puis elle s'approcha de la table, et, de ses

mains glacées, en débarrassa un coin, tandis que, toujours assis sur le canapé, au coin du feu, et feignant d'abriter ses yeux contre la lumière, Gérald la considérait avec inquiétude. Il ne s'était pas attendu à lui voir déployer un tel empire sur elle-même; mais toute l'impétuosité d'un chagrin d'enfant n'aurait pas été si pénible à supporter.

La vieille nourrice rentra bientôt, chargée du plateau. Flossette versa le thé avec le plus grand soin, ne trahissant sa surexcitation qu'en heurtant parfois la théière contre le sucrier ou le pot à crème. Elle en porta une tasse à Gérald, puis avala quelques gorgées de la sienne; mais manger était également impossible à tous deux, bien que tous deux, par égard l'un pour l'autre, feignissent de le faire.

— Une seconde tasse, s'il te plaît, Flossette.

— Cela fait-il du bien à ton mal de tête?

— Comment pourrait-il en être autrement, servi par ma fidèle petite servante?

Il avait prononcé ces derniers mots sans y attacher d'importance; mais Flossette frissonna. Elle lui apporta sa tasse et se tint près de lui tandis qu'il buvait. Puis, l'ayant lui-même posée sur la cheminée, il fit de nouveau asseoir l'enfant sur ses genoux, et, sans résister davantage, de nouveau la petite tête s'inclina sur son épaule. Pas plus l'un que l'autre n'auraient été capables de se contraindre plus longtemps.

— Est-ce que je ne te fatigue pas trop, Gérald? dit Flossette au bout d'un moment.

— Pourrais-je être fatigué de soutenir ma Flossette? Non, ma chérie, jamais.

Encore une autre demi-heure de pénible silence. Gérald cherchait le moyen de revenir au douloureux sujet. Il était persuadé qu'il était pire pour Flora de méditer tout bas que de parler ouvertement de ce qui oppressait son cœur. Tandis qu'il faisait ces réflexions, la voix de Flora rompit tout à coup le silence :

— Gérald, explique-moi exactement ce que c'est qu'une servante.

Jamais question ne l'avait peut-être autant surpris, jamais question ne l'avait si à propos tiré d'embarras.

— Une servante, Flossette, c'est celle qui sert les autres ; ne le sais-tu pas ?

— Oui, à peu près.

— Qu'est-ce qui te fait demander cela, chérie ?

— Seulement ce que M. Wilton a dit l'autre jour. Ne te le rappelles-tu pas?

— Non, je l'ai oublié! Qu'était-ce donc, Flossette?

— Ne te rappelles-tu pas qu'il a passé la soirée avec nous, et que, lorsque j'ai servi le café, tu m'as appelée ta fidèle petite servante? Alors il a dit là-dessus quelque chose que je n'ai pas bien compris, et j'ai répondu que tu me donnais souvent ce nom, que je l'aimais et que toujours...

Flora ne put achever.

— Oui, en effet, dit Gérald, s'étonnant qu'elle eût choisi un pareil moment pour rappeler ce sujet. Je me souviens maintenant qu'il a dit : « Combien je serais heureux d'apprendre que Flossette Hamilton est la fidèle petite servante du Maître, la servante du Seigneur Jésus-Christ! »

— Gérald, crois-tu que je le sois ou non?

— Je pense que ma Flossette aime le Maître.

— Je pense aussi que je l'aime un peu quelfois. Mais, dis-moi, Gérald, suis-je sa petite servante?

— Pour répondre à ta question, essayons ensemble de voir au juste ce que fait une ser-

vante, dit Gérald. Je crois, Flossette, qu'il y a
un grand nombre de petites filles qui, tout en
ayant appris à aimer Jésus et à mettre en Lui
toute leur confiance pour le pardon de leurs péchés, n'ont pas encore su devenir ses petites
servantes. Être une servante, Flora, ce n'est pas
peu de chose. Une servante doit être sans cesse
aux ordres de sa maîtresse et ne jamais s'absenter sans sa permission. Si elle veut être fidèle, elle ne consultera point son propre agré-
ment, mais s'acquittera avec diligence de tout
ce que lui ordonne sa maîtresse, et elle ne mur-
murera jamais de la tâche qui lui est imposée,
et ne souhaitera en aucun cas de la quitter pour
en servir une autre. Flossette, pour être la servante de Jésus, il faut donner à celui-ci la maîtresse place dans notre cœur, et...

— Gérald, interrompit Flora, je ne la lui ai
pas donnée.

— Ma chère petite sœur, ce service procure
de grandes joies. Mieux vaut mille fois être la
servante du Maître que la mienne.

Flossette secoua la tête avec amertume.

— « J'élève mes yeux vers toi qui demeures
dans les cieux, murmura doucement Gérald.

Voici, comme les yeux des serviteurs regardent à la main de leurs maîtres, et les yeux de la servante à la main de sa maîtresse, ainsi nos yeux regardent à l'Éternel notre Dieu, jusqu'à ce qu'Il ait pitié de nous. »

— J'essaierai de retenir ces versets, dit Flora; mais, Gérald, comment faire pour *regarder* à l'Éternel? Je ne vois pas que ce soit possible.

— Et pourquoi non, puisqu'Il est toujours près de nous? Flossette, rappelle-toi que tu ne peux être une fidèle petite servante du Seigneur si tu ne marches constamment les yeux fixés sur Lui, prête à obéir à ses moindres ordres, et faisant à la lettre ce qu'Il te dit.

— Et que me dira-t-Il?

— Bien des choses. Parfois, Il te chargera peut-être de porter une parole de consolation à quelque affligé. Une autre fois, Il voudra que tu achèves sans impatience une couture longue et ennuyeuse. Ou bien encore, Il aimera que, t'asseyant à ses pieds, comme Marie, tu te reposes et te fortifies en écoutant ce qu'Il veut te dire. Une autre fois enfin, Il te donnera peut-être à boire quelque amer breuvage; car le Maître veille à la santé de sa petite servante, afin qu'elle devienne ainsi forte pour accomplir tout ce qu'Il veut lui ordonner.

Pauvre Flossette! Elle connaissait maintenant ce breuvage amer dont quelques heures auparavant elle n'avait jamais goûté.

— Mais, Gérald, je ne vois pas comment je puis savoir ce qu'Il désire de moi.

— Ah! ma chérie, cela, tu ne l'apprendras qu'en lisant beaucoup sa Parole, et en vivant très-près de Lui. C'est à voix basse qu'Il donne ses ordres, et si ses petites servantes sont distraites ou se tiennent à distance, elles ne peuvent plus entendre sa voix.

— Comment faire pour ne jamais être distraite, Gérald? c'est trop difficile.

— Dis-Lui simplement, ma chérie, que ton désir est de devenir sa servante fidèle; demande Lui de te rendre telle qu'Il te souhaite Lui-même, et de t'employer à son service. Seulement, n'oublie pas, Flossette, que tu dois être prête à boire la coupe amère, quand parfois Il te la présentera.

— Oh! Gérald, Gérald, je ne peux pas vivre sans toi! s'écria Flossette éclatant en sanglots passionnés et longtemps contenus.

Combien son propre cœur faisait écho à cette douleur, c'est ce que Gérald seul pouvait savoir. Il caressa ses cheveux, et la calma par de muettes tendresses; mais parler lui fut impossible, quelque désir qu'il en eût. A ce moment, la vieille nourrice entr'ouvrit timidement la porte.

— Flossette ne veut-elle pas se coucher? demanda-t-elle. C'est l'heure.

— Dois-je m'en aller? dit Flossette à demi-voix.

— Je le crois, ma chérie. Tu as besoin de repos. Mais si tu as encore quelques questions à me faire, fais-les auparavant.

Flora secoua la tête en silence, l'embrassa deux fois encore, puis s'élança hors de la chambre, suivie de la vieille bonne; mais, pas plus avec celle-ci qu'avec son frère, elle ne put, ce soir-là, parler davantage de ce qui lui brisait le cœur.

III

LUCIE CHEVALIER.

Pâle et grave était la petite fille qui, le jour
suivant, entra dans la salle à manger pour le
déjeuner du matin. D'ordinaire, Flora était toujours rendue la première à table, mais elle avait
passé, cette nuit-là, de longues heures sans
sommeil, et, vers le matin, la voyant profondément endormie, Anne n'avait pas eu le courage
de la réveiller à l'heure habituelle. Aussi Gérald
était-il déjà là lorsqu'elle entra.

— Bonjour, Flora, ma mignonne.

— Bonjour, Gérald. Pardonne-moi d'être
en retard. Faut-il tout de suite sonner les domestiques pour le culte?

Gérald se leva et répondit en sonnant lui-
même.

Bientôt la vieille Anne entra, suivie de la

cuisinière, du cocher et de deux jardiniers, et
Flora prit place, selon sa coutume, sur une
petite chaise auprès de Gérald. D'une voix so-
nore, mais que l'émotion faisait par moments
trembler, celui-ci lut une partie du chapitre XIV
de saint Jean, et de grosses larmes s'échappèrent des yeux de Flora pendant la fervente
prière qui suivit; mais elle avait repris tout son
calme quand on se releva. Elle remit les livres
en place, coupa du pain, servit le chocolat,
puis revint s'asseoir auprès de son frère. Tout
s'était passé comme à l'ordinaire, sauf le babil
joyeux de la petite fille, babil que Gérald aimait,
et qui donnait pour lui tant de charme au déjeuner.

— Flossette, qu'allons-nous faire aujour-
d'hui?

— Je ne sais pas.

— Je me demande s'il vaut mieux pour toi
continuer encore tes leçons pendant quelques
jours, ou prendre des vacances complètes jusqu'à ce que...

Flora ne savait que trop ce qu'il voulait dire.

— Qu'en pense ma petite sœur? Je ne puis
souffrir de la voir se tourmenter jusqu'à en

tomber malade, et pourtant,... je ne sais que décider au sujet des leçons.

— Oh! Gérald, je ne pourrais pas les faire aujourd'hui, dit Flora.

— Non, peut-être pas aujourd'hui; mais demain.

— Je t'en prie, laisse-moi rester tout le temps avec toi, insista-t-elle timidement.

— Ma chère enfant, il me reste beaucoup à faire, et je ne pourrai demeurer tout le jour à la maison; je m'arrangerai cependant pour te consacrer toutes les soirées et une partie des après-midi; mais, pendant les matinées, il me semble que tu te trouverais mieux de travailler un peu avec ta maîtresse.

— Je ferai ce que tu voudras, dit Flossette en se levant pour sonner. Après quoi, ayant donné ordre de desservir la table, elle retourna à cette place qu'elle n'aurait jamais voulu quitter, car elle n'avait plus maintenant qu'une préoccupation : profiter jusqu'au dernier moment de la présence de son frère. Elle souhaitait ardemment savoir à quand était fixée leur séparation, mais le demander lui eût été impossible. Quant à ce que serait son propre sort après le départ de son frère, elle n'y songeait nullement; il lui suffisait de savoir qu'elle devrait vivre sans Gérald, et, pour elle, vivre sans lui, ce ne pouvait être vivre.

— Flossette, il me faut aller au presbytère ce matin; veux-tu y venir avec moi?

— Oui, certainement.

— Cela ne te fera-t-il pas trop de peine si Lucie est tout occupée de l'arrivée de ses cousins?

— Si tu y vas, j'y vais, répondit Flora. Mais Lucie n'a pas besoin de m'en parler, reprit-elle après un moment de silence. Je ne puis supporter qu'il en soit question.

— Chère enfant, je crains bien que ce ne soit là ce qui t'attend.

— Pas encore; du moins, pas aujourd'hui, s'écria Flossette en lui mettant la main sur la bouche.

Gérald soupira : — Va mettre ton chapeau, dit-il, car je désire arriver au presbytère avant que M. Chevalier soit sorti.

Au bout de quelques minutes, ils étaient tous deux en route, Flora trottant de son mieux à côté de son frère, afin de lui tenir pied, et abritant sous un grand chapeau la tristesse de son petit visage. Si bas avait été placé le chapeau sur le front de l'enfant, que celle-ci avait plus de chance d'apercevoir les gouttes de rosée étincelantes à ses pieds, que le ciel bleu de cette sereine matinée de février. La promenade fut silencieuse jusqu'au bout. C'était une jolie promenade, quoiqu'on fût encore en hiver, qu'il n'y eût point de feuilles aux arbres, et que les haies n'eussent pas encore revêtu leur parure printanière. Avec un peu d'attention, on aurait pu trouver çà et là quelques signes avant-coureurs de la saison nouvelle; mais le frère et la sœur avaient bien d'autres préoccupations, et ils ne s'arrêtèrent qu'au bout du sentier qui conduisait à la porte du presbytère de Bellerive.

— Est-ce que tu vas entrer dans le cabinet de M. Chevalier? demanda Flossette avec inquiétude, tandis qu'ils attendaient ensemble au salon.

— Je ne sais pas encore; ah! bonjour, M. Chevalier, interrompit-il, comme le pasteur entrait, une liasse de papiers à la main et suivi d'une petite fille.

— Je comptais bien vous voir aujourd'hui,

M. Hamilton; et Flora n'a pas craint de faire
une promenade matinale? continua-t-il avec
bonté, la regardant d'un air qui fit comprendre
à celle-ci qu'il savait déjà tout ce qui la concernait, et qu'il la plaignait en conséquence.
Flora lui fut reconnaissante de ne rien ajouter.

— Papa, puis-je emmener Flossette dans
ma chambre? demanda Lucie, une petite fille
aux joues roses, environ du même âge que
Flora, et dont les yeux rayonnaient d'une joie
réprimée à grand'peine.

— Certainement, ma fillette. Et quand M. Hamilton et moi nous aurons fini nos affaires, nous
vous appellerons.

— Va, mignonne, va pour un moment, ajouta
Gérald; et Flora se soumit, quel que fût son
désir de rester.

Lucie saisit la main de sa compagne, et l'entraîna en sautant le long d'un corridor.

— Je suis ravie que tu soies venue ce matin,
Flossette, commença-t-elle, car maman est
très-occupée, et puis il faut qu'elle sorte pour
voir un malade, et elle m'aurait laissée toute
seule pour faire mes leçons, ce qui n'est pas
amusant du tout. Et maintenant, elle m'a dit

que je ne commencerai mes leçons que quand
tu seras partie; ainsi donc tu vas rester très-
longtemps, n'est-ce pas?

— Je n'en sais rien, dit Flora. Je m'en irai
avec Gérald quand il partira.

— Est-ce qu'il ne pourrait pas te laisser, et
revenir plus tard te prendre en passant? Je
parie qu'il a d'autres courses à faire.

—— Non, non, merci, il me faut aller avec lui.

— Eh bien, viens toujours par ici, car nous
avons beaucoup de choses à nous dire, reprit
Lucie, ouvrant la porte d'une petite chambre
sur tous les meubles de laquelle on voyait dis-
persés des joujoux et des vêtements de poupée.
J'espère que tu n'auras pas froid, continua-t-
elle. Il fait si beau ce matin! Et puis le feu de la
salle à manger suffit pour réchauffer cette
chambre.

— Oh! Je n'ai pas froid du tout.

— Flossette, maman m'a dit que maintenant
je pouvais te parler de... de...

Lucie hésita quelques secondes, essayant de
lire sur le visage de Flora, toujours à demi-
caché sous son grand chapeau.

— Du moins si cela ne te contrarie pas. Mais

M. Hamilton t'en a parlé hier soir, n'est-ce pas?
Tu sais bien ce que je veux dire, Flossette?

Flossette ne répondit pas.

—Mais, Flossette, je t'en prie, relève la tête!
Pense donc, continua-t-elle avec un bond de
joie, pense donc quel bonheur d'avoir mes
cousins ici pour toujours! Ne sera-ce pas délicieux? Moi, qui rêvais depuis si longtemps d'a-
voir Hélène pour amie, pour seconde amie, je
veux dire, Flossette; car bien sûr que je t'aime-
rai toujours : il y a plus d'un an que nous
sommes amies, sais-tu? C'est depuis l'époque
où papa revint des conférences. Et puis, quelle
joie pour maman d'avoir tante Élise si près
d'elle! Flossette, ôte ton chapeau et dis-moi
quelque chose. Flossette, es-tu donc fâchée contre moi?

Il y avait lieu de le croire en effet, en voyant
de quel brusque mouvement celle-ci avait re-
poussé Lucie, qui s'était avancée pour la débarrasser de son chapeau. Lucie la regarda un instant tout interdite.

— Je suis sûre que tu aimeras Hélène et
tante Élise, et tous. Hélène a un an de plus que
nous, et Susanne un an de moins. Qui sait la-

quelle des deux deviendra le plus ton amie?
J'aimerais que ce fût Susanne; alors j'aurais
Hélène tout pour moi, et nous pourrions toujours aller deux à deux. Et puis, sais-tu, Flossette? maman dit que tante Élise sera comme
une mère pour toi, continua Lucie, se doutant
peu du mal que pouvait causer son babil
étourdi.

— Je ne veux pas de mère! Je ne veux personne que Gérald! s'écria Flossette avec désespoir. Oh! que je voudrais, que je voudrais donc
m'en aller d'ici!

Les deux enfants demeurèrent quelques instants assises l'une en face de l'autre sans se rien
dire. Le visage frais et joyeux de Lucie s'était
obscurci quelque peu.

— Ce n'est pas gentil de ta part de parler
ainsi, Flossette, reprit enfin Lucie. Je ne puis
pas faire autrement que d'être contente : tante
Élise est ma vraie tante, et Hélène est ma cousine, quoique je ne me les rappelle pas. Bien
sûr que je suis fâchée que M. Hamilton soit
obligé de partir, bien fâchée, je t'assure; mais,
vois-tu, tu seras très-heureuse avec mes cousins,
et il reviendra bien quelque jour, lui aussi. Je

ne vois pas ce qui te met si fort en colère.

Pauvre Flossette! Combien Lucie était incapable de comprendre sa désolation!

— Tante Élise est la sœur favorite de maman, et c'est tout naturel qu'elles soient bien aises de se revoir, continua encore Lucie d'un ton quelque peu piqué. Puis, reprenant bien vite toute sa bonne humeur : Et il y aura aussi Albert, Roger et le pauvre petit Henri, dit-elle. Bah! Flossette, tu verras comme nous nous amuserons tous ensemble! Pense un peu quelles fameuses parties nous ferons !

Flossette se prit à se demander si Gérald avait réellement l'intention de la laisser avec les nouveaux venus, ou s'il ne la mettrait pas plutôt dans quelque pension, ainsi qu'elle se l'était figuré. Néanmoins elle ne fit aucune question, et Lucie en vint à penser que sa petite amie était bien difficile à consoler.

— Aimerais-tu voir maman, Flossette? Je crois qu'elle n'est pas encore sortie. Mais un signe de tête négatif et bien décidé lui répondit.

— Flossette, est-ce que tu n'as vraiment pas l'intention de me dire un seul mot pendant tout le temps que tu vas rester?

— Si tu voulais ne plus parler de... de cela.

— Mais je ne peux pas m'en empêcher, car vois-tu, je n'ai plus que mes cousins en tête, et tu ne devrais pas me le reprocher.

Flossette ne répondit pas, et Lucie réfléchit pendant quelques secondes.

— Comme tu as dû être surprise, Flossette, quand M. Hamilton t'a dit que la Maison-Blanche appartenait à l'oncle Édouard et non plus à lui! Figure-toi que je le savais depuis trois jours entiers, et que je mourais d'envie de t'en parler. Maman me l'avait dit, croyant qu'on te le dirait aussi ce même jour; mais tu vois que je sais garder un secret. Si tu savais comme maman est impatiente de revoir tante Elise! Mais ils n'arriveront que dans quinze jours. En ce moment ils sont tous à Londres, car Hélène, Susanne, Albert et Roger ont quitté leurs pensions pour aller vers eux. Comme cela doit être drôle de se trouver tout à coup avec un papa et une maman qu'on n'avait pas vus depuis des années! car tu sais, Flossette, que mon oncle et ma tante ont passé bien longtemps dans les Indes, tandis que les enfants étaient élevés en Angleterre, parce qu'il n'y a pas de pensions là-bas. Le petit Henri est le seul qui n'a jamais quitté ses parents. Sais-tu, Flossette, je suis sûre que, d'ici à quelques temps, Hélène et Susanne seront absolument comme les sœurs. Flossette, mais Flossette, où vas-tu?

Flossette, en effet, s'était brusquement levée et avait quitté la chambre. Lucie hésita un moment, puis courut sur les pas de sa petite compagne qu'elle trouva debout dans l'anti chambre, adossée à la muraille, et plus pâle que jamais.

— Flossette, mais qu'as-tu donc contre moi? Ne veux-tu pas revenir dans ma chambre?

Au même instant, la porte du salon s'ouvrit, et les deux messieurs sortirent.

— Ah! voici nos fillettes, dit M. Chevalier. Pauvre petite, ajouta-t-il, tapant amicalement sur l'épaule de Flora; nous ferons de notre mieux pour qu'elle soit heureuse au milieu de nous.

Il accompagna les visiteurs dans le jardin et jusqu'à la grille :

— Ainsi, je vous attendrai demain ou le jour suivant, et si je puis encore vous être utile de quelque manière, comptez toujours sur moi, M. Hamilton. Vous savez que notre sympathie la plus sincère vous est acquise.

— Je n'en doute point, et je vous en remercie. Croyez aussi que je trouve bien naturel que ce qui cause notre malheur soit pour vous l'occasion d'une grande joie, répondit Gérald. Adieu, pour aujourd'hui j'ai hâte de rentrer chez moi.

Il lui tardait de se retrouver seul avec Flossette, car un coup d'œil lui avait suffi pour comprendre que la visite n'avait été rien moins que consolante pour sa petite bien-aimée. Mais au moment où ils atteignaient la porte de la Maison-Blanche, elle retira sa main de la sienne :

— Gérald, lui dit-elle, je vais monter un moment, mais je serai bientôt de retour.

Il ne la suivit point, quoi qu'il lui en coûtât de la voir s'éloigner de lui. Mais il pensait qu'il était meilleur pour elle de pouvoir donner un libre cours à son chagrin, certain d'ailleurs qu'en sa présence elle s'efforcerait jusqu'au bout de paraître calme. Il s'assit donc à son bureau afin d'y attendre son retour. Mais s'il avait été témoin du désespoir de son enfant gâtée, pendant les deux heures qui suivirent, peut-être toute sa résolution l'eût-elle abandonné.

IV

UN COIN DANS LE GRENIER.

La cloche du déjeuner se fit entendre, et tira Gérald de la profonde méditation qui l'avait surpris la plume à la main devant sa table à écrire.

— Midi! s'écria-t-il. Mais il y a plus de deux heures que Flossette est montée. Que peut-elle donc faire?

Il sortit du bureau afin de se mettre à sa recherche, mais Anne le rencontra sur l'escalier.

— Si j'étais vous, Monsieur, lui dit-elle, je ne réveillerais pas encore Flossette, car elle a passé une nuit bien agitée, et plus longtemps elle dormira aujourd'hui, mieux cela vaudra.

— Elle dort, dites-vous? Et où donc?

— Là-haut, Monsieur. Je vous y mènerai un peu plus tard, mais vous ferez bien de déjeuner

d'abord; car elle ne pourrait pas manger de
sitôt, quand même vous la réveilleriez maintenant.

Gérald se rendit au désir de la vieille nourrice, ainsi que tous ceux de la maison avaient
coutume de le faire depuis longues années. Il
s'assit à table, mangea très-peu, réfléchit beaucoup, et réitéra enfin sa demande de voir
Flora.

— Venez avec moi, Monsieur, dit Anne.

Au grand étonnement du jeune homme, elle
ne le conduisit ni dans la chambre de la petite fille, ni dans sa propre chambre. Suivant
l'escalier jusqu'au bout, elle le fit entrer dans
un immense grenier où, pendant les jours de
pluie, Flora venait quelquefois sauter à la
corde ou jouer au volant avec ses petites amies.
La vieille bonne traversa la vaste pièce dans
toute sa longueur, et arriva devant une dernière porte :

— Vous ne l'éveillerez pas, insista-t-elle au
moment d'ouvrir.

Gérald fit un signe d'assentiment et entra.
Pauvre petite Flossette! Elle avait arraché son
chapeau et l'un de ses gants, et s'était blottie

entre deux vieilles caisses, dans un petit coin où elle pût se livrer sans contrainte à toute la violence de son chagrin.

L'orage était passé maintenant, laissant après lui un calme qu'interrompaient encore par moments des sanglots convulsifs; et le petit visage pâle était tout gonflé de larmes encore humides.

Gérald s'assit, bien décidé à attendre le réveil de l'enfant; mais une heure se passa, puis une heure encore, et l'après-midi était aux trois quarts écoulée, lorsque Flora fit un mouvement qui annonçait le réveil. Néanmoins elle aurait peut-être encore continué à dormir, mais Gérald trancha la question en prenant doucement sa main dans la sienne. Elle se dressa sur ses pieds en promenant autour d'elle des regards ébahis.

— Gérald! — Où suis-je donc? — Oh! Gérald, je rêvais que tu étais parti.

— Flossette, quelle idée as-tu donc eue de venir dormir ici?

— Je n'en sais rien. Je suis si fatiguée! dit la petite fille, soulevant avec peine ses paupières alourdies.

— Viens avec moi prendre quelque chose. Tu as jeûné suffisamment depuis ce matin.

— Quelle heure est-il donc?

— Plus de trois heures. Ne dînerons-nous pas aujourd'hui dans la salle à manger?

— Non, non, dans le bureau, je t'en prie, aussi longtemps que possible.

Gérald ne pouvait se résoudre à la contrarier. Il eût voulu cependant rompre au plus tôt avec l'habitude de ces tête-à-tête au coin du feu. Il la descendit dans ses bras, la plaça sur le canapé, et donna ordre à la vieille nourrice d'apporter pour Flossette du bouillon et quelques friandises du déjeuner. Puis, aussi tendrement qu'aurait pu le faire une mère, il servit lui-même la petite fille, lui coupa chaque morceau avec soin, et la fit boire. Flora était trop accablée pour répondre à sa sollicitude autrement que par quelques mercis prononcés à demi-voix; mais elle mangea tout ce qu'il voulut, et fit tout ce qu'il ordonna. Le repas terminé, Gérald reprit sa place auprès d'elle.

— Il me semble que ma petite fille doit être mieux maintenant, dit-il.

— Oh! Gérald, je n'avais pas l'intention de

rester si longtemps là-haut; mais tu sais, ce n'est pas ma faute.

— Flossette, pourquoi t'en aller pleurer seule? demanda-t-il en caressant ses cheveux. C'est mon chagrin aussi bien que le tien. Il n'y a que toi et moi qui puissions nous comprendre là-dessus.

— Lucie ne comprend pas. Elle est si contente!

— Ce n'est pas ton chagrin qui la réjouit.

— Non, c'est l'arrivée de ses cousins.

— Eh bien! c'est là un sentiment assez naturel. Nous ne pouvons pas exiger des autres qu'ils ne se préoccupent que de ce qui nous afflige. Mais, Flossette, n'as-tu pas envie de savoir où tu vas habiter?

— Lucie avait l'air de croire... Oh! Gérald, si tu savais comme tout ce qu'elle m'a dit m'a fait du mal!

— Chère Flossette, il faut t'attendre à souffrir ainsi. Quand Dieu nous envoie un chagrin, son but n'est pas que nous le prenions à la légère.

— Ah! mais je voulais dire qu'elle m'a mis en colère, reprit Flossette au milieu de ses larmes. Elle disait que madame Marchal serait comme une mère pour moi, et cela m'a fait détester d'avance madame Marchal... Oh! Gérald, je ne veux pas que personne prenne ta place!

— Lucie parlait étourdiment, mignonne. Je suis bien sûr que personne ne saurait prendre ma place dans ton cœur; mais je suis persuadé aussi que madame Marchal est charmante, et qu'elle sera très-bonne pour toi. Ma Flossette ne voudra pas la détester à cause d'une parole étourdie de Lucie, n'est-il pas vrai? Et puis, ma petite sœur, ce n'est ni madame Marchal, ni Hélène, c'est mon meilleur ami, c'est mon Maître que je désire laisser à ma place pour te consoler. Celui-là aime sa petite servante bien plus tendrement que je ne saurais le faire moi-même.

— Oh! non, non, Gérald; je ne suis pas sa petite servante.

— Mais tu souhaites de le devenir, n'est-ce pas? Et Il te rendra telle, car tel est aussi son désir.

Mais Flossette sentait que, pour le moment du moins, elle ne souhaitait rien autre chose

que de demeurer assise sur les genoux de son
frère, et de reposer sur son épaule sa tête fatiguée.

— Je voulais déjà hier t'annoncer que tu
continuerais à vivre ici, ma chérie; mais tu
n'étais pas en état de l'entendre. Cela ne te
paraîtra-t-il pas moins dur que d'habiter une
maison étrangère?

— Je ne sais pas trop. Ils seront des étrangers pour moi. Gérald, est-ce que jamais les
petites filles ne vont au Brésil?

— Je ne me sentirais pas le courage de
t'emmener, car, à part le climat qui serait
dangereux pour une enfant, il y aurait encore
des difficultés de toute espèce : comment, moi
qui devrai passer au travail et loin de la maison
toutes mes journées, pourrais-je prendre soin
de ma petite sœur? Il me faudrait donc l'abandonner à des domestiques étrangers, sans avoir
personne pour l'instruire et la garder du
mal?

— Mais Anne viendrait avec nous.

— Je ne pourrais me permettre une pareille
dépense; je suis pauvre maintenant. Flora, il
est impossible que tu viennes avec moi au

Brésil. Tu peux être sûre que je t'aurais emmenée si je l'avais pu.

Flossette soupira : elle venait de perdre un dernier espoir.

— Ma grande consolation, reprit-il, sera de te savoir ici. Les premiers temps te seront durs, mais peu à peu le calme se fera, et nous aurons toujours la perspective du revoir.

— Quand donc reviendras-tu? demanda-t-elle soudain.

— Je ne saurais t'indiquer une époque fixe, ma chérie; du moins le plus tôt possible.

Il n'aurait rien voulu fixer en effet, car il savait trop qu'il faudrait traverser bien des années peut-être avant de pouvoir songer au retour.

— Et quand donc?... quand donc?... Flora ne pouvait achever.

— Quand dois-je m'embarquer, veux-tu dire? Ce sera bientôt, Flossette.

— Bientôt! répéta la petite fille avec terreur; et, se soulevant à demi pour le regarder en face : — Mais, Gérald, tu seras encore ici, n'est-ce pas, quand... quand ils arriveront?

Oui, Flossette, il faut que je parte d'au-

jourd'hui en quinze, reprit-il, en accentuant
chaque parole; mais l'arrivée des Marchal dépend de toi, car ils ont eu la bonté de me
laisser le soin d'en fixer la date. Dis-moi, préfères-tu que nous demeurions seuls jusqu'à la
fin, ou aimerais-tu mieux les avoir ici quelques
jours avant mon départ?

Mais Flossette ne semblait plus écouter; et
son visage était devenu d'une pâleur de marbre.

— Dans quinze jours, répétait-elle, dans
quinze jours! Oh! non, non, ce n'est pas possible!

Gérald la serra contre sa poitrine. Une larme
brûlante vint tomber sur le front de l'enfant,
et la fit tressaillir. Elle leva vers lui un regard
étonné.

— Oh! Gérald, je ne savais pas te faire tant
de peine. Pardonne-moi, fit-elle en s'efforçant
de sourire; j'essaierai d'avoir du courage; mais,
vois-tu, j'ai là un poids si lourd! ajouta la pauvre
petite en désignant son cœur. Gérald, je t'en
prie, dis-moi que tu ne partiras pas de sitôt,
car je ne puis pas le supporter.

A son tour Gérald eut de la peine à retrouver
sa voix.

— Tu n'as pas encore répondu à ma question, ma chérie, dit-il. Désires-tu que nous restions seuls le plus longtemps possible? Ou préfères-tu apprendre à les connaître avant mon départ?

— T'avoir tout seul, Gérald, s'il te plaît.

— Je le pensais ainsi. Eh bien, oui, ma bienaimée petite sœur, nous passerons encore douze jours seuls ensemble. Puis les Marchal arriveront l'avant-veille de mon départ, c'est-à-dire juste à temps pour que je puisse faire la connaissance de ceux à qui je dois confier mon trésor. Ah! Flossette, j'aurais voulu, moi aussi, s'il m'eût été possible, différer ce moment, mais je n'ai désormais aucun droit à demeurer ici. D'autre part, j'ai hâte de commencer ce travail qui me rapportera l'unique argent que je posséderai au monde, et dont il me tarde de faire jouir ma Flossette.

Il avait prononcé et elle avait appris le pire maintenant; mais qu'il avait été amer pour l'un de parler et pour l'autre d'entendre!

— Trois jours encore! Et alors, en avant pour la Maison-Blanche!

— Roger, mais que tu es désagréable! Regarde! Tu viens de donner une telle secousse à la table que tout est de nouveau sens dessus dessous dans ma boîte à couleurs; moi qui viens de me donner tant de peine pour la nettoyer!

— Bah! Au bout de cinq minutes, elle aurait été tout aussi en désordre sans mon aide. Tu sais bien qu'elle est ainsi les trois quarts du temps.

— Mais pas du tout, dit Susanne arrangeant de nouveau, de ses doigts couverts de bleu de prusse et de vermillon, tout ce que renfermait la boîte, tandis qu'un léger nuage assombris-

sait, pour un instant, sa physionomie joyeuse.
Ah ! que les frères sont donc insupportables !

— Et à quoi veux-tu donc que s'occupe un
pauvre garçon, enfermé, toute une journée, entre
quatre murs? demanda Roger. Tu ne voudrais
peut-être pas le soumettre à barbouiller, pendant des heures entières, de vieilles gravures,
ou à confectionner des essuie-plumes! ajouta-
il, en désignant du regard sa sœur jumelle,
Hélène, une fort jolie fille de douze ou treize
ans qui, assise auprès de la fenêtre, semblait
très-absorbée par le travail de ses doigts. Tout
cela est très-bon pour les filles, mais un garçon
de mon âge ne saurait s'abaisser jusque là.
Oh ! si tu savais comme je déteste les villes et
les jours de pluie !

— Pourquoi donc ne lis-tu pas comme
Albert? dit Susanne lavant ses pinceaux dans
une eau colorée de toutes les teintes de l'arc-
en-ciel.

Roger fit la grimace.

— Roger, Roger, fais donc attention, ou tu
vas de nouveau tout renverser, s'écria Susanne,
tandis qu'il se balançait sur la table dont il
venait de faire son siége.

— Chansons! Écoutez, jeune fille, vous avez un assez bon petit caractère après tout; mais si vous commencez à vous mêler de reprendre vos aînés ou de leur donner des conseils, vous deviendrez une petite personne fort désagréable; c'est moi qui vous le prédis. Hélène, dis-moi quelle sorte de petite fille penses-tu que soit cette Florette ou Fleurette que papa veut adopter?

— Maman dit que ce doit être une charmante enfant, répondit Héléne d'un air entendu, tout en découpant les bords de son essuie-plumes. Et surtout, Roger, tu auras soin de te rappeler que c'est Flossette qu'elle s'appelle. Papa ne te permettra pas de la taquiner à propos de son nom, quelque étrange qu'il puisse être, pas plus qu'à propos de quoi que ce soit.

— Et pourquoi donc, s'il te plaît?

— Parce qu'elle sera une étrangère au milieu de nous, et que notre devoir sera de lui faire sentir qu'elle est chez elle à la Maison-Blanche comme auparavant, reprit Hélène qui se piquait toujours de parler comme une grande personne.

— Mais tu ne vois donc pas qu'elle se sentira infiniment plus chez elle que nous tous. Tu oublies qu'elle a habité la Maison-Blanche toute sa vie.

— Je le sais, et pendant tout ce temps la maison appartenait réellement à papa, dit Hélène. Si seulement nous l'avions su plus tôt!

— Et Lucie, qui sait si elle est gentille? reprit Roger après un instant de silence.

— Oh! Je m'imagine qu'elle est à peu près comme tout le monde. Mais il me tarde de voir tante Louise. Maman dit que je suis exactement comme elle était à mon âge.

— Bravo! ma petite sœur, s'écria Roger. On t'a conté que tante Louise était jolie, et voilà pourquoi tu tiens tant à lui ressembler. Mais tu sais que maman a dit que tu ne lui ressemblais plus comme autrefois.

— Je ne sache pas que maman ait jamais rien dit de semblable, reprit Hélène visiblement contrariée.

— Il n'en est pas moins vrai qu'elle l'a répété hier encore.

— Je n'en crois rien. Albert connaît tante Louise, et il sait bien, lui, que je lui ressemble.

A ces mots, l'aîné de la famille, un grand et beau garçon de quinze ans, qui lisait enfoncé dans un canapé, leva un instant les yeux de dessus son livre, mais ne fit aucune remarque.

— Il t'a bien entendue, Hélène; mais il est trop poli pour te contredire, riposta Robert.

— Ressemblance de traits, mais non point d'expression, dit Albert avec une nuance d'ironie dans la voix et dans la physionomie.

— Je ne comprends pas tout ce que cela signifie, reprit Hélène froidement. Je me contente de croire ce que maman dit.

— Hélène, est-ce que tu prépares des cadeaux pour tous? demanda Susanne qui, pendant ce temps, n'avait cessé de fredonner l'air le plus joyeux, tout en arrangeant sa boîte à couleurs, sans se préoccuper le moins du monde de la discussion qui contrariait si fort sa sœur.

— Qu'entends-tu par *tous?* dit Hélène d'un ton peu gracieux.

— Je veux dire oncle Gustave, tante Louise, cousine Lucie. Et Flossette Hamilton est-elle aussi notre cousine?

— Non certes! dit Hélène. Elle n'est notre

parente en aucune façon. Papa ne la prend
que par charité.

— Charité! dit Susanne très-surprise et ouvrant de grands yeux. Est-ce comme quand les
gens à l'église mettent de l'argent dans la
bourse, parce que c'est un sermon de charité?

Albert posa vivement son livre :

— Si Flossette n'est pas notre parente, en
tout cas, elle est notre alliée par tante Forestier.
Vraiment, Hélène, tu ne devrais pas dire de
pareilles choses devant les enfants, ajouta-t-il
en regardant tour à tour Susanne qui s'efforçait de comprendre, et un petit garçon aux
yeux noirs et doux, au teint maladif, qui était
assis tristement à l'écart sur un tabouret.

Hélène n'aurait pas cru de sa dignité de se
reconnaître en faute :

— Ce que je dis est parfaitement vrai, reprit-
elle, et M. Hamilton a vécu tout ce temps de
l'argent de papa.

— Papa dit que, dans toute cette affaire,
M. Hamilton s'est admirablement conduit. D'a-
près tout ce qu'il m'en a conté, je ne souhai-
terais rien de mieux que de pouvoir lui ressembler un jour.

— Et qu'est-ce que papa t'a donc conté?
demanda Hélène qui n'aimait pas que les autres
en sussent plus qu'elle. A son insu, l'entretien
commençait à l'indisposer contre les Hamilton.

Albert ne fit pas semblant de l'entendre :

— Henri, dit-il, en se tournant vers le petit
garçon dont nous avons déjà parlé, Henri, que
fais-tu donc dans ce coin?

Le petit Henri, qui se sentait encore peu à
l'aise avec ses nouveaux et joyeux frères, le regarda d'un air timide :

— J'attends, répondit-il, parce que maman
m'a dit que je pourrais aller la trouver dans une
demi-heure.

— Hélène, ne pourrais-tu t'occuper un peu
de cet enfant? Personne ne semble faire attention à lui.

— Il peut bien dessiner comme Susanne, je
suppose, dit Hélène sans bouger de sa place.

— Albert se replongea pour un instant dans
sa lecture et dans son moelleux canapé ; puis,
se redressant tout à coup et faisant un signe de
tête au petit garçon :

— Viens donc un peu ici, Henri, dit-il, je
n'aime pas à te voir là-bas tout seul.

L'enfant traversa lentement la chambre et se laissa asseoir, sans mot dire, sur les genoux de son frère.

— Qu'est-ce qui te rend si grave? demanda Albert embarrassé de savoir de quoi parler à un enfant si différent de tous céux qu'il avait vus jusque-là.

Henri jouait avec sa manche, mais ne répondait rien.

— Tu es impatient de revoir maman, n'est-ce pas?

— Je ne sais pas quand il faudra y aller, dit Henri. Une demi-heure, c'est si long!

— Quand donc la demi-heure a-t-elle commencé?

— Oh! je ne sais pas; il y a longtemps, longtemps, dit Henri avec un soupir.

— Pourquoi ne cherches-tu pas quelque chose pour jouer, au lieu de t'asseoir comme en pénitence? Quel drôle de petit garçon tu es!

— Je ne sais que faire.

— Ne peux-tu pas t'amuser comme tout le monde?

Les timides yeux noirs se levèrent tout surpris vers Albert.

— Eh bien, ne sais-tu pas ce que c'est qu'un jeu? Le fait est que je ne t'ai pas vu rire ou jouer une seule fois depuis mon arrivée ici. Je sais bien que maman dit que trop d'exercice ne te vaut rien; mais est-ce que tu n'aimerais pas faire comme les autres?

Henri secoua la tête : — Non, je suis fatigué. Je ne puis pas. Cela me fait mal.

— Mais tu n'es pourtant pas toujours fatigué, j'aime à croire.

— Non, pas toujours, pas quand je suis dans mon lit, dit Henri après un moment de réflexion. Mais dis-moi, Albert, est-ce que la demi-heure n'est pas encore finie?

— Comment puis-je te dire si elle est finie, puisque tu ne peux pas me dire quand elle a commencé? Mais viens avec moi; nous irons chez maman voir ce qui en est.

La conscience d'Albert lui reprochait l'isolement dans lequel lui et ses frères avaient laissé le petit garçon depuis son arrivée. Il était si timide, si silencieux, il leur paraissait avoir si peu d'énergie et de gaieté, que tous semblaient, la plupart du temps, oublier son existence. Le grand frère prit donc dans sa main robuste la main délicate de l'enfant, et se dirigea avec lui vers le salon.

— Mère, es-tu encore occupée? demanda-t-il en passant sa tête par la porte entr'ouverte.

Une jeune dame aux joues pâles, aux yeux doux comme Henri, était étendue auprès de la fenêtre sur un sopha, les pieds recouverts d'un riche châle des Indes. A la voix d'Albert, elle tourna la tête : — Non, dit-elle, je suis libre maintenant, et je désirais justement Henri.

— Je vais donc te le laisser, dit Albert.

— A moins que tu ne veuilles rester quelques minutes. Que faites-vous tous dans l'autre chambre? continua-t-elle, tandis que Henri se glissait à côté de sa mère, et s'y installait sur un petit tabouret, de l'air le plus heureux du monde.

— Ce que nous faisons, mère? dit Albert hésitant à répondre, et se balançant sur le bras d'un fauteuil qui lui servait de siége. Eh bien! j'ai passé une partie de l'après-midi à lire, Hélène à travailler, Susanne à dessiner, et Roger à... à rien de particulier.

— J'ai grand'peur que ce ne soit là l'occupation favorite de Roger.

— Oui, assez souvent, dit Albert en riant.
C'est un paresseux de premier calibre.

— Le défaut du bébé est devenu le défaut
du grand garçon, à ce que je vois, dit madame
Marchal; de même que le petit garçon qui passait
son temps à relire ses vieux livres a conservé sa
passion pour la lecture.

— Il doit te sembler bien drôle, n'est-ce pas,
mère, de nous retrouver tous grandis et pourtant les mêmes qu'autrefois? dit Albert, avec la
brusquerie originale qui lui était habituelle et
qui ne manquait pas de charme. Je crains bien
que notre tapage ne te dérange plus qu'il ne le
faudrait.

— Je voudrais seulement être assez forte
pour le mieux supporter. C'est pour moi un vrai
chagrin d'être obligée de me tenir si souvent
loin de vous tous.

— Oh! cela ne fait rien. Et tu aurais de la
peine à supporter le bruit que font Susanne et
Roger quand ils sont en veine de se taquiner.

— Il faudra donc que je te fasse mon premier
ministre en mon absence, dit en souriant madame Marchal.

Albert secoua la tête. — Ce n'est guère mon

habitude d'intervenir, dit-il. Je n'aime pas beaucoup me mêler des affaires des autres.

— Mais tu interviendrais, n'est-ce pas, si tu
voyais faire quelque chose de mal ?

— Tout de même, s'il n'y avait personne
d'autre, dit Albert quelque peu à contre-cœur.
Mais il va y avoir une gouvernante.

— Oui. Néanmoins, Albert, j'ai besoin de
sentir que je puis me fier à toi, et pour deux ou
trois choses tout particulièrement. Par exemple...

Elle hésita en abaissant un rapide coup d'œil
sur l'enfant assis auprès d'elle.

— Il est endormi, dit Albert. Mère, qu'est-ce
qui le rend si différent des autres garçons ?
Pense donc comme à neuf ans, d'ordinaire, on
aime à s'amuser !

L'expression de tristesse profonde qui envahit à ces mots le visage de madame Marchal
émut Albert.

— Je n'ai jamais pu me décider à en parler à
personne, dit-elle à demi-voix, mais je te le dirai,
à toi, notre aîné : je désire que tu comprennes,
continua-t-elle en baissant encore la voix,
combien il est essentiel d'éviter avec lui tout

4

jeu brusque, toute taquinerie. Il ne peut rien
supporter de semblable.

— Ne penses-tu pas que cela pourrait, au
contraire, l'aguerrir un peu?

— Oh! non, non. Écoute...

Albert se pencha vers elle pour entendre
quelques paroles d'explications murmurées
tout bas, et, à son tour, il changea de visage.

— En es-tu bien sûre, mère? dit-il. Peut-être
s'est-on trompé?

— Ce n'est que trop vrai. Mon pauvre petit
Henri!

Elle le contempla quelques instants avec des
yeux remplis de larmes.

— Oh! Albert, reprit-elle d'une voix presque
suppliante, tu veilleras sur lui, n'est-ce
pas?

— Fie-toi à moi, mère, dit le jeune garçon, plus ému qu'il ne l'avait peut-être jamais
été depuis le départ de ses parents qui, sept
ans auparavant, lui avait coûté bien des larmes.

— N'en dis rien à Hélène. Les enfants parlent quelquefois étourdiment, et Henri est trop
jeune pour connaître sa situation. Mais toi,

Albert, tu es réfléchi pour ton âge et j'ai senti que tu saurais me comprendre.

Pauvre mère! depuis neuf ans sa tendresse étreignait d'autant plus étroitement la fragile petite plante, qu'elle tremblait à chaque instant de la voir se faner pour toujours. D'ailleurs, ses autres enfants étaient si vigoureux et si gais! Ils semblaient avoir si peu besoin de ses soins et de sa sympathie! Il y avait, chez l'aîné, un calme réfléchi qui lui avait fait désirer de chercher sa confiance et son appui; mais, quant aux trois plus jeunes, ils étaient si absorbés dans ce qui les concernait personnellement, et si réservés dans les témoignages de leur tendresse, que la mère ne sentait pas qu'elle eût encore fait entière connaissance avec ses enfants au milieu desquels elle était revenue.

La douceur, la timidité de la mère présentait un curieux contraste avec la bruyante gaieté des enfants, Albert et Henri exceptés. Albert était le portrait de son père, Henri l'image de sa mère. Les trois autres étaient entièrement différents. Ils semblaient s'être habitués en grandissant à se trouver heureux où que ce fût et avec qui que ce fût; ils avaient appris avec calme le retour de

leurs parents, et se réjouissaient à la perspective de vivre à la Maison Blanche, parce qu'ils
comptaient y faire « de fameuses parties ». Ce
qui se cachait de profondeur et de tendresse
sous ces extérieurs joyeux et attrayants du
reste, c'est ce que madame Marchal espérait
découvrir avec le temps.

VI

UN NOUVEAU MAÎTRE DANS LA MAISON.

Ils allaient donc arriver! Lentement pour les Marchal et les Chevalier, mais trop vite mille fois pour les Hamilton, la quinzaine de délai s'était écoulée.

— Voyons, Flossette, ma chérie, commença la vieille Anne, tâchez de prendre un peu de courage maintenant, car il faut que vous ayez bonne mine, ce soir. Je sais que c'est bien dur, et moi-même je me sens bouillir quand je pense qu'ils vont venir prendre la place de M. Gérald. Mais voilà, il paraît que le colonel en a le droit, et on ne peut pas s'attendre à ce qu'il abandonne son droit pour nous faire plaisir. Quoi qu'il en soit, je veux absolument que ma petite Flossette leur plaise tout de suite, car tout ira beaucoup mieux pour elle, s'il en est ainsi. Vous aurez donc

4.

soin d'être gentille et gracieuse, n'est-ce pas,
ma chérie? Vous ne baisserez pas la tête comme
vous le faites maintenant, et vous leur souhai-
terez la bienvenue, quoiqu'ils ne le méritent
guère.

Pauvre petite Flossette! elle n'avait rien moins
l'air que disposée à souhaiter gaiement la bienvenue à qui que ce fût. Elle demeurait immobile
sur une des chaises de sa petite chambre,
vêtue de la robe blanche et de la ceinture bleue
qu'Anne avait choisies pour cette occasion.
Flossette s'était d'abord opposée à cette toilette,
assurant qu'un vêtement de deuil serait beaucoup plus de saison; mais le désir d'Anne,
que son enfant bien-aimée fît une bonne
impression sur les nouveaux arrivants, pré-
valut.

— Et vous ne pleurerez plus, n'est-ce pas?
mon enfant. Vous tâcherez surtout de ne pas
vous décoiffer, car j'ai arrangé vos belles
boucles avec un soin tout particulier, et, si vous
secouez la tête, elles s'embrouilleront de nouveau.

— Je n'ai aucune envie de pleurer, dit Flossette d'un ton qui n'était pourtant rien moins

que gai, mais je voudrais seulement ne pas
avoir si mal à la tête.

— Je le voudrais bien aussi, car alors vous
n'auriez pas les joues si pâles et les yeux si
creux, dit Anne. Ah! je vois, vous êtes impatiente d'aller retrouver M. Gérald; eh bien! allez,
ma chérie, laissez-moi seulement arranger votre
ceinture qui est de travers... C'est cela. Pour
peu qu'ils aient de cœur, se dit la bonne fille
à elle-même, tandis que Flossette quittait la
chambre, ils ne pourront pas faire autrement
que d'avoir pitié de la pauvre enfant et de
l'aimer. Et, s'asseyant à la place que Flossette
venait de quitter, Anne, qui avait démontré si
éloquemment à la petite fille la nécessité
d'avoir bon courage, se mit à son tour à pleurer
amèrement.

Gérald était au salon quand sa sœur y entra.
Celle-ci courut à lui, et, oubliant toutes les recommandations concernant les boucles, elle cacha
son visage contre l'épaule du jeune homme.

— Ma petite chérie est bien fatiguée ce soir,
dit celui-ci.

— Oh! Gérald si je pouvais aller me coucher,
et ne pas les voir!

— Chère enfant, ce ne serait que plus pénible pour toi demain matin.

— Oui, je le sais; aussi je fais tous mes efforts pour être brave, je t'assure, Gérald, ajouta-t-elle en essayant de sourire.

— Oui, ma chérie, je n'en doute pas.

— Mais c'est si dur! Oh! Gérald, j'ai si mal!

— Mal! et où donc?

— Je ne sais pas, mais quand je te regarde et que je pense... ô Gérald, je sens comme une grande douleur partout! Je ne puis pas croire qu'après-demain...

Un sanglot l'interrompit. Gérald ne répondit rien, mais il prit ses deux mains entre les siennes et fit une courte prière. Oh! qu'il y avait de tendresse et d'angoisse dans ces quelques paroles si simples! L'homme énergique, comme la faible enfant, était accablé sous le poids de la même douleur.

— Flossette, reprit-il, Jésus seul peut nous donner la force qui nous est nécessaire aujourd'hui.

— Je le lui ai demandé, mais je ne sens pas que j'aie rien obtenu.

— Et moi, je crois tout le contraire; pendant

ces quinze derniers jours, j'ai vu ma petite Flossette patiente et soumise, alors que le chagrin aurait pu la rendre irritable et désobéissante. Chère enfant, c'est Lui qui te soutient ainsi, et Il te garde encore la meilleure de ses consolations pour le moment où tu en auras le plus besoin.

Flossette soupira; cependant ces quelques mots l'avaient calmée.

— Gérald, dit-elle tout à coup, j'entends une voiture. Oh! ne t'en va pas, reste ici, reprit-elle d'un ton suppliant, comme le jeune homme faisait un mouvement pour se diriger vers la porte.

— Ne veux-tu pas venir toi-même les recevoir? Allons, petite sœur, ajouta-t-il d'un ton plus gai, voyant qu'elle devenait pâle et tremblante, et la faisant asseoir sur ses genoux, on dirait, à voir ta terreur, qu'il s'agit de sauvages ou de bêtes fauves. Sais-tu que j'ai invité à dîner M. et madame Chevalier, afin que les deux sœurs qui ne se sont pas revues depuis sept ans aient le plaisir de s'embrasser dès ce soir. Tu penses si cela doit leur tarder. Autant vaut peut-être les laisser seuls pendant cette première

entrevue, afin de ne pas gêner leur joie par
notre présence. Aurais-tu aimé que j'invitasse
aussi Lucie? Je n'étais pas sûre que cela te fît
plaisir.

— Oh! non, je n'ai pas besoin d'elle ce soir.

— Sais-tu si Hélène ressemble à Lucie? reprit Gérald bien déterminé à ne pas lui laisser
le temps de réfléchir ou d'écouter le bruit de
voix joyeuses qui retentissaient dans le vestibule.

— Je ne sais pas. Lucie dit qu'elle ressemble à... à madame Chevalier, dit Flossette
pâlissant encore et serrant plus étroitement le
bras de son frère. Oh! Gérald, écoute, écoute.
Les voici...

Il baisa tendrement son front, puis se leva
et ouvrit la porte du petit salon.

— Le colonel et madame Marchal! annonça
la vieille bonne.

Ces mots furent suivis d'une telle invasion
de nouveaux venus, que Flossette en demeura
tout étourdie. Elle sentit que les uns l'embras-
saient, que les autres lui prenaient la main;
mais elle conservait à peine la faculté de voir
et d'entendre, et il lui eût été difficile de dire

si elle avait affaire à des enfants ou à de grandes personnes.

Cependant chacun s'assit, et peu à peu le tumulte de l'arrivée se calma pour faire place à une conversation moins bruyante, qui trouva Flossette les yeux baissés, debout près du fauteuil de son frère, et lui permit de se reconnaître. Tout à coup une pensée traversa son esprit. Sa conduite en ce moment était-elle bien ce que Gérald attendait de sa petite sœur? Non, sans doute, et, faisant un grand effort, elle leva la tête et regarda autour d'elle. Il y avait M. et madame Chevalier, le colonel et madame Marchal, deux petites filles et trois garçons; il n'était pas étonnant que l'arrivée de tant de personnes à la fois eût été bruyante. Flossette les considérait tous, l'un après l'autre, avec un intérêt croissant. Le colonel au teint bruni, au visage grave, causait avec M. Chevalier et Gérald; les deux plus grands garçons étaient encore debout non loin de la porte, tandis qu'Hélène et Susanne avaient chacune trouvé un siége près de la table. Involontairement les yeux de Flossette se détournèrent des petites filles pour se reporter sur les deux mères

assises sur le canapé, la main dans la main, avec
une joie silencieuse. Mais bientôt la petite orpheline se sentit plus que jamais désolée en
comparant sa tristesse à leur bonheur, et elle
ne refoula qu'avec bien de la peine le torrent
de larmes qui menaçait de jaillir.

Le gracieux visage de madame Chevalier était
bien connu de Flossette qui en aimait le bienveillant sourire; celui de sa sœur était plus pâle,
plus mélancolique dans son expression, et
presque aussi délicat dans son apparence que
le frêle petit garçon qui ne s'éloignait presque
jamais d'elle. Flossette sentit qu'elle pourrait,
quelque jour peut-être, apprendre à aimer madame Marchal, à condition pourtant que personne ne vînt lui rappeler qu'elle était venue
prendre la place de Gérald.

— Flossette, le colonel désire vous parler.

C'était la voix de M. Chevalier.

Flossette jeta vers son frère un regard suppliant; mais dès qu'il lui eût dit : Va, ma chérie,
elle s'avança vers le colonel qui prit sa main
entre les siennes, et la fit asseoir sur un de ses
genoux.

— Ma nouvelle petite fille, dit-il, — et sa

voix grave pouvait singulièrement s'adoucir pour parler à une enfant — nous avons à faire connaissance. Est-ce Flossette que nous devons vous appeler?

— Oui, fut tout ce qu'elle put répondre.

— C'est le nom que j'ai pris l'habitude de lui donner, et qu'elle préfère, dit Gérald en manière d'explication.

— Et vous voulez bien devenir mon enfant, n'est-ce pas?

— Oh! non, je suis à Gérald, dit vivement Flossette.

— Oui, vous êtes la sœur de Gérald...

— Sa sœur, et son enfant aussi, insista-t-elle.

— Mais ne pensez-vous pas que vous pourriez nous donner une petite place dans votre cœur, après avoir donné à votre frère la meilleure et la plus grande?

— Non, j'aime mieux tout garder pour lui, répéta Flossette en essayant d'échapper au colonel pour retourner à son frère; mais celui sur les genoux duquel elle était assise l'y retint encore.

— Petite Flossette, dit-il, savez-vous que le cœur est comme la flamme, et que plus on lui

5

donne de quoi s'alimenter, plus il grandit?

Flossette le regarda étonnée.

— Vous pouvez aimer votre frère de *tout* votre cœur, continua-t-il, et avec ce même cœur aimer encore un grand nombre d'autres personnes. C'est étrange, n'est-ce pas? Mais nous désirons tous obtenir une place dans votre cœur, et cela le fera devenir de plus en plus large, si bien que, quand Gérald reviendra, il trouvera un cœur plus grand que jamais pour l'aimer et lui souhaiter la bienvenue.

Flossette ne savait trop que penser du colonel. Elle aimait son ton grave et ferme, et son sourire un peu grave aussi; mais, en tout cas, il avait une singulière façon de consoler.

— Je me demande quelle est la plus grande de vous trois, reprit le colonel. Venez, Hélène et Suzanne, mettez-vous bien sur la même ligne. Ah! Flossette est encore petite; elle dépasse à peine Suzanne.

Quelques instants après, chacun se leva afin d'aller se préparer pour le dîner. Madame Marchal, trop fatiguée par le voyage, pour pouvoir songer à prendre place à table, se retira dans sa chambre; Flossette dut conduire Hélène et Suzanne dans celle qui leur était destinée, ce qu'elle fit sans se faire prier, mais aussi sans ajouter une syllabe de plus qu'il n'était strictement nécessaire, et revint en courant reprendre sa place à côté de son frère. Bientôt toute la société fut de nouveau réunie dans la salle à manger, et madame Chevalier se chargea de remplacer sa sœur en présidant la table. Pauvre Flossette! Elle n'était plus la maîtresse de la maison. Désormais une autre avait pris sa place. C'était là sans doute une bien petite partie de ses chagrins, et pourtant il serait dur, bien dur, de ne plus s'asseoir au milieu de la table, de ne plus servir le matin le café, le soir le thé à son frère.

Pendant ce temps, Anne reçut l'ordre d'aller veiller à ce que madame Marchal ne manquât de rien dans son appartement, ce qu'elle fit d'assez mauvaise grâce, oubliant toutes ses propres recommandations à Flossette, et éprouvant quelque chose des sentiments qui auraient animé un dévoué serviteur de Charles Ier contraint d'aller prendre soin de Cromwell. Mais celle qui, dans notre histoire, venait usurper la plus belle chambre à coucher de la maison, ne ressemblait guère au célèbre personnage de la grande Révolution.

— Comme cette petite Flossette a l'air gentille! Anne, dit-elle; cela me fait de la peine de la voir si triste.

Si madame Marchal avait cherché à gagner le cœur de la vieille bonne, elle n'aurait pas pu trouver un plus sûr moyen. Il n'en fallut pas davantage pour lui délier aussitôt la langue.

— N'est-ce pas, madame? Je ne crois pas qu'on puisse nulle part en trouver une plus gentille. Et elle aime son frère!... Vraiment, madame, je ne sais comment elle pourra supporter la séparation. Depuis quinze jours, elle n'est plus la même. Si vous aviez vu autrefois, comme elle était toujours gaie et de bonne humeur! mais maintenant elle a comme qui dirait vieilli de dix ans, et elle n'a plus le courage de rien, la pauvre petite.

— Tout ira mieux quand le plus pénible sera passé.

— Peut-être bien, madame; cependant je n'en répondrais pas. Notre petite demoiselle n'est pas oublieuse comme la plupart des enfants; elle prend les choses au sérieux. Cela me fend l'âme de la voir s'efforcer de faire bonne contenance, tandis qu'elle pousse de profonds soupirs, comme si son cœur allait se briser.

— C'est vraiment touchant de voir une enfant souffrir ainsi, dit madame Marchal les larmes aux yeux.

— Voilà quinze jours que cela dure, reprit la vieille bonne. Monsieur avait voulu lui faire reprendre ses leçons, pensant que cela la distrairait un peu; mais la pauvre petite semble ne trouver de consolation qu'à se tenir près de lui, et, quand il est dehors, elle reste des heures entières collée à la vitre pour épier son retour.

— Il y a longtemps, sans doute, que vous êtes la bonne de Flossette?

— Depuis le jour de sa naissance, madame; je ne l'ai jamais quittée, et ne la quitterai jamais, si la chose ne dépend que de moi.

Le visage d'Anne exprimait quelque inquiétude tandis qu'elle parlait ainsi. La vieille nourrice n'était pas encore sûre que madame Marchal la gardât à son service, quoiqu'elle sût que la chose avait été mise en question et que M. Hamilton avait parlé en sa faveur.

— Si vous la quittez maintenant, cela ne dépendra pas de moi non plus.

— Merci, madame, fut tout ce qu'Anne put articuler.

— Il faudra nous aider à la rendre heureuse en l'absence de son frère. Et puis, Anne, c'est vous qui vous occuperez aussi de mon petit Henri; il a besoin de tant de soins!

Madame Marchal et la vieille bonne causèrent encore longtemps du chagrin de Flossette et de la santé délicate d'Henri. Le cœur d'Anne fut gagné dès ce soir là.

VII

L'AMERTUME DU DÉPART.

Le dernier jour était venu. Flossette n'aurait pas pu dire si ces deux semaines avaient passé vite ou lentement. Oui, lentement, car chaque heure était une souffrance; mais vite, trop vite, car chaque instant la rapprochait du moment de la séparation.

Pendant ce dernier jour, elle n'avait guère vu les Marchal qu'aux heures des repas, et alors même, ceux-ci ayant pitié d'elle, ne lui avaient presque pas adressé la parole. Dans la matinée, Gérald ayant dû s'absenter pour quelques heures, elle s'était réfugiée en toute hâte dans son coin favori du grenier. Là, couchée sur le plancher poudreux, sa tête reposant sur son bras, elle avait attendu le retour de son frère. Elle ne pleurait pas, mais elle n'en souffrait que davantage.

Dans l'après-midi, Gérald l'emmena faire une promenade le long de ces champs qui avaient vu tant de fois le frère et la sœur s'avancer joyeux. Puis ils rentrèrent dans le petit salon où Flossette avait si souvent épié le retour de son frère, et y passèrent le reste de la journée sans que personne vînt interrompre leur dernier tête-à-tête; mais ni l'un ni l'autre n'étaient disposés à parler beaucoup. A part quelques allusions de Gérald à son lointain retour et aux lettres qu'ils échangeraient, le silence ne fut pas interrompu.

Le lendemain arriva. Gérald devait partir de bonne heure, et le premier déjeuner n'était pas encore fini que déjà la voiture attendait à la porte.

Flossette n'avait pas l'air d'avoir conscience d'elle-même, mais le bruit des roues sur le sable de l'allée la fit frissonner en lui rappelant la réalité.

— Veuillez m'excuser, dit Gérald en se levant, mais si je restais davantage je risquerais de manquer le train. N'interrompez pas votre déjeuner, je vous en prie.

Madame Marchal ne sortait jamais si matin

de sa chambre, aussi Gérald avait-il déjà pris congé d'elle la veille. Quant au colonel, il quitta la table pour accompagner le voyageur jusqu'à la voiture. Flossette aurait bien voulu qu'il n'en fît rien. Elle avait besoin d'être seule avec son frère à ce dernier moment. Mille choses qu'elle aurait voulu lui dire, et auxquelles elle n'avait pas songé alors qu'ils étaient seuls ensemble, se pressaient en foule dans son esprit, et maintenant il était trop tard. Il n'y avait plus qu'un instant. Une minute encore, et son frère serait parti! Que lui resterait-il après cela? Le monde entier n'était rien pour elle en comparaison!

— Oh! Gérald! s'écria-t-elle en l'étreignant convulsivement comme pour le retenir encore au moment où il se penchait pour l'embrasser.

— Ma petite bien-aimée, murmura-t-il, ma Flossette chérie, que Dieu te garde et te bénisse!

— Oh! Gérald! je t'en prie, encore cinq minutes!

— Je ne puis pas rester davantage, ma Flossette, mais Jésus ne t'abandonnera pas; n'oublie pas que tu es sa petite servante; c'est Lui qui te consolera...

5.

— Gérald !...

Elle ne put rien articuler que ce cri qui contenait toute l'angoisse de son cœur. Gérald, aussi pâle qu'elle-même, la souleva dans ses bras pour un dernier baiser.

— Adieu, ma petite sœur chérie, adieu, ma Flossette. Dieu te bénisse !

Doucement il détacha les bras qui s'étaient enlacés autour de son cou, et s'élança dans la voiture.

— A la station, le plus vite possible, car nous sommes en retard, cria-t-il au cocher.

Il se pencha à la portière pour échanger avec elle encore un dernier signe de la main, un dernier regard, puis la voiture tourna sur la grande route ! Flossette ne vit plus rien, Gérald était parti !

Le colonel, rempli de compassion pour la pauvre petite sœur abandonnée, voulut lui dire quelques mots ; mais, à son approche, elle poussa un cri et s'enfuit.

— Que ferons-nous pour consoler cette pauvre petite ? dit M. Marchal en se tournant vers la vieille nourrice qui pleurait amèrement son maître qui ne l'avait pas oubliée au moment du départ.

— Je crois, monsieur, qu'il n'y a rien à faire pour elle, si ce n'est de la laisser tranquille pour quelque temps. Je la connais; elle ne voudrait pas souffrir que moi-même je lui parle.

Le colonel demeura immobile quelques instants en silence, puis retourna dans la salle à manger, où il trouva ses cinq enfants fort absorbés par leur tasse de café ou de chocolat.

— M. Hamilton est-il parti? papa, dit Hélène, qui, en l'absence de sa mère, avait été élevée à la dignité de maîtresse de maison.

— Oui, il vient de partir.

— J'aime assez M. Hamilton, remarqua Suzanne. Oh! papa, ne nous mèneras-tu pas voir le gros chien Fido après déjeuner?

M. Marchal, absorbé dans ses réflexions, ne répondit pas.

— C'était le chien de M. Hamilton, n'est-ce pas? dit Roger; et c'est maintenant le chien de papa, je suppose.

— Quelle sorte de chien est-ce? demanda Hélène.

— Je ne l'ai pas encore vu, répliqua Roger; il

était enfermé; mais Albert dit qu'il est magnifique.

— Est-il blanc ou noir? demanda Suzanne.

— Brun, avec un poil doux et lustré comme du velours, répondit Albert. Pauvre animal! Il avait l'air si triste. On aurait dit qu'il devinait le départ de son maître.

— Il paraît que M. Hamilton ne le prenait jamais à la chasse, dit Roger. Je le lui ai demandé, et il m'a dit que la chasse n'était pas dans ses goûts. Pour moi, j'aimerais joliment m'y essayer bientôt.

— T'essayer à quoi? demanda tout à coup le colonel.

— A chasser, papa.

— Vraiment! dit celui-ci avec ce demi-sourire qui lui était habituel. Tu as beaucoup d'autres choses plus importantes à apprendre auparavant, mon garçon. Pour le moment, prends garde de ne pas faire d'imprudence, continuat-il en se levant de table. J'espère, enfants, que vous avez tous fini de déjeuner.

— Bien sûr que je ne veux pas faire de sottises, dit Roger, comme la porte se refermait derrière son père. J'ai seulement le projet d'entreprendre une petite tournée d'exploration, et de voir ce qui est digne d'être vu.

— Dans la maison, ou dehors? demanda Suzanne.

— Dehors. Je veux surtout m'amuser avec le chien.

— Tu risques d'être obligé de t'en passer, dit Albert. Il faut qu'il reste attaché trois ou quatre jours, et aucun de nous ne doit s'approcher de lui, a dit papa, jusqu'à ce qu'il en donne lui-même la permission. Il paraît que, s'il était mis en liberté, il s'élancerait à la poursuite de la voiture et ne s'arrêterait pas avant d'avoir atteint la station. Mais dites-moi, vous autres filles, connaissez-vous déjà bien la maison?

— A peu près, dit Hélène. Sauf le petit salon vert et la chambre de Flossette, où l'on nous avait défendu d'entrer hier. Albert, crois-tu que maman va laisser les chambres telles qu'elles sont?

— Et que veux-tu que j'en sache? Mais toi-même, qu'est-ce qui te déplaît?

— Je n'ai pas dit que rien me déplût. Mais, tout de même, il serait drôle, ce me semble, que Flossette gardât sa jolie chambre pour elle seule, tandis que Suzanne et moi nous habiterions ensemble celle où nous avons couché les deux premières nuits. Pense donc qu'elle est à peine plus grande que celle de Flossette, et que l'ameublement n'en est pas moitié aussi élégant.

— Tu ne veux pas dire, j'espère, que tu désirerais chasser cette pauvre enfant de sa chambre?

— Mais elle n'y a aucun droit, dit Hélène. Je suis l'aînée, et cette maison appartient à papa; et Flossette n'est gardée ici que par bonté! Il serait juste, il me semble, que cette chambre devînt la mienne, et que Flossette occupât l'autre avec Suzanne.

— Mais je ne me soucie pas du tout d'être avec Flossette, s'écria Suzanne. Oh! Hélène, nous avons toujours été dans la même chambre.

— Néanmoins, je suis persuadée que ce serait là le vrai moyen d'arranger les choses, dit Hélène d'un ton compétent. Ce n'est pas du tout au moins que je désire prendre le meilleur pour moi-même, mais parce que c'est là mon droit.

— Il serait bien cruel de faire un pareil changement, surtout quand la pauvre enfant vient de perdre son frère, dit Albert, et je ne conçois pas même que tu puisses y songer. Pense donc que c'est très-probablement M. Hamilton qui a meublé et arrangé cette chambre tout exprès pour elle, et qui lui a donné la plupart des jolies choses qu'elle renferme.

— Jolies choses achetées avec l'argent de papa.

— Si c'est là le langage que tu comptes tenir devant Flossette, tu feras d'elle la plus malheureuse des créatures, et papa sera très-fâché s'il t'entend.

Hélène se leva d'un air offensé pour aller chercher sa corbeille à ouvrage. Les deux garçons disparurent par la porte vitrée donnant sur le jardin, suivis de Suzanne. Quant au petit Henri, il s'assit tranquille et silencieux sur un tabouret pour attendre sa maman. Mais personne ne sut où était Flossette. Elle s'était cachée dans le coin le plus sombre du grenier et ne souhaitait rien autre que d'y demeurer seule avec son désespoir.

Vers le milieu de la journée, Anne finit par la découvrir immobile au milieu des caisses et des vieux meubles. Pendant quelque temps, elles

pleurèrent ensemble, ce qui était pour Flossette le meilleur moyen d'être consolée. Mais
plus tard, après que la vieille bonne l'eut sup-
pliée en vain de manger quelque chose, Flossette à son tour supplia celle-ci de la laisser
encore seule. Elle ne pouvait pas même supporter la sympathie de la fidèle servante. Personne ne pouvait comprendre toute l'amertume
de sa douleur. Elle voulait être seule pour se
nourrir encore du passé, et s'abandonner à
toute la violence de ses regrets.

VIII

Un, deux, trois, quatre, cinq!

Le son lointain de l'horloge de l'église, arrivant jusqu'à Flossette, la fit bondir tout à coup.

Cinq heures! L'heure qu'elle aimait entre toutes, qui ramenait tous les jours auprès d'elle son frère chéri, comment allait-elle la traverser aujourd'hui?

Elle ne pouvait, du moins, la passer loin du petit salon. L'habitude était trop forte pour y résister; et, avant d'avoir réfléchi davantage, Flossette descendait déjà l'escalier d'un pas précipité, tremblante qu'elle était de rencontrer quelqu'un sur son passage. Par bonheur, elle ne vit personne, entra furtivement dans le petit salon, et ferma avec soin la porte derrière elle.

Les flammes du foyer jetaient dans la pièce vide des lueurs vacillantes, et le grand fauteuil de velours était à côté de la cheminée comme tout prêt pour l'arrivée de Gérald. A cette vue, elle se sentit envahir par un sentiment de tristesse si profonde qu'il lui semblait qu'elle pourrait en mourir. Pour un moment elle s'assit dans le fauteuil; mais bientôt l'absence de celui qui, tous les soirs, la prenait si tendrement sur ses genoux, lui devenant plus insupportable, elle s'élança du fauteuil, se jeta à genoux, et, cachant son visage dans les coussins, elle éclata en sanglots.

« Oh! Gérald, pourquoi m'as-tu laissée? Je ne puis pas vivre sans toi! Gérald, reviens, ne serait-ce que pour une minute, pour m'appeler encore une fois ta petite Flossette chérie; Gérald!... »

Elle calma un instant ses sanglots, et, soulevant la tête, parcourut du regard toute la chambre, comme dans l'espoir que Gérald aurait entendu son appel. Mais non, tout demeurait silencieux; elle était bien seule, seule et abandonnée. Le frère était trop loin pour que la voix de sa petite sœur désolée pût l'atteindre, et, l'eût-il entendue, le devoir lui prescrivait de poursuivre sa route.

« Oh! Gérald! s'écria-t-elle plus amèrement encore, je voudrais mourir! Il n'y a plus personne qui m'aime. Gérald! réponds-moi...

« Jésus te consolera, chérie. N'oublie pas que tu es sa petite servante. »

Ces mots s'étaient tout à coup présentés à la mémoire de Flossette avec tant de force, qu'il lui avait presque semblé entendre la voix de Gérald lui-même. Ses sanglots s'arrêtèrent, et un calme étrange succéda au désespoir qui l'accablait un instant auparavant.

Non, Gérald n'était pas dans la chambre; mais un autre peut-être s'y tenait auprès d'elle, quoique invisible. Gérald ne pouvait l'entendre, mais avait-elle oublié Celui qui toujours prête l'oreille aux cris de détresse de ses enfants? Peut-être attendait-Il, pour consoler sa petite servante, qu'elle eût cessé d'appeler son frère pour se tourner vers Lui. Et tout en se disant « peut-être », Flossette se sentait devenir de plus en plus sûre qu'il en était ainsi.

Elle enfonça de nouveau sa tête dans les cous-

sins en pleurant; mais ses larmes avaient perdu
de leur amertume.

« Oh ! Seigneur Jésus, murmura-t-elle, pardonne-moi, je t'en prie. J'ai été bien méchante;
mais c'est si affreux de perdre Gérald !...

« Je ne sais que devenir sans lui. Je n'ai
plus du tout de courage, je ne me soucie de
rien et je n'ai plus personne. Oh! je t'en prie,
aie pitié de moi. Je veux être ta petite servante,
maintenant que je ne peux plus être la petite
servante de Gérald; et je veux faire tout ce que
tu me diras, puisque Gérald n'est plus là pour
me rien dire. Oh! Seigneur Jésus, console-moi
et aide-moi. J'ai tant de chagrin, et je ne sais
pas comment faire pour devenir ta petite servante. Je t'en prie, Seigneur Jésus, viens à mon
secours ! »

Non pas une fois, mais plusieurs, les mêmes
paroles entrecoupées de sanglots s'échappèrent
de son cœur et de ses lèvres. Peu à peu ses
larmes cessèrent. Le silence de la chambre ne
l'oppressait plus comme auparavant. Elle avait
désormais la certitude que Celui auquel elle s'a-
dressait pouvait l'entendre. Et bientôt la petite
fille, épuisée par les émotions de la journée,

s'endormit profondément à la place même où elle était agenouillée.

La première sensation de Flossette, à son réveil, fut que quelqu'un tenait sa main. C'était Gérald, sans doute, pensait-elle vaguement tandis que, encore assoupie, elle s'étonnait de se sentir si faible et la tête si lourde. Mais tout à coup le souvenir de la veille lui revint à la mémoire, et, ouvrant les yeux, elle vit le colonel assis à côté du canapé sur lequel elle se trouvait elle-même étendue.

Il lisait, et Flossette put refermer les yeux sans qu'il s'aperçût de rien. Elle avait besoin de réfléchir un instant pour s'expliquer comment ils se trouvaient là l'un et l'autre. Peu à peu elle se rappela et son désespoir, et sa prière, et le calme qui avait succédé à ses larmes.

« Et puis, je me suis sans doute endormie, pensa Flossette, et il doit m'avoir transportée jusqu'ici. Mais comment se fait-il que je ne me sois pas réveillée? Vraiment, c'était bien bon de sa part. »

Elle rouvrit un instant les yeux pour considérer le calme et sérieux visage, puis reprit le cours de ses réflexions.

« Il ne me faudra pas oublier ce que je Lui ai demandé, se dit-elle. Car je désire avant tout devenir sa petite servante. Je ne sais pas comment faire, mais certainement Il me l'enseignera, puisque Gérald m'a dit que je n'avais qu'à le Lui demander, et que je l'ai fait. Oh! comme je veux Le prier aussi de prendre soin de mon cher Gérald. Ce sera là une consolation. »

— Petite Flossette !

Tout en réfléchissant, Flossette avait oublié de tenir les yeux fermés. Le colonel posa son livre, prit l'autre main de l'enfant entre les siennes, et l'embrassa au front.

— Savez-vous bien l'heure qu'il est, ma petite endormie?

— Non, dit Flossette timidement.

— Sept heures viennent de sonner. Le dîner des enfants est fini depuis longtemps.

— Le dîner des enfants, répéta Flossette sans comprendre.

— Je vois que ceci est du nouveau pour vous ; mais, voyez-vous, Flossette, madame Marchal est trop délicate pour pouvoir supporter le bruit que feraient tous les enfants réunis. D'ailleurs, elle et moi nous dînons tard, et il est meilleur pour la santé des enfants de dîner de bonne heure. Mais j'ai l'intention, pour ce soir, de vous inviter à notre dîner.

Flossette le regarda d'un air incrédule.

— La cloche va sonner, reprit le colonel, ainsi il n'est que temps de nous préparer.

Comme il parlait encore, la porte s'ouvrit, et madame Marchal entra. Flossette la considéra un instant, surprise et charmée par la vue de son doux visage et du gracieux costume dont elle était revêtue.

— Flossette est tout éveillée et prête pour le dîner, dit le colonel sans attendre son consentement.

Je ne veux pas manger, dit Flossette.

— Eh bien! vous ne ferez que nous regarder, répondit le colonel.

— Si nous lissions un peu ces boucles emmêlées? proposa madame Marchal, sortant d'un petit sac une brosse qu'elle avait apportée à cette intention.

— Merci, dit Flossette, dont la tête alourdie était soulagée par les mouvements doux et réguliers de la brosse sur ses cheveux. Merci, vous êtes si bonne!..

— Voici la cloche, dit le colonel.

Flossette, se soulevant avec peine, essaya de faire quelques pas.

— Pouvez-vous marcher toute seule, Flossette?

— Mes pieds sont comme du coton, dit-elle en s'appuyant à la table et il me semble que tout tourne.

— Elle est étourdie, la pauvre petite, dit madame Maréchal; et le colonel, l'enlevant dans ses bras comme si elle eût été un tout petit enfant, la transporta jusqu'à la salle à manger, où il la fit asseoir sur un grand fauteuil.

— Là, dit-il. Maintenant, nous allons supposer, pour ce soir, que nous avons une petite malade à soigner. Voyons un peu ce qui pourrait plaire à cette demoiselle aux joues pâles... Oh! oh! Voici un joli morceau de poulet qui lui fera le plus grand bien.

Inutile de protester. Flossette vit que le mieux pour elle était de laisser faire.

Il lui semblait pourtant étrange de se trouver confortablement installée sur les coussins du grand fauteuil, avec sa robe chiffonnée et pleine encore de la poussière du grenier,

entre ce grave colonel et cette élégante dame
au doux visage, tous deux occupés à la servir ;
car ils ne permirent même pas aux domestiques
de lui rendre le moindre service. Flossette se
demanda pourquoi on la traitait ainsi.

« C'est peut-être qu'ils désirent que je les
aime, se dit-elle ; et vraiment, je crois que je ne
pourrai pas faire autrement, puisqu'ils sont si
bons pour moi.

» Cela ne m'empêchera pas d'aimer tout
autant mon Gérald chéri. Bien sûr personne
ne saurait prendre sa place ; et je ne voudrais
même pas que personne pût en faire la suppo-
sition. »

— Flossette, il ne faut pas soupirer, dit le
colonel.

Elle le regarda tout étonnée. Il venait encore
une fois de remplir son assiette, et lui avait
pris le menton pour mieux regarder son visage.
Elle n'aurait pas voulu qu'il vît ses yeux pleins
de larmes, mais comment l'éviter ?

— Il ne faut pas soupirer, Flossette, répéta-
t-il.

— Vraiment ! dit Flossette.

— Non, parce que cela fait de la peine à

6

madame Marchal. Elle a un cœur très-sensible,
voyez-vous; et quand quelqu'un soupire, elle
pense qu'elle doit soupirer aussi par sympathie,
et cela ne vaut rien pour elle.

— Ne croyez rien de ce qu'il vous dit, Flossette, interrompit madame Marchal. Tout ce
qu'il vous raconte-là, c'est bon pour rire.

Flossette se dit que c'était une manière de rire
bien nouvelle, et, de plus en plus étonnée, pro-
mena son regard de l'un à l'autre de ses
hôtes.

— Si cependant vous ne pouvez pas vous
empêcher de soupirer, il ne faut surtout jamais
pour cela vous en aller toute seule à l'écart, car
ce serait le pire de tout, dit le colonel. Ce que
vous aurez de mieux à faire, ce sera de venir
soupirer avec moi, dans mon cabinet de travail,
toutes les fois que vous ne pourrez pas vous en
passer.

Flossette avait l'air un peu mystifiée, et ne
savait plus que penser du colonel. Néanmoins
elle était si bien distraite par ses étranges re-
marques, qu'elle mangeait toujours sans s'en
apercevoir. Bientôt on servit le dessert, et les
cinq enfants firent leur entrée dans la salle.

— Flossette ici! s'écria Suzanne; mais ce n'est pas possible!

Quant à Hélène, elle redressa fièrement la tête et prit un air offensé. Et qui était-elle donc, cette Flossette Hamilton, pour être admise au dîner de son père et de sa mère, tandis qu'elle, Hélène Marchal, la fille aînée de la maison, était reléguée dans la chambre des enfants? Elle ne se hasarda pas cependant à faire, en la présence de son père, aucune remarque, et se contenta de manger une orange dans un silence plein de dignité.

Après le repas, le colonel, pour amuser ses enfants, raconta une foule d'aventures de sa vie militaire, et Flossette se prit à écouter avec intérêt, à sourire même. Le petit Henri, selon son habitude, était silencieusement assis aux pieds de sa mère; mais tous les autres riaient et faisaient mille questions; bientôt Hélène elle-même, oubliant sa dignité offensée, prit part à la gaieté commune. Tout cela était bien nouveau pour Flossette.

IX

LES DROITS D'HÉLÈNE.

C'était deux ou trois jours plus tard.

— Maman ! commença Hélène qui travaillait à faire du crochet, assise toute seule dans le salon auprès de madame Marchal.

— Qu'y a t-il, mon enfant ?

— Maman, est-ce que Flossette va toujours continuer à garder sa chambre, et à dîner avec toi et papa, et à faire toujours tout ce qui lui plaît ?

— Faire toujours tout ce qui lui plaît ? répéta madame Marchal en riant. Non certes, s'il lui plaît de faire quelque chose de mal.

— Mais alors...

— Ou encore s'il lui plaît de faire quelque chose que je ne voudrais pas permettre à mes autres enfants. J'ai l'intention de ne mettre aucune espèce de différence entre elle et mes autres filles.

— Mais, maman, c'est moi qui suis l'aînée, et pourtant jamais je n'ai dîné avec vous, comme Flossette.

— Tout cela ne continuera pas. Mais j'ai pensé qu'il valait mieux qu'il en fût ainsi pour les premiers jours, et jusqu'à l'arrivée de mademoiselle Bartel.

— La nouvelle gouvernante?

— Oui. Elle sera ici vendredi soir, et alors Flossette prendra tout naturellement sa place au milieu de vous.

— Et j'espère que Suzanne et moi nous aurons une des armoires et des étagères pour nous toutes seules, n'est-ce pas, maman? Pour le moment il n'y a pas un tiroir, pas un coin qui ne soit rempli des affaires de Flossette.

— Oui, certainement; mais il n'aurait pas été charitable de faire tous ces changements tandis que la pauvre petite était si désolée. Je crois qu'elle commence enfin à se trouver plus en famille avec ton père et moi.

— Elle devrait être vraiment bien reconnaissante.

— Reconnaissante! Et de quoi donc, Hélène?

— Mais... de tout ce que vous faites pour elle, maman.

— Pauvre petite! dit madame Marchal avec bonté.

— Maman, je voudrais encore te faire une question, mais...

— Eh bien, qu'est-ce donc? demanda sa mère, comme Hélène hésitait à poursuivre.

— Mais j'ai peur que tu ne te mettes en colère.

— Ma chère enfant, t'ai-je jamais donné la moindre raison de le craindre?

— Oh! tu sais, maman, nous avions l'habitude de parler ainsi à la pension; ce n'est pas en colère précisément que je voulais dire, mais...

— Mais plutôt mécontente. Non, tu peux me demander ce que tu voudras. Je désire vivement, ma chère Hélène, que tu te sentes en parfaite liberté avec moi, et que tu me parles de tout ce qui te passe par la tête.

— Oui, maman, répondit Hélène, très-embarrassée néanmoins pour entrer en matière. Maman, reprit-elle, après une courte pause, est-ce que toutes ces jolies choses appartiennent vraiment à Flossette?

— Quelles jolies choses?

— Je ne pourrais te les énumérer, tant il y en a dans sa chambre. Ce sont des boîtes de toute espèce, et de beaux livres, et des gravures, et des porcelaines. Il paraît que M. Hamilton lui faisait sans cesse des cadeaux. Est-ce que tout cela est bien à elle en toute propriété?

— Bien certainement. Je ne comprends même pas ce que tu veux dire, Hélène. Quand on te donne quelque chose, ne le regardes-tu pas comme t'appartenant?

— Oui... bien sûr. Mais, maman... ici ce n'est pas la même chose,.. tu sais,.. tu comprends,.. la maison et tout l'argent de M. Hamilton appartiennent en fait à papa,.. et je me demandais...

— Tu te demandais si tout ce qui appartient à Flossette allait maintenant t'appartenir. En aucune manière. Ce que son frère lui a donné est à elle, et personne ne peut y avoir le moindre droit.

Pas de réponse. Madame Marchal parut un peu attristée.

— Et puis, maman, à propos de la chambre?

— Quelle chambre? Je ne comprends pas.

— La chambre de Flossette, maman. Est-ce qu'elle la gardera toujours?

— Je n'ai pas, pour le moment, l'intention de faire aucun changement.

— Mais c'est la plus belle chambre, et elle n'est pas l'aînée.

— Je ne vois pas en quoi elle est la plus belle. La vôtre est bien plus grande.

— Oui, mais aussi nous y sommes deux. Ne serait-ce pas beaucoup mieux, si j'avais la chambre de Flossette, et que Flossette couchât avec Susanne dans la mienne?

— Pour rien au monde, ma chère Hélène, je ne voudrais priver Flossette de sa chambre.

— Maman, je suis sûre que tu ne sais pas combien la chambre de Flossette est jolie. Tu ne peux t'imaginer comme elle est plus élégamment meublée que la nôtre. Elle a un petit canapé en velours bleu, que M. Hamilton lui a donné pour son dernier anniversaire, et qui est un vrai bijou.

— Eh bien! il a eu raison. Et, je te le répète, je ne comprends pas que tu puisses avoir la moindre prétention sur ce canapé, ou sur quoi que ce soit qui appartienne à Flossette.

— Mais, maman, il lui a donné un très-beau livre en même temps. Et puis, les murs sont tout couverts de belles gravures très-joliment encadrées. M. Hamilton a fait de cette chambre un petit musée. La mienne a l'air nue, en comparaison.

— Tu peux compter sur papa pour la rendre jolie d'ici à peu de temps.

— Oui... Mais, maman, est-ce que ce ne sera pourtant pas bien drôle?

— Qu'est-ce qui sera drôle?

— Que Flossette ait la plus jolie chambre? Car, enfin, c'est moi qui suis l'aînée, et Flossette n'est gardée ici que par bonté. Est-ce que les gens ne trouveront pas que cela est très-extraordinaire?

— Quelles gens, Hélène?

— Mais, qui que ce soit, maman. Tout le monde.

— Et que nous fait l'opinion de tout le monde? D'ailleurs ceci est une question où personne, en dehors du cercle de la famille, n'a rien à voir.

— Je voulais seulement dire, maman, qu'on n'aime pas à faire des choses qui peuvent sembler étranges.

— Pourvu que nous fassions ce que nous devons faire, peu importe ce que les autres en pensent.

— Alors, maman, c'est une chose bien décidée, que Flossette gardera toujours cette chambre? ·

— Toujours est un mot bien fort; mais, comme je te l'ai déjà dit, je n'ai l'intention de rien changer pour le moment.

Hélène n'ajouta rien. Mais sa contenance disait assez combien elle était vexée. Elle ne fronça pas le sourcil, ne prit pas l'air grognon, comme aurait fait Susanne en pareille circonstance; mais, se redressant avec dignité, elle s'absorba complétement dans la dentelle qu'elle confectionnait, se contentant de répondre par monosyllabes aux questions de sa mère. Madame Marchal soupira et bientôt ne rompit plus le silence.

Tout à coup des bruits de voix se firent entendre dans le vestibule, et Hélène, malgré toute sa dignité, ne put résister au désir d'aller voir ce qui s'y passait. C'était le colonel tenant en laisse un magnifique chien, autour duquel se pressaient Albert, Roger et Susanne.

— Le chien de M. Hamilton! Quel superbe animal, s'écria Hélène. Mais il est maintenant à toi, papa.

— J'ai bien peur qu'il ne se soucie guère de reconnaître son nouveau maître. Il ne semble pas avoir la moindre intention de m'obéir. Paix, Fido! paix! Soyez sage!

Mais il n'était point dans les idées de Fido de rester en paix ni d'être sage. Pour un instant il se tint immobile, afin de tromper la vigilance du colonel; puis, d'un bond lui échappant brusquement, il s'élança au dehors.

— Il va faire peur à maman, s'écria le colonel. La porte du salon est-elle fermée? Courez!

Non, Hélène l'avait laissée toute grande ouverte. Le chien y entra, mais sans faire la moindre attention à madame Marchal. Cherchant des yeux, flairant des narines, il eut bientôt fait le tour de la chambre, et s'échappa par le vestibule dans une autre direction. Il n'y avait aucun espoir de l'atteindre. Une fois Albert l'accula dans un coin; mais, au moment où il se baissait pour saisir sa chaîne, Fido sauta par-dessus le jeune garçon et bondit au loin. Pendant quelques minutes le colonel et les enfants le poursuivirent dans sa course impétueuse à travers la maison, mais bientôt ils s'arrêtèrent riant et hors d'haleine.

— Papa, que fait-il donc? demanda Suzanne.

— Il cherche son maître, mon enfant

Pauvre animal! On avait pu rire tout d'abord de ses bonds et de ses recherches; mais il n'en était plus de même à présent que sa queue s'était abaissée entre ses jambes, et que ses yeux avaient pris une expression inquiète et désolée. Un moment il s'arrêta soudain et, avec un sourd grognement, huma l'air de ses narines dilatées. Roger courut vers lui, mais l'animal montra les dents de manière à lui faire comprendre qu'il ferait mieux de se tenir à distance.

— Prends garde, Roger, s'écria le colonel. Prends garde! Le chien est peut-être plus dangereux que je ne croyais. Il n'a pas dû être bien élevé.

Mais, à cet instant, Flossette parut sur la scène, et, sans témoigner la moindre crainte, elle courut vers Fido.

— Fido! s'écria-t-elle. C'était bien lui que j'avais entendu. Fido! Fido chéri!

A la voix de Flossette, l'animal bondit impétueusement à sa rencontre.

— Il va faire du mal à cette enfant, s'écria le colonel alarmé et courant vers elle. Mais sa frayeur s'évanouit bien vite à la vue des transports de joie passionnée par lesquels le pauvre animal accueillit sa petite maîtresse, et qui auraient touché les plus insensibles. Puis, au premier « à bas Fido! » de la petite fille, l'animal, tout à l'heure indomptable, se coucha obéissant à ses pieds, les retenant entre ses deux pattes massives, et la considérant avec des yeux presque humains. C'en était trop pour Flossette : elle s'agenouilla près de lui, et cacha sa tête dans le poil soyeux de l'animal.

— Comme il obéit à Flossette, papa, dit Suzanne.

— C'est Gérald qui le lui a appris, dit Flossette, relevant son visage couvert de larmes. Fido est toujours obéissant avec Gérald et avec moi, mais il ne fait aucune attention à ce que les autres lui ordonnent.

— Il faudra pourtant qu'il apprenne à m'obéir

7

aussi, dit le colonel. Vous m'aiderez, n'est-ce pas, Flossette? Car je serais bien fâché d'avoir à le punir.

— Le punir, oh! jamais, je vous en prie.

Flossette sentait, à cette seule pensée, les larmes l'inonder de nouveau.

— Laissez-moi le ramener dans sa niche, dit le colonel.

— Puis-je seulement le mener dans le cabinet de Gérald? demanda Flossette. Si je lui fais bien comprendre une fois que mon frère est parti, il ne le cherchera plus.

Sans se rendre bien compte de ce qu'elle désirait, le colonel y consentit, et tous suivirent la petite fille qui, essuyant ses larmes, prit le chemin du cabinet de travail, suivi de Fido.

— Fido, il est parti! dit-elle, en lui montrant le fauteuil vide.

La queue de Fido s'abaissa de nouveau, et ses yeux semblaient demander d'autres explications.

— Il est parti, Fido, tout à fait parti. Plus de maître maintenant, Fido, il est parti!

Le chien avait compris sa maîtresse. Il fit encore une fois le tour du petit salon, flaira le bureau, les livres de Gérald, regarda encore le visage désolé de Flossette, puis, posant sa tête sur le bras du fauteuil, il poussa un long soupir comme soupirent les chiens.

— Oh! Fido, il est bien loin, bien loin, maintenant!

Et les larmes de Flossette redoublèrent. Jamais peut-être elle n'avait pleuré si amèrement depuis le départ de son frère. Le chagrin silencieux de Fido ajoutait une nouvelle mesure à sa peine. Si absorbée était-elle dans son chagrin qu'elle ne s'était pas même aperçue que les enfants avaient quitté la chambre. Tout à coup elle sentit une main se poser doucement sur son épaule.

— Flossette chérie, il ne faut pas vous désoler ainsi, dit madame Marchal. Écoutez, mignonne, le colonel a une bonne nouvelle à vous annoncer.

Flossette souleva tristement la tête. Quelle bonne nouvelle pouvait-il y avoir pour elle?

— C'en est trop pour moi de supporter ce déluge de larmes, Flossette, dit le colonel. Et, d'un autre côté, j'imagine qu'il serait bien difficile de me faire obéir de Fido. Ne pensez-vous pas que nous pourrions prendre quelque meilleur arrangement?

— Je ne sais pas. Je voudrais... Je voudrais...

— Vous voudriez quoi? demanda le colonel en la faisant asseoir sur ses genoux. Que Fido pût être à vous?

— Ce n'est pas possible, je le sais bien, répondit tristement Flossette. Gérald dit que Fido vaut beaucoup d'argent; ainsi je ne pourrais l'acheter quand même...

— Quand même je voudrais vous le vendre. En effet, cela n'entrerait pas du tout dans mes idées; mais je veux faire autre chose, fillette, je veux vous le donner.

— A moi? dit Flossette sans comprendre.

— Oui, à vous, à vous toute seule. Et quand Gérald reviendra, vous pourrez, si vous voulez, le lui rendre. Pour le moment, c'est à vous qu'il appartient; quant au payement, nous demanderons tous un petit coin dans le cœur de Flossette.

Et les remerciements chaleureux de l'enfant furent un gage que le payement désiré ne se ferait pas attendre.

X

FLOSSETTE TROUVE UN AMI.

Le vendredi arriva, et avec lui mademoiselle Bartel, la nouvelle gouvernante. Ce fut une journée d'épreuves pour Flossette. Le vendredi d'avant avait été son dernier jour avec Gérald, et, bien qu'il eût été amer, c'était plus douloureux encore d'être privé de lui. Pour comble de malheur, il ne cessa pas de pleuvoir un instant, et Flossette fut ainsi privée de ce qui était sa plus grande consolation, c'est-à-dire de sa promenade quotidienne au fond du jardin, avec Fido. Flossette devait aussi, ce même vendredi, prendre pour la première fois sa place avec les autres enfants au repas de la salle d'étude, et plus le moment approchait, plus elle le redoutait.

Mademoiselle Bartel était une gentille jeune fille aux traits délicats, aux manières distinguées, naturellement silencieuse et timide. Aussi se sentit-elle tout d'abord peu à son aise au milieu de tant d'enfants étrangers; et quand Flossette vit Hélène et Suzanne se pousser du coude, chuchoter à voix basse, et sourire en désignant la nouvelle venue qui rougissait, elle éprouva pour celle-ci une véritable compassion.

— C'est la première fois que Flossette dîne avec nous, remarqua Hélène, attirant justement l'attention sur le sujet dont Flossette se souciait le moins d'entendre parler, car il lui rappelait bien des amertumes. Jusqu'ici elle a toujours dîné avec papa et maman.

— Aimais-tu mieux cela? demanda Lucie qui avait été invitée. Moi, je ne l'aurais pas aimé du tout. L'oncle Édouard me fait peur.

— Quelle idée! Lucie, dit Suzanne. Papa est aussi bon qu'on puisse l'être. Mais sais-tu bien? maman n'est pas du tout comme je me la figurais.

— J'aime beaucoup la façon dont maman s'habille, dit Hélène. Si vous saviez, mademoiselle Bartel, quels magnifiques châles et quelles jolies broderies elle a rapportés des Indes. Mais je crois qu'au milieu de tout cela, elle ne se

préoccupe pas du tout de ses toilettes. C'est
papa qui lui a acheté toutes ces belles choses.

— Et si vous voyiez sa broche de diamants!
continua Suzanne. C'est une vraie merveille! Et
sais-tu, Lucie, qu'elle nous a apporté un bra-
celet à chacune et encore d'autres choses, à ce
qu'il paraît? mais les malles ne sont pas encore
toutes défaites.

— Non, et du reste nous n'avons aucune
place pour mettre nos affaires jusqu'à ce que
quelque chose soit décidé, concernant les armoires et les étagères, poursuivit Hélène, désignant du regard les nombreuses possessions de
Flossette qui remplissaient la salle d'étude. Il
faudra que tout cela se fasse demain matin.

— Il y a ici assez de place pour emmagasiner
l'attirail de tout un régiment, dit Roger; ainsi,
vous n'aurez pas besoin de vous disputer sur ce
terrain.

— Personne ne songe à se disputer, mais
j'entends avoir assez de place pour mettre mes
choses en ordre, dit Hélène, jetant à Flossette
un de ces regards de côté dont celle-ci commençait à comprendre la portée et à se sentir
froissée.

— Je ne savais pas, Hélène. J'arrangerai
mes affaires demain, dit-elle avec un peu d'émotion. Je n'y avais pas pensé.

— Vraiment! Supposiez-vous que la chambre d'étude allait demeurer, comme auparavant,
votre domaine?

Le ton d'Hélène n'était rien moins que bienveillant, et ce ne fut pas sans peine que Flossette put répondre doucement :

— Non, Hélène, jamais je n'y avais réfléchi.

— Il me faudra ce grand rayon pour mes
livres d'étude, dit Hélène, une partie de la bibliothèque pour mes autres livres, une partie
du chiffonnier et quelques-uns des tiroirs.

— Et quoi encore? demanda sèchement
Albert.

— Je ne sais pas où je pourrai mettre mes
livres, dit Flossette; mais je ferai ce que madame Marchal désirera.

— Vraiment! reprit ironiquement Hélène,
vous aurez cette condescendance? Il serait un
peu fort, en effet, que vous ne fissiez pas tout
ce que maman vous commandera.

— Mais n'est-ce pas justement ce que je
viens de dire?

— Oui, mais d'une telle façon! On dirait, à vous entendre, que vous n'obéirez que si cela vous plaît. Vous semblez oublier que cette maison est maintenant à nous, et que, Suzanne et moi, nous avons tous les droits ici.

— S'il est permis de parler ainsi! murmura Albert.

Les joues de Flossette étaient devenues écarlates, non-seulement d'émotion, mais de colère. Le petit Henri la regardait d'un air inquiet, et le visage de mademoiselle Bartel s'était revêtu d'une expression très-grave. Mais la colère ne dura pas. — « La petite servante de Jésus ne doit pas être de mauvaise humeur », pensa tout à coup Flossette. « Seigneur, aide-moi! » Et la prière silencieuse fut aussitôt exaucée. Flossette sentit son indignation se calmer.

— Hélène, vous ne m'avez pas comprise. Je voulais seulement dire que je le ferais volontiers, ou du moins sans murmure.

— Je ne vois pas du tout quels droits vous auriez de murmurer. Vous devriez vous estimer bien heureuse d'avoir seulement la permission de rester encore dans cette maison.

7.

— Hélène, je n'aime pas à vous reprendre dès le soir même de mon arrivée, interrompit tout à coup mademoiselle Bartel, mais je suis sûre que madame Marchal n'approuverait pas ce langage.

— Flossette est absurde, mademoiselle Bartel. Elle semble croire que, parce qu'on est assez bon pour la garder, elle peut encore faire tout ce qui lui passe par la tête. Il est indispensable qu'elle apprenne au plus tôt qu'il n'est plus question pour elle d'être la première ici.

Les joues de Flossette étaient plus brûlantes que jamais.

— Je ne me soucie pas du tout d'être la première, s'écria-t-elle. Je n'ai jamais rien dit de semblable!

Mais elle s'arrêta soudain.

— En tout cas, votre manière de faire le dit assez clairement, reprit Hélène.

Mademoiselle Bartel était très-embarrassée. Étrangère, et ne connaissant le caractère d'aucun des enfants, elle ne se souciait pas non plus de commencer, par une dispute, son règne dans la salle d'études. Et, de plus, le ton de dignité et de froide assurance avec lequel Hélène savait dire des choses très-malhonnètes au fond, rendait la tâche d'autant plus difficile. Enfin Albert fit un effort :

— Hélène, si tu dis encore un mot sur ce sujet, maman saura tout.

— Je croyais que les garçons ne rapportaient jamais, dit Hélène froidement, mais non sans quelque trouble.

— Rapports ou non, je ne souffrirai pas que Flossette soit ainsi tourmentée.

— Je ne puis pas comprendre à propos de quoi vous faites tous tant de bruit, s'écria tout à coup Lucie. Flossette et moi nous ne nous disputions jamais, et je ne vois pas pourquoi, Hélène, vous vous querelleriez tant, Flossette et toi. N'allons-nous pas jouer un peu maintenant, avant d'aller au salon ?

Ces quelques mots changèrent le cours de la conversation. Les enfants se hâtèrent de quitter la table pour organiser une partie de cache-cache, et Flossette fut abandonnée à elle-même. Elle en profita pour s'échapper et courir dans le petit salon, sûre que le colonel, occupé à dîner, n'y serait pas en ce moment. Flossette se jeta dans le grand fauteuil et, fermant les yeux, se prit à penser. A mesure qu'elle comparait le présent avec le passé, les larmes couvraient ses joues ; mais tout à coup elle sentit quelque chose de froid se poser sur sa main, et elle se redressa brusquement.

— Ce n'est que moi, Flossette.

— Henri !

Rien ne pouvait la surprendre davantage que de voir à côté d'elle le petit garçon aux yeux mélancoliques, aux lèvres pâles. C'était de tous ses nouveaux amis celui qu'elle avait le moins remarqué, à cause, sans doute, de son habitude de se tenir silencieux dans les petits coins sombres.

— Et que voulez-vous, Henri?

— Flossette, est-ce que vous pleurez?

C'était une figure douce et mignonne que celle du petit garçon. Parfois la souffrance y imprimait tant de tristesse, qu'elle faisait peine à voir; mais, tandis qu'il regardait Flossette, son visage exprimait une sympathie qui lui donnait un charme indéfinissable.

— Il ne faut pas pleurer, Flossette, parce que cela fait de la peine à maman.

Flossette essuya ses larmes et fit asseoir Henri

à côté d'elle sur le vaste fauteuil, mais toujours sans parler.

— Est-ce à cause de ce qu'a dit Hélène? poursuivit Henri. Flossette, aimez-vous Hélène? Moi, je ne l'aime pas. Elle n'est pas du tout gentille avec moi.

— Je devrais l'aimer, répondit Flossette. Oh! Henri, c'est si difficile d'aimer tout le monde!

— Moi, je n'aime pas tout le monde, dit Henri. Il y a beaucoup de gens que je n'aime pas même un petit peu. Mais je vous aime, Flossette, parce que vous êtes triste.

— Aimez-vous donc tous ceux qui sont tristes? Henri.

— Je crois que oui, dit le petit garçon après un instant de réflexion; parce que, voyez-vous, Flossette, ils sont un peu comme moi.

— Vous, Henri! mais vous devriez être très-heureux et très-gai, il me semble. Vous avez votre maman, et tout le monde...

Henri secoua la tête.

— Je suis toujours fatigué, répondit-il. Et maman est si occupée maintenant! Ce n'est pas du tout comme quand nous étions dans les

Indes. Oh! que je voudrais être comme les
autres garçons!

— Pas comme Roger en tous cas, dit Flossette. Il est si brusque! Vous êtes bien plus
gentil que lui, tel que vous êtes.

— Est-ce que, vraiment, vous me trouvez
gentil? Je suis sûr que ce n'est pas l'avis d'Hélène ni de Suzanne. Elles disent que je suis stupide. Mais, Flossette, j'ai si mal quand je fais
quoi que ce soit.

— Vous n'êtes pas du tout stupide. Vous êtes
un charmant petit garçon, Henri. Elles ne m'aiment pas non plus; mais vous et moi nous
allons nous aimer beaucoup, n'est-ce pas?

Flossette s'était animée, tout en parlant, et
l'expression désolée de son visage avait complétement disparu. Elle aimait sentir le petit
garçon délicat s'appuyer sur elle comme elle
avait autrefois l'habitude de s'appuyer sur Gérald.

— Et je prendrai soin de vous quand votre
maman sera occupée, voulez-vous? continua
Flossette. Mais, Henri, comment se fait-il que
vous soyez toujours fatigué?

— Je ne sais pas.

— Pourquoi ne pas consulter le médecin?

— Oh! maman l'a souvent fait venir pour moi; mais ça ne sert à rien, Flossette, poursuivit Henri. Est ce que, vraiment, vous allez m'aimer?

— Oui, beaucoup.

— Mais pas autant que maman, n'est-ce pas? parce que je veux vous dire quelque chose; mais, si vous m'aimiez autant que maman, je ne pourrais pas vous le dire; cela vous ferait trop de peine. Mais si vous m'aimez un peu moins que maman et un peu plus que Hélène, juste entre les deux, je vous le dirai.

— Eh bien! je vous aime juste entre les deux; dites-le-moi vite.

— Oui, je vais vous le dire, parce que c'est un secret, et parce qu'il y a longtemps que je désire trouver quelqu'un à qui le confier. J'avais toujours pensé que j'en parlerais à Hélène; mais Hélène n'est pas du tout comme je me la figurais. Flossette, savez-vous? je ne serai jamais un homme.

— Vous ne serez jamais un homme! répéta Flossette. Je ne comprends pas, Henri. Qu'est-ce que cela veut dire?

— Non, je ne serai jamais un homme, répéta tristement Henri. C'est le docteur qui l'a dit. Il ne sait pas que je l'ai entendu; mais je n'étais pas endormi. Il y a bien longtemps de cela, mais je ne l'ai jamais oublié.

— Mais vous serez un homme quand vous serez grand, insista Flossette.

— Ah! mais il a justement dit que non. C'est donc, Flossette, — j'ai pensé — ne croyez-vous pas que cela veut dire qu'il me faudra mourir bientôt? Flossette, est-ce que vous auriez peur de mourir, vous?

— Je ne sais pas, dit-elle en passant avec tendresse son bras autour du cou du petit garçon désolé. Non, je crois que je n'aurais pas peur si je sentais Jésus près de moi, car je me reposerais sur Lui.

— Il ne vient jamais tout près de moi, dit Henri. Je voudrais avoir vécu quand Il était sur la terre, Flossette, afin que maman eût pu me mettre dans ses bras comme les petits enfants d'alors. Et je suis sûr qu'Il m'aurait guéri, et que je n'aurais plus jamais été fatigué; n'est-ce pas, Flossette?

— Gérald dit que c'est encore mieux maintenant, car ces petits enfants ne pouvaient rester dans ses bras qu'un petit moment, tandis que nous pouvons, nous, y rester toujours, toujours, Henri.

— Je le voudrais, dit Henri. Maman dit souvent qu'Il m'aime; mais moi, je ne le sens pas du tout.

— Vraiment? dit Flossette. Il me semble que c'est impossible de ne pas le sentir quand on se rappelle tout ce qu'Il a fait pour nous.

— Quoi donc?

— Oh! Henri, vous le savez bien; Il est mort sur la croix.

— Mais il y a si longtemps!

— Cela ne l'empêche pas de nous aimer tout autant maintenant. Le Seigneur Jésus ne peut jamais changer; et je crois que, si vous le lui demandez, Il vous montrera à vous aussi combien Il vous aime.

— Dites-moi tout ce que vous en savez, Flossette.

— Très-volontiers, mais un autre jour, car j'entends venir quelqu'un. Et alors je vous dirai un secret, moi aussi, Henri, un secret que personne ne sait, excepté Gérald.

— J'aime les secrets, dit Henri charmé.

La porte s'ouvrit brusquement : c'était Roger.

— Eh bien! que faites-vous ici, tous deux? s'écria-t-il. Ne savez-vous pas qu'il est grand temps d'aller au salon?

Mais Flossette, sous prétexte d'aller lisser ses cheveux en désordre, prit en courant le chemin de sa chambre, et là, pendant longtemps, elle demeura le front appuyé contre la vitre de sa fenêtre, contemplant les étoiles avec des larmes dans les yeux et de la joie dans le cœur.

« Gérald m'a dit que si j'étais la petite servante du Maître, pensait-elle, Il m'emploierait quelquefois à consoler les autres. C'est donc Lui qui me donne maintenant la mission de consoler Henri? Ainsi je vais encore avoir quelque chose à faire, quoique mon Gérald chéri ne soit plus là. Oh! que mon Maître est bon, et combien je le remercie!

XI

SERVITEURS DU MAÎTRE.

— Flossette, où allez-vous?

— Là-haut, dans le grenier.

— Ne puis-je pas y venir avec vous?

Flossette fut contrariée. Elle avait compté passer tranquillement son après-midi du dimanche à faire une bonne lecture dans son coin favori. Et n'était-ce pas là ce que Gérald et le Maître lui-même pouvaient désirer de leur petite Flossette? Mais tout à coup une pensée nouvelle traversa son esprit : « Ne serait-ce pas, se dit-elle, le Maître lui-même qui me donne encore quelque chose à faire pour Lui? »

— Oui, poursuivit-elle tout haut, venez avec moi, Henri.

— Vraiment, cela ne vous ennuiera pas, Flossette? Mais maman se repose parce qu'elle

est toujours fatiguée en rentrant de l'église, et
tous les autres sont dans la chambre d'étude,
qui rient et font beaucoup de bruit, excepté
Albert qui lit sans fin. Mademoiselle Bartel ne
peut pas les faire tenir tranquilles, et cela me
fait mal à la tête de les entendre. Vous êtes bien
gentille de me prendre avec vous, et vous me
direz le secret, n'est-ce pas?

— Oui, répondit Flossette, bien qu'elle ne
se sentît pas aussi disposée aux confidences ce
jour-là.

Elle le prit par la main et monta l'escalier
bien plus doucement, à cause de lui, qu'elle
n'avait coutume de le faire. Mais elle était si
absorbée dans ses réflexions qu'elle ne fit plus
attention à lui jusqu'au moment où, parvenant
au dernier étage, elle le sentit s'appuyer sur
elle de tout le poids de son petit corps frêle.
Elle se retourna vivement vers lui et demeura
terrifiée.

— Henri! s'écria-t-elle, Henri! Mais qu'avez-
vous donc?

Elle ne l'avait jamais vu ainsi : son visage
était d'une pâleur effrayante, et il semblait avoir
perdu la respiration. Elle aurait voulu courir,

appeler Anne à son secours, mais il se cramponnait à elle de toutes ses forces.

— Oh! Henri, laissez-moi chercher Anne! Ne me retenez pas! Oh! que vais-je devenir?...

Mais il ne voulait pas la lâcher, et elle n'osait pas employer la force. Dans sa terreur, elle crut un instant qu'il allait mourir dans ses bras, tandis qu'elle était seule avec lui; cependant, au bout de quelques secondes, elle se rassura en voyant les couleurs revenir peu à peu à ses joues; mais il respirait encore avec la plus grande difficulté.

— Henri, mais qu'avez-vous donc?

— C'est... l'escalier... Mais je suis mieux... maintenant, dit l'enfant avec peine.

— L'escalier! mais pourquoi?

— Je ne sais pas... je ne puis pas respirer... quand je monte.

— Allons trouver Anne; elle pourra peut-être vous donner quelque chose pour vous remettre.

— Oh! non, non. Je suis beaucoup mieux maintenant, et je veux savoir votre secret.

Flossette ne savait trop que faire; mais lui,

prenant sa main, essaya de l'entraîner vers le grenier.

— Venez, dit-il, j'ai besoin de m'asseoir.

— Mon coin favori est là-bas, au bout. N'est-ce pas trop loin pour vous?

— Oh! non, ce n'est pas la même chose que de monter.

Ils arrivèrent donc à ce petit réduit que Flossette aimait entre tous et qui avait vue, par une étroite fenêtre, sur un riant panorama. La bonne nourrice y avait placé un petit banc pour Flossette, et les deux enfants s'y assirent l'un auprès de l'autre.

— Êtes-vous tout à fait bien, maintenant, Henri?

— Oui... Mais, Flossette, m'aimez-vous toujours?

— Certainement, que je vous aime. Aviez-vous pensé que je changerais si vite?

— J'ai pensé que vous n'aimiez pas que je vinsse ici avec vous.

— Mais, maintenant, je suis très-contente que vous soyez venu.

Ils demeurèrent quelques instants en silence.

— Vous allez me dire votre secret, interrompit Henri.

— Oui, dit Flossette, souhaitant de tout son cœur de n'avoir rien promis. Mais je ne sais pas comment vous le dire.

— Dites-le tout simplement, Flossette; de quoi s'agit-il?

— A peu près de ce dont nous parlions hier. Personne n'en sait rien, excepté Gérald... Mais si pourtant vous y tenez, si vous y tenez beaucoup...

— Oh! oui, Flossette, beaucoup, beaucoup. C'est donc un très-grand secret?

— Non... si... non... ou du moins peut-être que vous n'y trouverez rien d'extraordinaire. Eh bien, Henri, c'est seulement que... que j'ai pris la résolution d'être la petite servante du Seigneur Jésus.

— La servante! répéta Henri sans comprendre et l'interrogeant du regard. Je ne savais pas que vous étiez une servante.

— J'ai toujours été la petite servante de Gérald, dit Flossette dont les yeux se remplissaient de larmes à ce seul souvenir, c'est-à-dire que j'ai toujours tâché d'être obéissante et de lui faire plaisir; et, maintenant, je fais mon possible pour être la servante de... de l'autre.

— Mais de qui? Flossette, je ne comprends pas.

— Je vous l'ai dit, Henri, du Seigneur Jésus, répéta la petite fille respectueusement.

— Mais c'est impossible, Flossette, puisqu'Il est au ciel, et si loin, si loin!

— Il est aussi sur la terre, dit Flossette gravement. Ne savez-vous pas cela, Henri? Il est partout en même temps. Votre maman ne vous l'a-t-elle jamais dit?

— Maman m'a souvent parlé de Jésus; — Oh! Flossette, s'écria le petit garçon détourné tout à coup par la seule mention du nom qui lui était le plus précieux. Flossette, n'est-ce pas que maman est bonne et belle? Je n'ai jamais vu personne d'aussi parfait que maman.

— Excepté Gérald, dit Flossette avec orgueil. Gérald est le meilleur frère qui ait jamais vécu.

— Et maman est la meilleure maman qu'il y ait au monde. J'aime beaucoup mieux avoir ma maman que votre Gérald.

— Et moi j'aime mieux avoir Gérald. Oui, mille fois mieux.

Flossette allait en dire davantage, lorsqu'elle s'arrêta tout à coup. Était-ce bien là le genre de consolation que le Maître la chargeait de donner au petit Henri?

— J'aime aussi beaucoup votre maman, reprit-elle après une courte pause, et je la trouve, comme vous, très-bonne et très-belle; mais il ne faut pas vous fâcher, Henri, si j'aime Gérald encore beaucoup plus. Je ne puis pas faire autrement.

— Non, je ne me fâche pas du tout. Mais, Flossette, vous ne m'avez pas encore expliqué comment vous pouvez être une servante.

— Une servante du Seigneur Jésus, reprit Flossette. Cela veut simplement dire, Henri, que je me suis donnée à Lui pour faire désormais tout ce qu'Il me dira.

— Tout ce qu'Il vous dira? répéta Henri.

— Oui. Gérald m'a dit que si je faisais attention de bien écouter, j'entendrais toujours sa voix. Et il m'a dit aussi que le Seigneur Jésus serait mon Maître, et qu'Il prendrait soin de moi, et qu'Il me donnerait à faire de petites choses pour Lui.

— Je ne puis pas être sa petite servante, moi, puisque je suis un garçon; quel dommage! dit Henri tristement.

— Mais vous pourriez être son petit serviteur. C'est tout à fait la même chose. N'aimeriez-vous pas, Henri, faire ses commissions, courir partout où Il vous enverrait, et tâcher de lui faire plaisir en toutes choses, à Lui qui a été si bon de mourir pour nous prendre au ciel?

— Mais, Flossette, je suis si fatigué! Je ne puis pas courir.

— Mais sans doute qu'avant de vous rien commander, Il vous donnerait de la force, dit-elle après un instant de réflexion, et sans se douter de tout ce qu'il y avait de vérité dans ces simples mots. Henri, si j'étais vous, j'essayerais. Ne vous rappelez-vous pas comme Il guérissait les malades qui allaient à Lui?

— Mais Il ne le fait plus, maintenant.

— Non. Pas tout d'un coup... mais peut-être plus tard... peu à peu, Henri.

— Non, non. Le médecin a dit que je ne

serais jamais un homme, répéta l'enfant. Flossette, si j'étais son petit serviteur, pensez-vous que j'aurais encore peur de mourir?

— Je ne le crois pas. Non certainement, si vous apparteniez au Seigneur Jésus.

— Mais, Flossette, j'ai peur que je ne pourrais pas bien Le servir. Je suis toujours si fatigué!

— Oh! mais quand même vous ne pourriez pas le servir beaucoup, cela ne ferait rien du tout, Henri. Gérald me l'a bien expliqué un jour. Oh! je voudrais qu'il fût ici pour vous l'expliquer aussi.

— Oh! Flossette, dites-le-moi vite.

— J'ai peur de ne pas savoir vous le faire comprendre. Eh bien! Henri, les gens ne vont pas au ciel parce qu'ils s'efforcent de faire beaucoup de bonnes choses, mais parce que Jésus est mort pour eux, et parce que, dès qu'ils le Lui demandent, Il lave leurs péchés dans son sang. Seulement...

Flossette s'arrêta. Les yeux de Henri la suppliaient de continuer.

— Seulement quoi? Flossette.

— Gérald dit que, quand quelqu'un a tant

fait pour nous, nous devons aussi l'aimer en
retour, et le lui prouver. Et il dit qu'il est sûr,
par exemple, que je l'aime, lui, parce que je
m'efforce toujours de lui faire plaisir. Et c'est
bien vrai, car, voyez-vous, Henri, je ferais quoi
que ce fût pour mon frère. Mais Gérald ajoute
que c'est de la même manière que nous devons
montrer comment nous aimons le Seigneur
Jésus, en nous efforçant de Lui obéir en toutes
choses.

— Est-ce là être un serviteur?

— Oui, si vous lui dites que vous voulez vous
donner à Lui pour Lui obéir désormais.

— Et Il ne m'ordonnera pas de courir beaucoup? demanda encore une fois Henri avec
anxiété.

— Non, certainement, si vous n'en avez pas
la force. Je suis sûre, au contraire, qu'Il vous
prendra dans ses bras pour vous porter le
long du chemin. Il est si compatissant et si
bon!

Les yeux du petit garçon se remplirent de
larmes.

— Oh! Flossette, s'Il voulait me prendre
dans ses bras tout de suite!

Les deux enfants demeurèrent silencieux pendant quelques secondes.

Tout à coup un bruit de pas se fit entendre, et Anne parut :

— Oh! Flossette, mon enfant, dit-elle, est-il possible que vous ayez amené M. Henri jusqu'ici?

— Il désirait venir, Anne, dit Flossette. Henri et moi nous aimons être ensemble.

— C'est bien possible; mais tout de même il ne faudra plus recommencer. Il ne doit jamais venir ici, surtout quand je ne suis pas là pour le monter.

— Eh bien! vous le monterez quelquefois; n'est-ce pas, Anne?

— Nous verrons ça plus tard, dit Anne, secouant la tête. Mais pour le moment descendons vite, car madame Marchal est inquiète de son petit garçon.

Flossette trouva en effet toute la famille bouleversée par la disparition de Henri. Personne ne lui adressa un mot de reproche; mais, au fond du cœur, elle était sûre que madame Marchal la blâmait tacitement, et pourtant, donner de complètes explications était impos-

8.

sible. Comment aurait-elle pu raconter ce qui avait été le sujet de leur conversation, ce qui les avait absorbés si longtemps? Il n'y eut donc que peu de mots échangés, et la journée se termina tristement pour Flossette.

XII

TIROIRS ET RAYONS.

Le lundi matin fut le témoin d'une scène mémorable dans la chambre d'étude.

C'était une radieuse journée, et Flossette s'était hâtée, dès le déjeuner fini, de courir un moment au jardin jouer avec Fido. Elle avait toujours eu l'habitude, du temps de mademoimoiselle Alice, de commencer ainsi la journée avant de s'installer aux leçons, et l'idée ne lui était jamais venue qu'elle ne fût plus maintenant aussi libre qu'alors.

Pendant une demi-heure elle caressa donc son chien, joua avec lui à qui courrait le plus vite, si bien qu'on aurait cru, pour un moment, retrouver la joyeuse Flossette Hamilton d'autrefois. Puis, selon sa coutume, elle ramena l'animal dans la cour, rattacha sa chaîne, et se hâta

de rentrer dans la salle d'étude, se rappelant
que les nouveaux arrangements devaient se faire
ce matin-là aussi promptement que possible.

Mais à peine eut-elle ouvert la porte de la
salle, qu'elle recula d'un pas, et se tint immobile de surprise et d'indignation. Les autres, en
son absence, n'étaient pas demeurés oisifs.
Les piles de ses livres et de ses trésors d'enfant
gisaient sur le tapis; tandis que les livres et les
autres possessions d'Hélène et de Suzanne couvraient la table, prêts à prendre leur place
dans les tiroirs et sur les rayons presque tous
vides. Hélène allait et venait, arrangeant tout
sans avoir l'air d'y toucher; tandis que Suzanne
et Roger étaient couverts de poussière de la
tête aux pieds, et que mademoiselle Bartel,
debout, surveillait l'opération.

— D'où venez-vous, Flossette? demanda
celle-ci.

— Seulement de jouer avec Fido, mademoiselle Bartel.

— Vous auriez dû tout d'abord demander
ma permission. Je ne saurais permettre que
vous quittiez ainsi la salle d'étude sans y être

autorisée, et surtout jamais à une pareille heure
de la journée.

— Mais, mademoiselle Bartel, s'écria Flossette, je l'ai toujours fait. Je vais toujours voir
Fido après déjeuner. Il serait trop malheureux
si j'y manquais.

— Ma chère enfant, il m'est impossible de
changer les heures de leçons par égard pour
les sentiments imaginaires d'un chien.

Flossette devint écarlate.

— Gérald me l'a toujours permis, s'écria-t-
elle. Gérald disait.....

— Chut! je ne veux rien entendre de plus.
Vous devez apprendre à faire sans réplique ce
que l'on vous ordonne. Où voulez-vous mettre
tous ces livres, Flossette?

— Je ne sais. Je n'ai pas de place ailleurs.

Le ton de mademoiselle Bartel, quoique
ferme, était bienveillant, et Flossette sentit que
c'était mal de sa part de répondre avec tant
d'humeur. Mais, si on la poussait à bout, quoi
d'étonnant qu'elle se révoltât? pensait-elle. N'é-
tait-ce pas très-dur d'avoir à renoncer à sa course
matinale avec Fido? très-dur de voir toutes
ses richesses renversées d'une pareille façon?

très-dur de ne pouvoir pas même, après une telle injustice, témoigner sa mauvaise humeur? Certainement personne ne ferait mieux à ma place, pensait Flossette. Hélène est si méchante! Elle prend pour elle-même le meilleur de toutes choses.

—Il faut pourtant les mettre quelque part, reprit mademoiselle Bartel froidement. Vous ferez bien d'y penser afin de prendre une décision.

Flossette, néanmoins, demeura immobile et silencieuse. Le coude appuyé sur un coin du chiffonnier, et le front dans sa main, elle se contentait de regarder, d'un air irrité, toutes ses richesses éparses sur le plancher, se confirmant dans la pensée qu'elle était indignement traitée par tout le monde. Albert et Henri étaient tous deux avec madame Marchal, et, tandis que les trois autres accomplissaient le déménagement avec dextérité, sans paraître même s'apercevoir de sa présence, son ressentiment grandissait de plus en plus, quoique l'orgueil lui défendît d'en rien exprimer.

— Flossette, je ne puis permettre que vos affaires demeurent ici tout le jour, dit enfin mademoiselle Bartel. Une partie de la matinée s'était passée, et Flossette ne bougeait toujours pas.

— Je n'ai pas de place ailleurs, mademoiselle Bartel.

— Il faut pourtant les mettre quelque part. Si vous ne voulez pas les arranger vous-même, je serai obligée de les faire emporter au grenier dans quelque caisse.

— Hélène n'a point laissé de place. Elle a tout pris pour elle.

— J'ai pris deux tiroirs et trois rayons de la bibliothèque, dit Hélène avec calme. C'est assez raisonnable de ma part, je pense, quand je suis l'aînée. Il reste encore deux rayons pour vous et deux pour Suzanne, sans compter un tiroir pour chacune. L'armoire de gauche sera divisée entre les garçons, et, quant à celle de droite, elle est indispensable pour nos livres d'étude. Ainsi, vous ferez bien de choisir ce dont vous avez besoin ici, et de monter le reste dans votre chambre.

— C'est impossible; ma chambre est toute pleine, dit Flossette que ce discours n'avait nullement calmée; et d'ailleurs, j'ai besoin de toutes ces choses ici.

— C'est impossible! Voyons, ne soyez pas ridicule. Et où donc croyez-vous que nous allons mettre tout ce qui nous appartient, Suzanne et moi, je voudrais bien le savoir? Vous semblez oublier votre promesse de vendredi de nous faire de la place dès le jour suivant.

— Je n'ai pas pu.

— Non, parce que maman n'a pas voulu que nous commencions à tout bouleverser la veille du dimanche. Mais, aujourd'hui, vous pouvez et vous devez le faire.

Sans ces quatre derniers mots, Flossette allait céder. Mais elle s'endurcit, au contraire.

— Je m'en garderai bien, dit-elle plus brusquement que jamais. Vous n'avez aucun droit de toucher, sans ma permission, à ce qui m'appartient.

— Aucun droit! répéta Hélène avec dédain, tandis que mademoiselle Bartel, après un moment d'hésitation, sortait sans bruit de la chambre. Aucun droit! Avez-vous oublié, petite Flossette, que cette maison appartient à papa, et qu'il ne vous garde ici que par charité? C'est vous, tout au contraire, qui n'avez ici aucun droit à rien.

— Et moi je vous dis que j'ai droit, répéta Flossette avec des yeux étincelants de colère. Cette maison est à Gérald! Peu m'importe tout ce que vous pensez. Je vous déteste, Hélène, vous et tous les vôtres. Cette maison est à Gérald, je vous le répète, et personne, non, personne au monde, n'a le droit de l'en chasser, pas plus que sa petite Flossette. Je vous hais pour parler ainsi, Hélène! Oui, je vous hais tous!

Il n'y avait pas jusqu'à Hélène elle-même qui ne demeurât stupéfaite de l'orage qu'elle avait soulevé! Mais, tandis que l'enfant exhalait sa colère, la porte s'ouvrit, et une voix claire et douce appela :

— Flossette!

— Oh! maman, Flossette est dans un tel état! s'écria Suzanne qui avait assisté à la scène, immobile et ouvrant de grands yeux.

— Tais-toi, Suzanne. De quoi s'agit-il, Hélène?

— Vraiment, maman, je n'aurais jamais cru que Flossette pût se mettre dans une telle colère, dit Hélène d'un ton offensé. Il est tout naturel, n'est-ce pas, que Suzanne et moi, nous ayons une partie des armoires pour ranger nos affaires? et voilà Flossette qui est au désespoir

9

parce qu'elle ne peut pas garder pour elle seule tous les rayons et tous les tiroirs. Elle dit qu'elle nous déteste tous, et que nous n'avons aucun droit de toucher à ce qui lui appartient.

Flossette n'essaya ni de contredire ni de se défendre. Elle demeura immobile, ne regardant personne.

— Est-il vrai, Flossette?

Point de réponse. La petite fille semblait plus obstinée que jamais. Le doux visage de madame Marchal se revêtit d'une profonde expression de tristesse.

— Voudriez-vous me dire, madame, ce que je puis faire de tout ceci? demanda mademoiselle Bartel. Flossette refuse absolument de l'arranger elle-même.

— Je n'ai pas de place ailleurs, répéta encore une fois Flossette avec humeur.

— Pour le moment, mademoiselle Bartel, vous pouvez donner ordre à un domestique de les transporter dans la petite chambre de débarras à côté. Flossette, vous ferez bien, je crois, de monter dans votre chambre. Vous pourrez venir me trouver dans le salon un peu plus tard, si vous avez quelque chose à me dire.

Sans prononcer une seule parole, Flossette quitta la salle. Sur le seuil elle aperçut tout à coup Henri, et leurs yeux se rencontrèrent. Le visage du petit garçon exprimait la tristesse et un profond étonnement. Mais Flossette poursuivit son chemin sans prendre garde à lui, et, courant à sa chambre, elle en ferma la porte avec soin et se jeta sur le tapis.

Le plus fort de sa colère était passé, mais elle éprouvait, plus que jamais, contre Hélène, un sentiment d'indicible amertume, et elle se sentait plus malheureuse qu'elle ne l'avait peut-être jamais été. Oui, elle avait bien raison de détester Hélène, pensait-elle, Hélène si égoïste, si méchante. Plus que tout le reste, ce mot de « charité » avait blessé au vif l'orgueil de Flossette. Elle ne pouvait ni l'oublier, ni surmonter l'émotion qu'elle en avait éprouvée. Elle y revenait sans cesse, ressentant à chaque fois un nouveau frémissement de colère.

Tout à coup elle se leva d'un air résolu, et courut s'asseoir devant sa table. Oui, elle écrirait à Gérald sans un instant de retard, et lui conterait tout, et mettrait même sa lettre à la poste sans que personne en sût rien. Elle ouvrit

donc vivement son pupitre, et écrivit d'une main
encore tremblante d'émotion :

« Mon Gérald chéri,

» Il faut absolument que je t'écrive pour te
dire que je suis la plus misérable des créatures.
Oh! Gérald, c'est affreux de vivre ici maintenant
que tu es parti. Tu ne peux pas te figurer combien ils sont méchants pour moi. Toutes mes
affaires ont été mises sens dessus dessous, et
Hélène est si égoïste, qu'elle prend toute la
place pour elle-seule. Personne ne s'occupe
de moi; oh! mon Gérald chéri, je ne puis pas me
passer de toi, c'est impossible! Ne reviendras-
tu pas bien vite rejoindre ta petite Flossette qui
est si malheureuse? Oh! reviens, je t'en prie,
mon bien-aimé Gérald.

« FLOSSETTE. »

Flossette lut et relut sa lettre. Qui sait ce
qu'éprouverait Gérald en la recevant? Évidemment il ne pourrait qu'en être désolé. Et pourquoi lui demander de revenir? Flossette savait
bien qu'il ne lui était-même pas permis d'y
songer.

Et puis était-ce bien vrai? les Marchal étaient-ils *tous* si méchants pour elle? Le colonel, madame Marchal, Albert, Henri lui avaient-ils adressé une seule parole dure? Non; tous, excepté Hélène, même Suzanne, même Roger, bien qu'ils l'eussent taquinée parfois, tous avaient été bons pour elle.

Mais ils n'ont aucun droit d'être ici, aucun droit de prendre la place de Gérald!...

Aucun droit? Mais Gérald ne lui avait-il pas dit le contraire? Flossette en savait-elle plus long là-dessus que Gérald?

Tant pis! je ne puis pas m'en empêcher! Ce n'est pas ma faute, après tout, si je me sens si malheureuse. Hélène est si méchante et si vilaine! Je ne me rappelle pas avoir jamais été si en colère. Mais c'est tout de la faute d'Hélène.

Tout de la faute d'Hélène! Est-ce bien sûr? Et une autre pensée que Flossette s'efforçait de chasser loin d'elle, bon gré, mal gré, lui revenait sans cesse à l'esprit.

N'était-elle plus la petite servante du Maître? Et qui sait si ce n'était pas le Maître Lui-même qui avait voulu l'éprouver en lui donnant

une contrariété à supporter! Et, dans ce cas, sa
conduite avait-elle été ce que le Maître en pouvait attendre? Quelle sorte de servante avait-
elle été, dans cette triste matinée? Colère, bou-
derie, entêtement, orgueil, haine, égoïsme,
telle était la honteuse liste qui se dressait lentement devant Flossette, et la faisait rougir.
Non, elle ne s'était pas tenue près du Maître pour
écouter sa voix, pour obéir à ses commandements; non, elle n'avait nullement songé à lui
faire honneur; elle n'avait eu en vue que sa
satisfaction personnelle et sa propre volonté.
Oh! que devait maintenant penser Henri, après
tout ce qu'elle lui avait dit la veille? Comment
oserait-elle jamais lui parler de Jésus?

Désarmée et repentante, Flossette pleura longtemps, le front appuyé sur son pupitre, la tête
ensevelie dans ses mains. Elle n'aurait pas su
dire combien de temps s'était passé ainsi, lorsqu'elle entendit la porte s'ouvrir et se refermer
doucement.

— Flossette, dit madame Marchal, vous
n'êtes pas venue me trouver au salon; je viens
donc vous parler ici.

Flossette releva lentement la tête, mais pour

cacher aussitôt son visage dans les plis de la robe de madame Marchal.

— Je suis bien fâchée d'avoir été si méchante, murmura-t-elle.

— Pourquoi n'êtes-vous pas venue me le dire?

— Je ne sais pas... Je ne pouvais pas.

Les larmes de Flossette recommencèrent. Madame Marchal regarda le pupitre.

— Vous avez écrit à votre frère?

— Oui. Mais je n'enverrai pas la lettre. Oh! je vous en prie, ne la lisez pas.

— Personne ne lira vos lettres, à moins que vous n'en donniez la permission. Voulez-vous, Flossette, me laisser lire celle-ci?

— Oh! non, je vous en supplie. Il n'y a rien de vrai! s'écria Flossette.

— Je suis sûre, en effet, que vos sentiments ont bien changé depuis une heure. Néanmoins mon désir est de lire cette lettre; mais je n'en ferai rien, si vous me le défendez.

Pour toute réponse, Flossette plaça entre les mains de madame Marchal la feuille de papier, et cacha de nouveau son visage.

— Voudriez-vous l'envoyer, Flossette? demanda madame Marchal après avoir lu.

— Oh! non, non, sanglota Flossette. Ce n'est pas vrai! je vous aime, et vous êtes très-bonne pour moi.

— Et ce serait causer à votre frère un chagrin inutile. Nous voulons le lui épargner, n'est-ce pas? dit madame Marchal en froissant la feuille. Ma petite Flossette m'a désappointée aujourd'hui, continua-t-elle à demi-voix. J'avais cru qu'elle s'efforçait de servir le Seigneur Jésus, et que rien ne l'affligerait autant que de l'affliger Lui-même. Avais-je tort, Flossette? Levez la tête, ma chérie, et répondez-moi.

Flossette leva vers celle qui lui parlait son visage désolé, mais ne put prononcer une parole. Madame Marchal ne parut pas avoir besoin d'en entendre d'avantage.

— Chère enfant, dit-elle en passant tendrement la main sur ses cheveux, ceux-là même qui aiment et servent le Maître sont parfois pris au dépourvu et renversés par le tentateur. Mais notre fidèle Ami est toujours prêt à relever, à laver le péché, à donner une force nouvelle.

— Je le sais, dit Flossette; mais... mais...

— Mais quoi? Il pardonne toujours quiconque l'implore.

— Je le sais, répéta Flossette. Mais eux, eux, ils n'oublieront pas.

— Qui eux?

— Eux tous... en bas... dans la salle d'é-tude.

— Eh bien, quand même ils se rappelle-raient, cela ne vous fera aucun mal, Flossette. Nous avons tous besoin d'une petite humilia-tion de temps en temps.

— Oh! non, ce n'est pas cela.

Flossette semblait incapable de s'expliquer plus clairement, mais madame Marchal avait compris.

— Voulez-vous dire, Flossette, que vous vous sentez comme un soldat qui a laissé l'étendard de son Capitaine traîner dans la poussière? que vous n'avez pas laissé luire votre lumière pour l'honneur de votre Maître?

Les larmes de Flossette étaient une affirma-tion suffisante.

— Ah! c'est, en effet, quand nous l'aimons véritablement, le côté le plus amer de nos chutes. Chère Flossette, il y a du moins une chose que vous pouvez faire pour réparer le mal commis, et c'est de dire ouvertement devant tous combien vous regrettez votre conduite de ce matin. Je ne vous en donne pas l'ordre, Flossette, d'autant plus que Hélène n'avait pas moins tort que vous, j'en ai bien peur; mais cette pensée ne doit pas vous préoccuper. Si vous voulez diminuer la tache que vous avez faite sur le drapeau de votre Maître, ce ne peut être qu'en reconnaissant vos torts, et en demandant pardon. C'est dur et humiliant, je le sais; mais là est aussi le devoir.

Flossette fut bien près de dire qu'un pareil devoir était au-dessus de ses forces. Cependant, lorsque, quelques minutes plus tard, madame Marchal eut quitté la chambre, Flossette s'agenouilla auprès de son lit pour implorer, avec le pardon, la force d'aller jusqu'au bout de son devoir. Car elle savait bien que, si son Maître la prenait par la main, il pouvait la rendre capable de faire cela même qui lui semblait le plus impossible. En effet, quand Flossette se releva, ce fut pour descendre d'un pas calme à la salle d'étude, et prononcer les paroles d'excuse dont elle s'était crue incapable. Et cela

fait, la petite fille fut surprise elle-même du
sentiment étrange de paisible satisfaction qui
remplissait son cœur, et qui lui faisait oublier
le baiser glacial d'Hélène, et les regards furtivement échangés entre Suzanne et Roger. Pourvu
que le Maître fût satisfait, qu'importait à sa petite servante l'opinion des autres?

Néanmoins elle eut longtemps après encore
l'occasion de regretter cette matinée. Les paroles d'Hélène avaient laissé dans le cœur de
Flossette un aiguillon dont celle-ci ne pouvait
se débarrasser, et qui excitait souvent encore
en elle des sentiments de rancune dont elle était
la première à s'affliger. Quant à Suzanne et à
Roger, il était facile de voir qu'ils n'avaient pas
complétement oublié la colère de Flossette, et
ils trouvaient un plaisir infini à la taquiner pour
voir, disaient-ils, si elle était complétement guérie. Mais souvent la taquinerie allait loin, et
Flossette avait de rudes batailles à livrer avec
elle-même pour ne pas perdre patience et
déshonorer son Maître une fois de plus.

Mais ce qui devait plus encore peiner Flossette, Henri ne vint plus lui demander de tête-
à-tête dans le grenier. Il semblait même craindre

sa présence et la fuir. Flossette essaya de rega-
gner son cœur en étant avec lui plus affectueuse
et plus aimable que jamais; mais, après sa sortie
dans la salle d'étude, il ne lui était plus possible de parler à Henri comme elle l'avait fait
une fois. Henri, de son côté, ne venait plus lui
faire de questions, lui demander de secrets. Il
semblait, plus que jamais, n'avoir d'autre désir
que de demeurer silencieux et sans cesse aux
pieds de sa mère.

XIII

TÉMÉRAIRE!

La Maison blanche, 15 mai.

« Mon Gérald chéri,

» J'ai l'intention de t'écrire ce mois-ci une très-longue lettre pour nous dédommager de la dernière qui était si courte. J'ai tant à travailler pour mes leçons maintenant, que je ne puis presque pas trouver de temps pour autre chose. Cependant je commence à m'habituer un peu à ce nouveau genre de vie, et, depuis quelque temps, j'ai moins de mauvais points. Je n'ai pas voulu t'en parler plus tôt, Gérald, parce que j'ai pensé que cela te ferait de la peine; mais jamais mademoiselle Bartel n'était contente de mes devoirs. Si tu savais comme elle est différente de mademoiselle Alice. Je ne veux pas dire qu'elle ne soit pas bonne, car cela ne serait pas vrai; mais elle ne passe jamais la moindre faute, et il faut que je sois vraiment bien stupide, car Hélène et Suzanne peuvent apprendre leurs leçons trois fois plus vite que moi, et elles trouvent moyen de s'en débarrasser en rien de temps.

» Oh! que je voudrais donc te revoir, mon Gérald chéri! Il me semble qu'il y a un siècle que tu es parti. Si tu savais comme j'ai pensé à toi tout le jour!

» Ce n'est pas que je ne pense à toi à toutes les heures de tous les jours, tu le sais bien; mais aujourd'hui je ne puis qu'y penser tout particulièrement, parceque c'est ta fête, et que je voudrais te donner un gros baiser et un cadeau.

» Puisque je ne puis t'envoyer ni l'un ni l'autre, je veux au moins commencer ma lettre. Je suis assise toute seule dans la salle à manger, et Fido est couché à mes pieds, ouvrant tantôt un œil, tantôt l'autre, chaque fois que je bouge. Il est toujours le plus beau et le meilleur des chiens. Il fait tout ce que je lui commande; et, n'est-ce pas drôle, il s'est si fort attaché à Henri qu'il lui obéit presque aussi bien qu'à moi-même, tandis qu'il semble ne vouloir à aucun prix considérer l'oncle Édouard comme un maître ?

» Je dis toujours « oncle Édouard » et « tante Élise » maintenant, parce qu'ils me l'ont demandé, et madame Chevalier m'a dit hier de l'appeler aussi « tante Louise ». Cela me fait beaucoup de plaisir; mais je crois qu'Hélène en est très-contrariée, car elle a toujours grand soin de dire à tout le monde que je ne suis pas véritablement sa cousine.

» J'aime beaucoup, beaucoup tante Élise; elle est si douce et si bonne. Si je pouvais t'avoir en même temps, j'aimerais vivre toujours avec elle, mais je crois pourtant que j'aimerais encore mieux être toute seule avec toi. Tu ne peux t'imaginer combien elle et tante Louise s'aiment, quoiqu'elles soient très-différentes. Tante Louise est jolie et gaie, et elle cherche toujours à faire plaisir à quelqu'un. Mais tante Élise, — ô Gérald, si tu savais combien j'aime sa figure pâle et un peu triste ! Elle a une façon de faire les choses comme personne. Je ne crois pas qu'elle pût dire une parole dure, quand même elle le voudrait. Et puis elle est si belle, je veux dire son sourire. Sais-tu, Gérald, oncle Édouard me prend quelquefois dans le petit salon, et il me raconte des histoires. Une fois il m'a dit que, quand tante Élise était une jeune fille, son papa et sa maman étaient très-pauvres, et qu'elle a tant travaillé pour les aider qu'elle est tombée malade; c'est pour cela qu'elle n'a jamais été forte depuis. La moindre petite chose la fatigue. O Gérald, je voudrais que personne ne fût pauvre. Si tu n'étais pas pauvre, tu n'aurais pas eu besoin d'aller au Brésil. »

18 mai.

» Il m'a fallu interrompre ma lettre, mais c'était un long morceau pour une fois, n'est-ce pas?

« Nous venons de faire une promenade, et nous avons rapporté des quantités d'églantines et de boutons d'or. Lucie était venue avec nous; quant à Henri, il n'aurait pas pu nous tenir pied jusqu'au bout. Je ne comprends pas pourquoi il est si différent des autres garçons. Albert et Roger avaient aussi congé et ils ont pu être des nôtres, ce qui était bien amusant. Je n'aime pas trop quand Roger vient seul, parce qu'il me taquine tout le temps, mais quand Albert est là, il ne l'ose guère. Ce n'est

pas qu'Albert dise grand'chose, car il est toujours plongé dans quelque livre, même en se
promenant, néanmoins il met le holà quand
Roger devient trop insupportable.

» Je crois, Gérald, que Lucie n'est plus du tout
mon amie maintenant. Elle est toujours avec
Hélène, le bras autour de sa taille, et elle lui raconte tous ses secrets. Je fais mon possible pour
ne pas en être de mauvaise humeur, mais
pourtant je ne m'attendais pas à cela de la part
de Lucie; elle pourrait aimer Hélène et moi en
même temps, n'est-ce pas, Gérald? Mais hier
elle m'a dit qu'elle pensait que ce serait très-
gentil si nous allions toujours deux à deux, et
elle m'a demandé pourquoi je ne faisais pas de
Suzanne ma grande amie. Mais, Gérald, je ne me
soucie pas du tout de Suzanne. Je voudrais l'aimer davantage, mais elle n'a aucun de mes goûts,
et ne trouve de plaisir qu'à barbouiller avec des
couleurs ou à courir avec Roger, et puis il me
semble qu'il y a une si grande différence d'âge
entre elle et moi. Je crois que j'ai beaucoup
vieilli depuis ton départ. Oh! non, c'est impossible, je ne pourrais pas faire d'elle mon amie.
J'ai conté tout cela à Lucie, mais elle a dit

qu'elle n'y pouvait rien, et qu'Hélène était bien
en effet sa grande amie. Cela m'a fait beaucoup
de peine, et j'ai dit à Lucie que c'était bien mal
de changer ainsi. Là-dessus Hélène est venue,
elle a passé son bras autour du cou de Lucie
et l'a emmenée dans un coin pour chuchoter
encore des secrets. Oh! alors, Gérald, j'ai eu
bien de la peine à ne pas me fâcher tout à fait.
Si au moins tu avais été là pour me consoler!
N'est-ce pas que ce n'est pas bien de la part de
Lucie? Elle qui avait l'air de tant m'aimer autrefois! »

20 mai.

« Je veux écrire aujourd'hui pour te faire une
question, mais c'est bien ennuyeux d'attendre
trois mois la réponse.

» Ma question est à propos d'Hélène. Mon
cher Gérald, si tu savais comme j'ai souvent
mauvais sentiments à son égard. J'en suis bien
fâchée, je t'assure; mais il me semble parfois
que je ne pourrai jamais l'aimer, même un peu.
Tu comprends que je ne voudrais dire cela à
personne, mais je t'en parle à toi parce que je
te raconte toujours tout, afin que tu me
donnes de bons conseils.

» Toutes les personnes qui viennent ici faire des visites trouvent Hélène charmante, et cela ne m'étonne pas : elle est si jolie et si gracieuse avec tout le monde. Je me demande quelquefois si je serai jamais aussi aimable qu'elle avec les étrangers, moi qui me sens toujours si intimidée. Seulement, Gérald, quand nous ne sommes que nous dans la salle d'étude, elle n'est plus du tout la même. Et n'es-tu pas d'avis que quand on est si polie avec les visiteurs on devrait aussi l'être tout le reste du temps ? Tante Élise et tante Louise sont tout aussi aimables et gracieuses avec les enfants dans la salle d'étude qu'avec les étrangers dans le salon. Mais Hélène ne l'est pas ; elle dit quelquefois de très-méchantes paroles. Elle dit que l'on me garde ici par charité.

» Oh ! Gérald, je ne voulais pas te le dire, mais les mots sont venus d'eux-mêmes au bout de ma plume. Et maintenant je ne me soucie ni de recopier cette longue feuille de papier, ni de faire un vilain gribouillage sur ma lettre. Je laisse donc ce qui est écrit ; d'ailleurs je crois que c'est vrai. Mais Hélène devrait bien se passer de le dire.

» Oh! Gérald, que je voudrais donc que personne ne pût me reprocher de me garder par charité. Hier j'ai bien pleuré en y pensant. Pourtant personne ne m'a jamais rien dit de pareil, excepté Hélène, et je suis sûre que oncle Édouard et tante Élise ne seraient pas contents s'ils l'entendaient parler ainsi. Elle l'a répété souvent après ton départ, et elle me l'a dit hier encore parce que je l'avais fâchée, et cependant je ne crois pas que le tort fût de mon côté.

» Il y a encore une autre chose qui est difficile à supporter. Toi, Gérald, tu me laissais toujours t'expliquer toutes choses, et tu me comprenais toujours; mais maintenant je suis quelquefois punie quand je sens que je n'ai pas tort, et cela me semble très-dur. Hélène n'est presque jamais grondée : elle prend les choses tout tranquillement, elle a l'air très-satisfait d'elle-même, et elle s'arrange toujours pour rejeter la faute sur quelqu'un d'autre. Suzanne, je crois, ne dit pas toujours la vérité quand on l'interroge, et souvent mademoiselle Bartel met tout le mal sur mon compte.

» Je suis sûre, Gérald, que tu me dirais qu'il faut être patiente et ne pas donner d'excuses;

mais c'est si difficile. Je réponds toujours trop
vite, mademoiselle Bartel me dit de me taire,
et je me sens alors plus irritée que jamais. Que
ferai-je, Gérald ? car je ne puis pas m'empêcher
d'être de mauvaise humeur ; c'est tout à fait au
dessus de mes forces, et pourtant je voudrais,
de tout mon cœur, ne jamais me mettre en colère. Quelquefois il me semble impossible que,
avec un si mauvais caractère, je puisse être la petite
servante du Seigneur. Et pourtant je le désire de
plus en plus, et la seule pensée de lui appartenir me remplit de joie. Qu'en penses-tu, Gérald ?
Suis-je, malgré tout, sa petite servante ? Et ne
peux-tu m'indiquer quelque moyen de chasser
la colère quand elle vient dans mon cœur ? »

22 mai.

« Il faut que je me dépêche de finir ma lettre,
parce que je veux qu'elle parte aujourd'hui par
le paquebot. Tu me répordras au plus vite, n'est-
ce pas, Gérald ? J'ai tant besoin de tes conseils !

» Nous allons avoir demain congé, parce
que oncle Édouard, tante Élise, M. Chevalier et
tante Louise vont passer la journée dans un châ-
teau des environs. Je ne sais pas trop qui ils

vont voir, mais je sais que Lucie sera avec nous, et que nous tâcherons de bien nous amuser pendant que... »

— Flossette!

Flossette leva la tête juste à temps pour voir Roger se précipiter dans la salle avec fracas.

— Flossette! Que faites-vous donc là, tandis que Albert vous attend dans le bosquet pour vous donner un bon tour de balançoire?

— Oui, c'est vrai, il me l'a promis. Oh! je ne savais pas qu'il fût si tard, dit Flossette regardant la pendule. Je viens tout de suite.

— Vous ferez bien de vous dépêcher, Albert perdra patience.

— Puis-je seulement cacheter ma lettre?

— Gardez-vous en bien. Hélène est déjà dans une colère terrible parce qu'Albert ne veut pas lui laisser toucher à la balançoire avant vous.

— Mais Hélène et Suzanne l'ont eue hier et avant-hier tout le temps de la récréation, dit Flossette en se levant. Courons vite ; mais il me faudra revenir tout de suite après, afin que ma lettre ne manque pas de partir aujourd'hui.

— Vous aurez trente-six fois le temps. Le facteur ne viendra pas la chercher d'une heure.

Flossette, vous ne me ferez pas croire que c'est vous qui avez griffonné tout cela ! s'écria tout à coup Roger, s'emparant des nombreuses feuilles.

— C'est pour Gérald ! Oh ! Roger, vous allez me les abîmer !

Roger, en riant, lâcha les papiers ; mais, saisissant la main de la petite fille, il l'entraîna, bon gré, mal gré, dans le jardin.

— Oh ! Roger ! prenez garde, vous me tordez le poignet.

— Alors, dépêchez-vous ! Que les filles sont donc lambines !

Flossette s'était bien promis entre autres choses de ne jamais mériter ce surnom, et, se dégageant gaiement de son étreinte, elle s'élança d'un pas qui ne le cédait guère en vitesse à celui du jeune garçon.

— Eh bien, vrai ! vous savez courir ! s'écriat-il, comme elle s'arrêtait haletante à l'entrée du bosquet. Je ne connais pas une seule fille qui pût vous tenir tête.

— C'est que j'ai toujours vécu à la campagne, dit Flossette, comme ils poursuivaient leur chemin sous l'avenue de grands ormes qui menait

à la balançoire sur laquelle on apercevait de loin
Albert assis et se balançant doucement, de l'air
le plus calme et le plus déterminé, avec ce petit
sourire moqueur qui lui était assez habituel.
Hélène et Lucie se tenaient debout tout auprès.

— C'est vraiment très-mal! entendit Flossette, comme elle s'approchait.

— Qu'est-ce qui est très-mal? demanda-t-elle.

— Très-mal de la part d'Albert de garder
ainsi la balançoire pour vous, comme si vous y
aviez aucun droit, dit. Hélène, employant son
expression favorite.

— Si Flossette n'a pas de droits, moi j'en ai,
dit Albert d'un ton péremptoire. Que je déteste
donc d'entendre constamment parler des droits
de l'un ou de l'autre!

— Ce n'est rien de voir les garçons se disputer quand on n'a pas vu faire les filles. En
voilà assez pour aujourd'hui, n'est-ce pas? dit
Roger. Allons, Flossette! prenez place.

— Allons, Flossette! répéta Albert.

Mais, faisant un effort sur elle-même, la
petite fille recula de quelques pas.

— Albert, dit-elle, laissez Hélène se balancer
d'abord si elle le désire.

— Pas du tout, dit Albert. J'ai promis que vous auriez le premier tour cette après-midi, et le premier tour vous aurez, ou j'y perdrai mon nom.

— Merci, Albert; mais vraiment Hélène peut l'avoir à ma place.

— Mais bien certainement que je le peux, dit Hélène. Je n'ai jamais eu besoin de votre permission.

— En tout cas, voilà une gracieuse façon de reconnaître la politesse de Flossette, dit Albert froidement. Allons! Flossette, qu'on m'obéisse et vite.

Et, joignant l'acte aux paroles, Albert enleva Flossette de terre, et la fit asseoir sur la balançoire avant qu'elle eût eu le temps de dire encore une fois non. Un instant plus tard, le délicieux plaisir de monter et de descendre à travers les airs avait fait oublier à la petite fille tout ce qui, dans les paroles d'Hélène, avait pu la froisser. Le mouvement de la balançoire avait toujours pour effet de surexciter Flossette. Elle ne s'aperçut pas même de la disparition soudaine d'Hélène et de Lucie, et les deux jeunes garçons s'amusèrent au dernier point de ses joues en feu,

de ses cheveux volant au vent et de ses cris de
joie.

—Oh! Albert, c'est charmant! Je ne me suis
pas balancée ainsi depuis je ne sais combien
de temps. Poussez-moi encore plus haut, je
vous en prie! Ce ne sera jamais trop. Oh! j'a-
perçois la route au delà du grand mur; je n'é-
tais jamais allée jusque-là. Allons! encore un
peu si vous n'êtes pas fatigué. C'est délicieux!

— Tenez ferme, Flossette! Vraiment, est-ce
que la tête ne vous tourne pas?

— Non, non, jamais la tête ne me tourne.
Oh! Albert, j'ai failli m'accrocher à cette grosse
branche. N'aurait-ce pas été bien drôle? Je
pourrais presque sauter de la balançoire sur
l'arbre. Pourtant, je pense que je ferai mieux de
ne pas l'essayer.

Néanmoins, sa joyeuse témérité les gagnant,
Albert oublia sa prudence ordinaire, et ils la
poussèrent de plus en plus haut jusqu'à un
point vraiment dangereux; elle-même, sur-
excitée encore par leurs cris et leurs applaudis-
sements, perdit toute mesure. Albert la vit tout
à coup, avec épouvante, tandis que la balançoire fendait l'air avec un rapidité prodigieuse,

lâcher les cordes, et frapper des mains comme
en triomphe. Ce que Albert sentit à ce moment,
il ne l'oublia jamais. Lorsque, l'instant d'après,
les mains de Flossette cherchèrent instinctive-
ment·les cordes pour s'y cramponner de nouveau, l'une d'elles manqua son but; une seulement, par bonheur, sans quoi, quelques secondes plus tard peut-être, le petit corps sans
vie aurait été gisant aux pieds des deux jeunes
gens. Albert la vit glisser hors du siége, tour-
noyer dans les airs, tandis que, d'une main, elle
se retenait encore, et que la balançoire redes-
cendait impétueusement. Ce fut l'affaire d'un
instant, Albert saisit la corde au passage et en
même temps la petite fille, juste au moment où,
ses forces l'abandonnant, elle allait lâcher prise.
Albert la déposa saine et sauve par terre, encore toute rayonnante, et n'ayant que vaguement conscience du danger qu'elle avait couru,
tandis que les deux garçons étaient pâles comme
le marbre.

— Flossette, fut tout ce que Albert put
articuler.

— Vraiment, Albert! je ne croyais pas... je
n'avais pas l'intention...

— Flossette! mais vous êtes folle! mais c'était affreux! Il s'en est fallu d'un rien que vous ne tombassiez de là-haut.

— Oui, c'est vrai, dit Flossette en pâlissant un peu à son tour. Si vous n'étiez pas venu à mon secours, Albert, je crois que je n'aurais pas pu tenir davantage. Mais je n'ai pas eu le temps d'avoir peur.

— Vous n'avez jamais été, dans toute la vie, si près de la mort que tout à l'heure, dit Albert, moitié irrité par son calme, et moitié effrayé qu'il ne lui prît fantaisie de recommencer s'il ne lui faisait bien comprendre toute l'étendue du péril.

Flossette regarda la balançoire et le grand mur.

— Étais-je donc si haut? dit-elle. Croyez-vous qu'il y avait vraiment de quoi me tuer?

— Si je le crois! Regardez un peu, Flossette. Vous étiez au niveau de cette branche qui se recourbe. Je ferai davantage attention comment je vous balance, à l'avenir, soyez tranquille.

— Moi aussi, je serai plus raisonnable désormais, Albert, je vous le promets.

— Je l'espère bien. Mais écoutez, Flossette,

n'allez pas raconter à maman que vous avez failli vous tuer.

Flossette parut indécise.

— Tante Élise ne devrait-elle pas le savoir? dit-elle. Si Gérald était ici, j'irais le lui dire tout de suite, car j'ai eu grand tort. Il me disait toujours de me tenir ferme aux cordes. Je ne veux plus l'oublier.

— Je le dirai à mon père, car je suis à blâmer, moi aussi. J'ai été tout aussi imprudent que vous; mais il est inutile de faire passer à maman une mauvaise nuit.

— Oui, dit Flossette à demi-convaincue. Où sont Hélène et Lucie?

— Parties. Mais écoutez, Flossette. Je me demande si vous ne feriez pas mieux de re- monter dans la balançoire pour quelques ins- tants. Je ne vous enverrai pas haut, soyez tranquille; mais je ne voudrais pas faire de vous une peureuse.

— Merci, Albert; mais, si cela ne vous fait rien, j'aimerais mieux attendre à demain. Ce n'est pas que j'aie peur, mais c'est assez pour aujourd'hui.

— Vraiment, vous ne voulez pas?

— Non, s'il vous plaît. Pas maintenant.

Comme elle allait s'éloigner, Albert la retint.

— Qu'y a-t-il, Flossette? dit-il. Vous ne pensez pas que je sois en colère?

— Oh! non; et vous avez été bien bon de me balancer si longtemps. C'était délicieux jusqu'au moment où j'ai été si sotte.

— Eh bien! qu'avez-vous, alors? qu'est-ce qui vous préoccupe?

Flossette hésita un instant.

— Je pensais seulement... seulement... à ce que vous avez dit...

— Quoi donc?

— Que je n'avais jamais... jamais été... plus près...

— Il ne faut pas vous épouvanter, Flossette. J'ai voulu seulement vous faire comprendre la folie de pareils tours de force.

— Oui, je le sais. Mais, Albert, laissez-moi aller, je vous en prie.

— Pourquoi faire?

— Il me faut finir ma lettre à Gérald, et je n'ai pas un instant à perdre, car je veux qu'elle parte aujourd'hui.

Albert la laissa s'éloigner sans rien ajouter,
et les deux garçons la suivirent des yeux.

— Drôle de petite! murmura Roger.

— Drôle, dis-tu? Et moi, je prétends qu'à
elle toute seule, elle en vaut vingt comme Hélène ou Lucie. Elle me plaît au possible. Mais
elle est si téméraire que j'ai cru devoir lui faire
un peu peur. Du reste j'avais, je crois, assez
raison.

XIV

PERDUE.

— Je ne puis absolument pas comprendre ce qu'elle est devenue.

— Quoi donc?

— Ma lettre pour Gérald. Oh! mademoiselle Bartel, l'auriez-vous vue, par hasard? Je ne sais où la trouver, et voilà Joseph qui va partir pour la poste.

— Et votre lettre n'est pas prête! Vous saviez pourtant, ma chère enfant, qu'à l'heure qu'il est, elle aurait dû être finie; et vous aviez amplement le temps de la terminer cette après-midi.

— Oui, je le sais bien; et je l'avais achevée. Il ne me restait qu'à la cacheter et à mettre l'adresse; mais, quand les garçons sont venus m'appeler pour la balançoire, j'ai tout laissé sur la table. Lorsque je suis revenue, le vent avait éparpillé mes papiers et mes enveloppes sur le plancher; mais la lettre pour Gérald n'y était plus.

— Pourtant, si vous l'aviez laissée parmi vos papiers, elle doit s'y trouver encore. Le vent n'a pas pu l'emporter hors de la chambre.

— Bien sûr, et pourtant il ne me reste pas une seule page de tout ce que j'avais écrit, et c'était justement une si longue lettre, et je désirais tant qu'elle partît aujourd'hui par le paquebot! dit Flossette prête à pleurer.

— L'avez-vous bien cherchée et demandée à tout le monde? dit mademoiselle Bartel, qui, occupée elle-même à terminer une lettre pressée, ne pouvait prêter à Flossette qu'une demi-attention.

— Hélène dit qu'elle est entrée dans la salle à manger, et qu'elle a vu toutes mes affaires renversées par le vent, et Henri y a été quelques instants aussi; mais personne ne semble savoir rien de ma lettre. J'ai cherché pendant une demi-heure, et je suis sûre d'avoir regardé partout.

Mademoiselle Bartel était trop absorbée pour répondre, et Flossette alla tristement coller

son front à la vitre, se demandant si personne
ne viendrait à son secours. Tout à coup le
colonel entra, mais il était évidemment très-
pressé.

— Je viens de parler à Hélène et aux garçons,
mademoiselle Bartel, dit-il, et ils ont promis
une sagesse sans bornes, et une prudence exemplaire. Ainsi vous pourrez partir tranquille. Il
serait trop dommage pour vous de laisser échapper une pareille occasion.

— J'ose à peine accepter, monsieur, dit
mademoiselle Bartel. Il me semble que ce sera
manquer à mon devoir. Et, d'un autre côté, ne
pas lui dire adieu...

— Non, non, il n'en peut être question,
mademoiselle Bartel, reprit le colonel avec auto-
rité. Flossette, pensez-vous pouvoir vous conduire demain comme une petite demoiselle raisonnable et bien élevée, en l'absence de tous
les membres sérieux de la famille?

Flossette parut un peu effrayée : — Tous?
répéta-t-elle.

— Oui, tante Élise et moi, nous sommes in-
vités, comme vous le savez, et nous ne pouvons
remettre notre invitation. Quant à mademoi-

selle Bartel, elle devait aller vendredi à Douvres dire adieu à son frère; mais un télégramme l'appelle pour demain. Il serait trop dur pour elle de renoncer à voir ce frère qui ne reviendra pas en Europe de bien des années peut-être. Vous pouvez vous mettre à sa place, et comprendre combien elle y tient, n'est-ce pas, Flossette?

— Je serais bien fâchée que mademoiselle Bartel manquât ce rendez-vous, dit Flossette.

— C'est convenu, elle ira, et notre jeunesse nous prouvera comment elle sait être digne de notre confiance. Quant à vous, ma fillette, vous êtes une petite femme si sérieuse pour votre âge, que je crois inutile de vous recommander la sagesse.

Ce compliment fit rougir Flossette qui se rappelait l'aventure de la balançoire.

— Oh! mais je n'ai justement pas été du tout sage aujourd'hui, commença Flossette; j'ai été très-étourdie, et j'aurais pu me faire grand mal. Mais je serai plus raisonnable demain. Oh! oncle Édouard, je ne puis pas trouver ma lettre pour Gérald!

— L'avez-vous égarée? Quel dommage! d'autant plus que mademoiselle Bartel a fini la sienne, et qu'on va les porter tout de suite à la poste. Que voulez-vous, ma petite, il faudra vous en passer pour aujourd'hui, et, quand vous l'aurez retrouvée, vous l'allongerez un peu en attendant le prochain paquebot. Ce sera pour vous une leçon qui vous apprendra l'utilité de mettre chaque chose à sa place.

— Oncle Édouard ne comprend pas du tout, pensa Flossette désolée. Personne ne me comprend. Personne ne se soucie de ce qui m'inquiète. Et quand je pense comme Gérald va être désappointé !

Elle se tint encore quelques instants à la fenêtre jusqu'au moment où elle eût vu disparaître le petit Joseph au détour de l'avenue. Il était trop tard, désormais; trop tard, quand même la lettre eût été retrouvée. Flossette quitta sans bruit la salle d'étude, et courut à sa chambre.

C'était vraiment bien dur! Flossette ne pouvait que se le répéter sans cesse. Elle avait fait tout son possible pour écrire à Gérald une bonne longue lettre qui pût lui faire plaisir; et elle était si impatiente de recevoir la réponse à ses questions; et il était si étrange que la lettre eût disparu sans que personne pût lui en donner des nouvelles. Oh! si quelqu'un allait la lire, l'ayant mise par mégarde dans son buvard! Ce serait affreux! Flossette tremblait à cette seule pensée. Ou si encore le vent l'avait emportée jusque dans le village! Ce ne serait pas moins affreux.

Y a-t-il donc quelque chose de bien mal dans ma lettre, se demanda enfin Flossette, que j'aie si peur qu'on la lise? Je raconte à Gérald beaucoup de choses que je ne voudrais dire à aucun autre; cependant je ne crois pas qu'on puisse m'en faire un crime. Mais ce que je dis d'Hélène, de Lucie et de Suzanne n'est pas trop aimable; et je ne me soucierais pas du tout que personne le vît.

Ai-je donc eu tort d'écrire tout cela à Gérald? Mais je pensais qu'il n'était rien que je ne pusse lui conter. Non, décidément je crois qu'il vaut mieux ne jamais écrire, même à son frère, la moindre parole dure à propos de qui que ce soit. Car enfin, si je suis la petite servante de Jésus, tout mon devoir est de faire et de dire ce qu'il me commande, et je suis sûre, — oh!

11

tout à fait sûre, — que jamais Il n'a dit un seul
mot qui ne fût pas bienveillant, et qu'Il ne voudrait pas davantage m'en entendre dire à personne.

Qui sait si quelque jour je ne serai pas bien
aise que ma lettre ne soit pas partie? Qui
sait si ce n'est pas mon Maître lui-même qui
n'a pas voulu qu'elle parte? Gérald me disait
toujours que c'est Dieu qui nous envoie toutes
nos contrariétés, afin d'exercer notre patience,
parce qu'Il nous aime; et certainement c'est
une grande contrariété que de perdre ma lettre.
Mais qui répondra à cette question que je désirais tant faire à Gérald? Car il est impossible
qu'il me comprenne si je ne lui dis pas, tout
d'abord, comment Hélène me traite. Oh! qui sait
pourquoi elle me déteste ainsi? Je suis sûre que
tous les jours elle me déteste davantage. Hier,
quand je lui ai demandé si elle n'avait pas vu
ma lettre, c'est à peine si elle a daigné me regarder. Oh! j'avais si grand besoin des conseils
de Gérald, j'avais si grand besoin qu'il m'indi-
quât un moyen de ne pas me sentir en colère
contre Hélène quand elle est si méchante.

Lui demander conseil ne serait pas mal, sans

doute, et je pouvais le faire sans parler tant des torts d'Hélène. Je crois que, tout en écrivant, je me suis de plus en plus irritée contre elle, et que j'ai fait mon possible pour que Gérald la prît en grippe. Je n'y aurais probablement pas réussi, car Gérald semble toujours aimer tout le monde. Cela n'aurait fait que lui causer beaucoup de peine. Et, comme dit tante Élise, je ne devrais, pendant qu'il est si loin, lui écrire que des lettres qui pussent le réjouir. Mais alors je ne pourrai parler de tout cela à personne. Je ne puis consulter tante Élise. Ce serait encore pis de se plaindre d'Hélène à elle ou à oncle Édouard. D'ailleurs, cela me serait impossible.

Mais que ferai-je?

Les yeux de Flossette tombèrent sur sa Bible ouverte devant elle. Et un sentiment de joie paisible vint peu à peu remplir son cœur, tandis qu'elle se rappelait en même temps cette parole de son frère : « Quelquefois peut-être Il aimera que, t'asseyant à ses pieds, comme Marie, tu te reposes et te fortifies en écoutant ce qu'Il veut te dire. »

Non, elle ne pouvait parler à Gérald de ses difficultés avec Hélène; mais elle en pouvait

parler à un Autre. Gérald était bien loin; mais
le Maître de Flossette était tout près. Flossette
ne pouvait, de bien des jours, faire partir aucune
lettre pour Gérald; mais elle pouvait, sur
l'heure même, parler à son Maître. Elle ne pouvait, de trois ou quatre mois, recevoir la réponse
de Gérald; mais le Maître pouvait immédiate-
ment répondre. Gérald ne pouvait que donner
un conseil; le Maître pouvait la revêtir de la
force dont elle aurait besoin, changer son cœur
et changer le cœur d'Hélène. Gérald aimait
Flossette; mais le Maître aimait mille fois mieux
encore sa petite servante. Gérald ne pouvait
comprendre que d'après les explications de
Flossette; le Maître savait tout, du commence-
ment à la fin, et bien mieux que Flossette elle-
même.

Oui, pensa Flossette : Je raconterai tout
au Seigneur Jésus. Gérald m'a souvent répété
qu'Il aime nous entendre lui dire nos chagrins,
nos difficultés et nos joies. Je lui raconterai
tout, et je le prierai de nous enseigner, à Hélène
et à moi, à nous aimer l'une l'autre. Car si
Hélène ne m'aime pas, il est bien vrai aussi que
je ne l'aime pas davantage. Et pourtant, si

j'appartiens au Seigneur Jésus, je devrais l'aimer
et ne jamais me fâcher, quoi qu'elle me dise de
désagréable.

Si j'étais morte cette après-midi, — et Albert
dit que j'ai été bien près de me tuer, — je
crois, — oui, je suis même sûre que Jésus
m'aurait prise au ciel avec Lui, car Il est mort
pour sauver les hommes et aussi les petites filles
méchantes. Je ne devrais donc avoir aucune
peur de mourir, puisque je sais que Jésus
m'aime. Et pourtant — pourtant je ne voudrais
pas être morte avant d'avoir appris à aimer
Hélène. Ce serait trop triste qu'elle n'eût de
moi d'autre souvenir que celui des dures paroles
que nous avons échangées. Car je voudrais
qu'Hélène sût que je suis la petite servante du
Maître, et qu'elle le devînt aussi à son tour.
Mais, en ce moment, elle doit avoir de moi une
opinion qui ne ferait guère honneur à mon
Maître.

Et, sans renvoyer à plus tard, Flossette
s'agenouilla au pied de son lit. L'expérience
lui avait assez appris que celui qui se refuse à
prier quand il s'y sent disposé, risque de se
trouver plus tard froid et endurci. Car, par la

voix de son Esprit, le Maître appelle quelquefois ses petites servantes à venir lui raconter leurs difficultés ou leurs joies, et lui demander ce dont elles ont besoin. Et, lorsqu'au lieu d'accourir, elles répondent : « Pas maintenant, mais plus tard », il se trouve que, lorsque « plus tard » arrive, la voix du Maître ne s'entend plus si clairement.

Flossette, ce jour-là, ne répondit pas : « plus tard ». Cachant son visage entre ses mains, elle raconta au Maître tout ce qu'elle aurait voulu dire à Gérald, et beaucoup plus encore. Mais, à son grand étonnement, elle trouva qu'elle avait bien moins à dire sur les défauts d'Hélène que sur son propre désir d'aimer les autres. Enfin elle supplia son Maître de lui enseigner à se conduire et à gagner le cœur d'Hélène.

Ce fut avec un sentiment de paix douce et profonde que Flossette se releva. Elle avait la certitude que sa prière avait été entendue, et elle ne s'était jamais sentie si heureuse. Elle s'approcha de la fenêtre et regarda au dehors : jamais le chant des oiseaux ne lui avait paru aussi gai, le soleil aussi brillant, la nature tout entière aussi joyeuse. Il lui semblait voir par-

tout le sourire de son Maître. Elle regrettait à
peine maintenant la perte de sa lettre. Elle ne
comprenait même pas comment elle avait pu
parler d'Hélène comme elle l'avait fait. Était-ce
déjà l'affection naissant dans son cœur? C'était
du moins le sentiment contraire s'effaçant peu
à peu. Quelques instants plus tard, la cloche
sonna pour le dîner, et Flossette descendit le
cœur léger. — Que lui est-il donc arrivé? se
demandèrent ce soir-là les garçons, en la voyant
si gracieuse et si souriante. Quant à Hélène,
elle était plus froide encore qu'à l'ordinaire,
elle regardait Flossette d'un air étrange, et dai-
gnait à peine lui parler poliment. Mais le rayon
de soleil qui illuminait en ce moment le cœur
de Flossette lui rendait facile à supporter les
duretés d'Hélène. Elle n'avait même aucune
tentation de lui rendre froideur pour froideur
et impolitesse pour impolitesse. Elle semblait
n'éprouver d'autre désir que de faire ce que
son Maître attendait d'elle.

XV

Qui sait comment va se passer la journée?
se demanda Flossette, non sans une certaine
inquiétude, le lendemain matin, tandis que,
debout sur le perron, elle suivait des yeux la
voiture qui emportait le colonel, sa femme,
M. et madame Chevalier, et qui, deux heures
auparavant, avait déjà conduit mademoiselle Bartel à la gare.

Le déjeuner venait de finir; Hélène et Lucie
se promenaient, les bras enlacés, dans le vestibule; les deux garçons flânaient çà et là devant
la maison, tandis que Suzanne jouait avec un
petit chat. Les leçons étaient mises de côté
pour tout le jour; il n'y avait personne dans la
maison, sauf Anne, pour s'occuper des enfants,
et, pour le moment, Anne était hors de portée.

— Qu'allons-nous faire aujourd'hui? s'écria tout-à-coup Roger, traduisant en paroles la pensée de Flossette. Je vote pour quoi que ce soit de très-amusant.

— Et moi aussi, cria Suzanne à son tour. Dépêchons-nous de décider, Roger.

— Vous, garçons, tout d'abord vous vous rappellerez que vous ne devez pas faire de folies, commença Hélène d'un ton protecteur.

— Ni vous, filles, non plus, riposta Roger, et Flossette pourrait bien ne pas être la dernière à l'œuvre.

— Oh! non, j'ai l'intention aujourd'hui d'être très-prudente. Savez-vous, Roger, le mieux serait peut-être de rester à la maison et de faire une lecture à haute voix. Il faudrait trouver une histoire bien amusante.

— Lire! en voilà une scie! Albert à lui seul lit assez pour une demi-douzaine d'entre nous.

Hélène avait eu tout d'abord la même idée que Flossette; mais, du moment que celle-ci parlait dans un sens, elle ne pouvait manquer de parler dans le sens contraire.

— Pour moi, dit-elle, je ne resterai certainement pas dedans. Flossette peut rester, s'il

11.

lui plaît; mais, Lucie et moi, nous allons nous promener dans le petit bois.

— Flossette, dit Albert, il faudra que je vous balance un peu aujourd'hui.

— Je le veux bien; mais, Albert, avez-vous raconté notre aventure à l'oncle Édouard?

— Ma foi non. J'ai pensé qu'il valait mieux n'en pas parler aujourd'hui, puisque justement il nous quittait pour tout le jour. Cela n'aurait servi qu'à lui causer de l'inquiétude inutilement. D'ailleurs, ne m'avez-vous pas dit que vous lui en aviez parlé?

Albert ne se souciait ni de reconnaître ni de s'avouer à lui-même la raison principale qui lui avait fait taire l'imprudence de la veille. Ce qu'il avait craint, au fond, c'était de voir son père défendre complétement la balançoire pendant cette journée. Combien il se repentit, quelques heures plus tard, de n'avoir pas obéi à sa conscience en suivant une ligne de conduite plus franche!

— De quoi s'agit-il? demanda Hélène.

— Oh! c'est un secret entre Flossette et moi.

— Tu sais, tu auras beau faire, Flossette ne

gardera pas la balançoire pour elle seule toute la journée, je t'en réponds.

— Et moi je l'espère bien ainsi, surtout si j'avais à la balancer tout le temps. Mes pauvres bras ne résisteraient pas à douze heures d'un pareil exercice.

— Lucie et moi nous allons nous installer à lire sur la balançoire, reprit Hélène jalouse de ses droits.

— Comme deux gentils petits bébés dans un berceau, dit ironiquement Roger.

> Do, do, l'enfant do,
> L'enfant dormira bientôt !

Voyons, Hélène, ne te mets pas en colère. Va plutôt prendre possession tout de suite de ta chère balançoire, restes-y tout le jour si cela te fait plaisir, et laisse-nous en paix. Mais, avec tout cela, nous ne nous amusons pas. Voyons! n'y aurait-il pas moyen d'organiser un jeu?

— Je me demande si Anne voudrait, — commença Flossette, ou si cela ne contrarierait pas oncle Édouard et tante Élise, — il me semble que ce serait juste le jour...

— Le jour pourquoi? demanda Roger.

— Eh bien! l'année dernière j'avais des amis en visite à la maison pour quelques jours, — deux petits garçons et deux petites filles, — et nous nous amusâmes joliment. Gérald nous avait permis de passer toute la journée dans le petit bois; nous y déjeunâmes et dinâmes; et nous fîmes semblant de dormir sous une grande tente. Oh! ce fut une fameuse partie!

— Hourrah! s'écria Roger lançant en l'air son chapeau en signe d'approbation. Vous êtes la plus charmante fille que je connaisse, Flossette! Mais c'est une idée splendide. Allons! en marche pour le petit bois sans perdre une minute!

— Pas avant d'avoir consulté Anne, reprit Flossette. Tante Élise a dit que nous devions lui obéir en toutes choses.

Dès les premiers mots de Flossette, Hélène avait décidé de faire opposition au nouveau programme; car elle ne pouvait souffrir que Flossette eût voix délibérative au conseil; mais de nouveau elle changea d'idée :

— Anne, dit-elle, n'a rien à voir là-dedans. Elle n'est pas ma nourrice, je pense. Flossette peut lui obéir si elle veut.

— Si elle n'est pas ta nourrice, elle est la bonne de maman et son représentant pour la journée, dit Albert. Lui désobéir serait désobéir à maman, n'est-ce pas, Flossette?

— Qu'est-ce que c'est qu'un représentant? demanda Suzanne.

— C'est une personne qui en remplace une autre. Anne est chargée, pour aujourd'hui, de prendre soin de nous à la place de maman et de mademoiselle Bartel. D'ailleurs, tu ne sais pas ce que tu dis, Hélène; comment pourrions-nous, sans l'aide d'Anne, déjeuner et dîner dans le bois?

— Faut-il que j'aille lui en parler; demanda Flossette.

— Oui, certainement, d'autant plus qu'elle vous accordera plus volontiers la chose qu'à aucun d'entre nous. Tâchez de la persuader, n'est-ce pas, Flossette?

Les garçons étaient ravis des projets de la petite fille, et, à peine avait-elle quitté la chambre, que déjà une conversation animée s'était engagée au sujet des matériaux nécessaires à la construction de la tente. Bientôt Lucie et Suzanne se joignirent à la discussion, et Henri lui-même, se rapprochant, écouta d'un air plus intéressé qu'il n'avait coutume de le faire. Et lorsque, au bout de quelques minutes, Flossette et Anne revinrent ensemble, tous avaient pris l'expédition si fort à cœur, que la vieille nourrice aurait eu de la peine à les y faire renoncer. Du reste, tel n'était pas son projet. Elle savait que, pour les enfants, le meilleur moyen d'être sages, c'est de se passionner à quelque jeu, et elle était trop heureuse que Flossette eût suggéré un amusement qui les occuperait tous à la fois sans les soustraire trop à sa surveillance.

Elle se prêta donc au projet, et ne fit que peu d'objections. Serait-elle de la partie? demanda-t-elle tout d'abord. Mais Henri fut le seul de cet avis. Flossette elle-même pensait que la présence d'une grande personne nuirait beaucoup à l'entrain général. Non, non, la jeunesse seule devait avoir la direction et la responsabilité de la journée.

— Mais pourtant je ne puis vous perdre de vue tout le jour, dit Anne. Il faut au moins que, de temps en temps, je sache ce que vous devenez.

Mais on ne lui accorda d'autre permission

que celle d'apporter, à l'entrée du petit bois, les ingrédients nécessaires pour le déjeuner et le dîner. Encore ne devait-elle pas se laisser voir. Du moment qu'il était convenu qu'on serait naufragés sur une île déserte, impossible d'admettre des visiteurs.

— Mais si l'on se dispute? demanda la vieille bonne, non sans quelque raison.

— Partez en paix, nourrice, dit Roger, nous n'avons aucune intention de nous disputer.

— J'ai une idée! s'écria Lucie. Suspendons un drapeau ou un morceau de n'importe quoi à un arbre que Anne puisse voir de la maison, et aussi longtemps que le drapeau sera hissé, elle saura que tout va bien.

— Superbe idée, Lucie, s'écria Roger. Et le drapeau sera censé notre signal de détresse en cas que quelque vaisseau passe au large.

— Le drapeau vert sera le signe de la paix, et devra être remplacé, au premier vent de discorde, par un drapeau rouge, emblème de guerre à mort, ajouta gravement Albert.

— Oh! Albert! s'écrièrent plusieurs voix joyeuses.

— Et pourquoi non? N'avons-nous pas à

notre disposition les deux drapeaux que Roger et moi nous fîmes l'année dernière? Je sais où ils sont.

— Bravo! Quant à moi, j'avoue que j'avais totalement oublié leur existence.

— Voyons, Anne, comprenez-vous? Le vert signifie : « Tout va bien! » Le rouge veut dire : « Tout va mal! Au secours! au secours! » Roger donnait ces explications de toute la force de ses poumons, si bien que Anne dut se boucher les oreilles.

— Et sans doute vous supposez que je me tiendrai tout le jour à la fenêtre pour voir lequel de vos deux drapeaux est arboré, monsieur Roger?

— Oh! il vous suffira de regarder de temps en temps, dit Flossette. D'ailleurs vous pourrez nous apercevoir à travers les arbres, ajouta-t-elle à l'oreille de sa nourrice!

Anne fit un signe d'assentiment.

— Et que ferons-nous de M. Henri? demanda-t-elle.

— J'aimerais bien à aller avec eux, dit celui-ci.

— Je prendrai soin de lui, dit Albert. Je ne

permettrai ni qu'on le taquine, ni qu'il se fatigue outre mesure.

Les yeux de Henri étaient si suppliants, que la vieille domestique ne put leur résister, et qu'elle céda, sur la promesse de Flossette et d'Albert de veiller sur lui, et de le ramener au moindre signe de fatigue.

Alors commencèrent les préparatifs de l'expédition. On tint d'abord conseil sur place, afin de faire un programme exact des amusements de la journée. Les garçons faisaient sans cesse appel à Flossette, désirant renouveler en tous points cette partie dont le souvenir avait laissé une si joyeuse impression sur l'esprit de la petite fille.

Il fut donc convenu qu'Anne composerait à la hâte un déjeuner froid que les aventuriers pourraient emporter avec eux afin d'ôter à la vieille bonne tout prétexte de venir les inspecter. Anne s'empressa donc de préparer le panier aux provisions, les priant seulement de se fier à elle quant au choix des vivres.

Puis on se procura une certaine quantité de vieux châles et de vieux tapis, sans compter deux ou trois petits bancs qu'on serait censé avoir sauvés du naufrage. On ajouta encore au bagage un sabre de bois, un canon de poupée, un livre pour Albert, et la dentelle au crochet inséparable d'Hélène.

Ces préparatifs n'étaient peut-être pas la moins amusante partie de l'expédition. Hélène était la seule qui semblât ne pas vouloir prendre part à l'entrain général. Quant à Flossette, elle était dans un état de surexcitation complète. Elle avait été chercher son chapeau dans sa chambre, et descendait en bondissant les marches de l'escalier, lorsqu'elle entendit parler dans le vestibule.

— Oui, disait la voix d'Hélène, je ne veux pas me plaindre; mais il est facile de voir pourquoi Flossette a choisi ce jeu.

— Pourquoi? demanda Lucie.

— Eh bien! tout simplement parce qu'il lui plaisait d'en prendre la direction. Flossette aime à être partout la première. Regarde un peu comme elle s'arrange pour faire tout à sa guise.

Flossette s'était arrêtée soudain. Sa première impulsion avait été de s'élancer, et de contredire une assertion aussi fausse. C'était si cruel, si injuste de la part d'Hélène, pensait-elle, de dire une chose pareille, alors qu'elle s'efforçait d'organiser un jeu qui pût amuser tout le monde, et empêcher les garçons de faire des sottises. Un instant Flossette eut même bien envie de se fâcher, et de déclarer à son tour qu'elle n'irait pas au bois.

Mais, avant même qu'elle eût eu le temps de s'en rendre compte, Flossette sentit sa colère se calmer. Rapide comme l'éclair, ce verset : « Quand on lui disait des injures, Il n'en rendait point ; Christ ne chercha jamais sa propre satisfaction », lui revint à la mémoire, et non moins rapide suivit la muette prière : « Seigneur, je t'en prie, ne permets pas que la colère s'empare de moi. »

D'un pas plus tranquille Flossette acheva de descendre l'escalier. Hélène, en la voyant, devina que ses dernières paroles avaient été entendues, et, pensant que Flossette allait éclater en reproches, elle fit de la tête le petit mouvement dédaigneux qui lui était habituel. Mais Flossette se contenta de dire doucement :

— Je crois que tout est prêt, Hélène. Ne ferons-nous pas mieux de partir?

Hélène ne daigna pas faire la moindre réponse. Au même instant on entendit la voix de Roger qui, du jardin, appelait énergiquement le reste de la troupe, et Hélène elle-même ne put garder son sérieux à la vue des deux garçons, et de tout ce qu'ils avaient empilé sur leurs épaules. Albert n'avait jamais aimé à se fatiguer outre mesure, mais, quant à Roger, il avait disparu sous une montagne de châles, flanqués de corbeilles et de tabourets.

— Ah! je l'ai dit souvent et je le répète : que les filles sont donc lambines! s'écria-t-il. Dépêchez-vous un peu de ramener tout ce qui reste, et qu'on parte; car, avec ma charge, je ne puis attendre une heure.

Les petites filles se divisèrent donc le peu qui restait, et les sept aventuriers se mirent en marche vers le petit bois, suivis d'Anne.

— Nous sommes maintenant tous à bord du vaisseau, cria Roger. Oh! quel ouragan, quelles vagues furieuses! il fait un vent à démâter le « Great Eastern ». Ne marchez donc pas si droit, vous tous! Ne pouvez-vous pas aller un peu de travers? Rappelez-vous donc que nous

sommes sur un pont ballotté par la tempête!
Bravo, Flossette! vous vous entendez à merveille au jeu. Hélène, pourquoi ne fais-tu pas
comme les autres? Tu nous gâtes tout le plaisir
avec tes grands airs.

Hélène ne croyait pas, en effet, de sa dignité
d'imiter la démarche chancelante de son frère,
mais tous les autres s'y exerçaient de leur
mieux. Quant à Roger, il donnait si conscien-
cieusement l'exemple, que tout à coup il perdit
l'équilibre, et s'étendit par terre de tout son
long, tandis que sa volumineuse charge s'épar-
pillait en tous sens.

— Un homme à la mer! au secours! au secours! s'écria-t-il au milieu des éclats de rire
du reste de la bande. J'ai écrasé un nid de
fourmis, — non, une anémone de mer, je veux
dire. — Albert, ne pourrais-tu pas me tendre
une main secourable, au lieu de rire si fort?
Bravo, Anne! — capitaine, je veux dire, —
vous savez prêter main forte, vous au moins.
Mais tout de même, si vous êtes à bord avec
nous, vous ferez bien de vous noyer au plus tôt,
car nous ne voulons pas de vous dans notre
île. Allons! encore une brassée, et je suis sauvé!

Ouf! m'y voilà enfin! Très-heureux de me retrouver avec vous sur le pont, camarades. Oh! Oh! les rafales sont plus terribles que jamais! et les vagues comme des montagnes! N'importe, nous sommes un équipage de braves, et nous prenons notre sort gaiement!

— Ouf! C'est un rude métier que d'avoir à jouer à la fois le rôle des vagues et celui des passagers, murmura Albert, s'arrêtant une minute pour s'essuyer le front.

— Paresseux! reprit l'infatigable Roger, personne a-t-il jamais prétendu traverser une tempête et faire naufrage sans un peu de fatigue? Allons! vous, les filles, courage! notre traversée touche à sa fin, ou plutôt la tempête nous a entraînés bien loin de notre destination. Regardez! la terre est en vue! Mais, que vois-je, la plage est bordée d'écueils! des brisants partout! Eh! capitaine, ne vous bouchez pas les oreilles lorsqu'on vous avertit du danger. Ne voyez-vous pas que ma voix doit dominer le tumulte des flots? Faut-il vous étonner, après cela, si je crie? Regardez, vous dis-je! Le vent pousse le navire droit sur les écueils! N'est-ce pas un rocher de corail que je vois là-bas? Hélas! nous allons nous y briser! mais, oh! bonheur, j'aperçois, entre deux récifs, un étroit passage — la petite porte du bois, vous savez bien, — c'est là notre unique chance de salut. Le vaisseau s'enfonce! Camarades! que chacun sauve ce qu'il peut et songe à sa vie! le navire sombre!... Il faut nager jusqu'au rivage! Capitaine, veuillez maintenant disparaître, votre rôle est fini! — Et Anne, ainsi interpellée, se cacha derrière un arbre en riant aux larmes. Cette fois Hélène elle-même avait si bien subi la contagion de la gaieté générale, que sans se faire prier, elle se jeta par terre et entra en rampant dans le bois par l'étroite porte, tandis que les autres se livraient aux plus étranges contorsions, prétendant lutter avec la tourmente. Quant au petit Henri, il arrivait timidement le dernier de tous, et se glissa après les autres en s'aidant des mains et des genoux.

Et les pauvres naufragés, épuisés par la fatigue et par les dangers qu'ils avaient courus, s'assirent sur la mousse qui couvrait le sol, et regardèrent autour d'eux dans un silence plein d'effroi.

XVI

— Triste sort que le nôtre, camarades! nous voici dans une île déserte, à mille lieues de toute terre habitée, commença Roger d'une voix mélancolique.

— Mais, Roger, nous n'avons pas encore exploré, comment pouvons-nous savoir que l'île est déserte? Il nous faut d'abord en faire le tour.

— Bien dit! Flossette! J'avais totalement oublié nos projets d'exploration. Eh bien! en avant! marche! s'écria Roger se levant d'un bond, et abandonnant son fardeau derrière lui.

— Que vous êtes pressé! dit Flossette en riant. Mais à quoi bon se tant hâter? nous devrions d'abord faire une sorte d'inventaire de tout ce que nous avons sauvé du naufrage, puis délibérer sur le meilleur parti à prendre dans des circonstances aussi calamiteuses, Henri et Suzanne pourraient s'arracher les cheveux de désespoir, et... et...

Et, laissant le reste à l'imagination des acteurs, Flossette s'absorba dans l'inspection des richesses arrachées au désastre. Albert, tirant gravement de sa poche un calepin qui, par miracle, avait échappé à l'immersion, y inscrivit la liste de leurs biens.

Les jeunes aventuriers se félicitèrent surtout les uns les autres de la corbeille de provisions qu'ils avaient été assez habiles pour amener jusqu'au rivage, et deux ou trois commencèrent à souffrir cruellement des angoisses de la faim.

— Mais il ne serait pas sage de tout manger en une fois, sans quoi nous aurons faim avant le soir, — c'est-à-dire avant qu'un navire vienne à notre secours, — dit Flossette.

— Et il est encore de bonne heure, n'est-ce pas?

— Déjà midi, dit Albert en tirant sa montre. Que de temps nous avons mis à nous préparer!

— Nous aurons tout juste le temps d'explorer notre île avant déjeuner, dit Roger. A sup-

12

poser encore que ce soit une île et non point un continent. Viens, Hélène, nous dresserons notre tente plus tard.

Mais Hélène était vexée de voir comment les suggestions de Flossette étaient toujours suivies, et, s'asseyant sur la balançoire, elle tira son ouvrage de sa poche.

— Non, je suis fatiguée, dit-elle. Je m'assiérai ici, et Lucie restera avec moi; n'est-ce pas, ma Lucie?

Pauvre Lucie! elle ne paraissait rien moins que charmée de la proposition.

— Oh! Hélène, dit-elle, ce serait si amusant d'explorer!

— Eh bien! tu peux y aller sans moi.

Mais Lucie n'y aurait pas voulu aller sans Hélène, et un nuage vint assombrir la gaieté générale.

— Si Hélène et Lucie préfèrent s'asseoir, nous pourrons aller explorer sans elles, proposa Flossette; et Henri, lui aussi, pourrait demeurer ici, puisqu'il ne doit pas marcher beaucoup. Ils seront censés trop fatigués pour nous accompagner.

— Mais si les sauvages viennent et les mangent? dit Suzanne.

— Mais Henri est là pour les défendre, dit Flossette. Henri, nous allons supposer que vous êtes fort et brave, et vous confier la garde d'Hélène, de Lucie et des provisions.

— A cet enfant! dit Hélène, quelle idée ridicule!

C'est seulement pour plaisanter, Hélène, et pour lui faire plaisir, dit à demi-voix Flossette. Regardez, Henri : voici un petit arc et des flèches que je vous ai apportés, je veux dire que j'ai sauvés du naufrage; montrez-nous un peu comment vous visez.

Les yeux d'Henri brillèrent de joie à la vue du joujou que Flossette avait déniché pour lui au fond d'un tiroir abandonné. Bientôt il était installé sur un tabouret, visant soigneusement à une distance de trois mètres le tronc d'un arbre, et manquant son but une fois sur deux. Lucie, pendant ce temps, s'asseyait sur la balançoire à côté d'Hélène, et, d'un air quelque peu mélancolique, regardait partir le reste de la bande en quête de nouvelles aventures, ayant en tête Albert avec son sabre de bois et Roger avec son canon de poche.

Quoi de plus amusant pour les quatre explo-

rateurs que d'errer en tous sens dans le petit
bois si bien connu, en prétendant faire à chaque pas de nouvelles découvertes? que de prendre les chênes pour des palmiers, et les ormes
pour des arbres à pin? d'appeler les moineaux,
perroquets, et les lézards, crocodiles? Quel plaisir d'imaginer le danger partout! de deviner
un tigre derrière chaque buisson, de voir un ser-
pent venimeux dans chaque branche morte,
d'entendre le rugissement du lion dans chaque
murmure de la brise! Qu'importe si les rochers
de corail n'abritent pas d'ordinaire tant d'animaux féroces? Nos voyageurs n'étaient pas gens
à s'embarrasser pour si peu. Roger captura un
si grand nombre de lions, et Albert mit à mort
une telle quantité de tigres, que la question fut
bientôt de savoir ce que l'on ferait de leurs dé-
pouilles, dont le poids imaginaire fit plus d'une
fois chanceler Roger. La proposition de Suzanne d'en cacher dans la terre une partie
jusqu'au moment où on en aurait besoin, fut
aussitôt mise à exécution, et les quatres paires
de mains remplirent aussitôt l'office de bêches,
ce qui ne dut guère les embellir, car le trou
creusé fut réel, si les peaux ne l'étaient pas.

Comme nos voyageurs achevaient leur exploration, ils arrivèrent au bord du fossé bourbeux qui limitait le petit bois, et qui prit aussitôt à leurs yeux les proportions d'un majestueux fleuve. Les jeunes gens ne se tinrent pour satisfaits que lorsqu'ils eurent trempé leurs mains terreuses dans une eau plus terreuse encore. Néanmoins, Roger y aperçut une multitude de requins et de baleines, et l'épée d'Albert fut encore mise en réquisition pour trancher un grand nombre de têtes dont chacune tombait infailliblement du premier coup. Enfin, après avoir couru les dangers les plus effroyables, et accompli les actions d'éclat les plus merveilleuses nos aventuriers rejoignirent leurs compagnons sur le rivage.

Grandes furent leurs exclamations de joie en trouvant que les bêtes sauvages n'avaient fait aucun mal à ceux-ci. Henri était encore assis sur un tabouret, visant d'un air aussi satisfait que jamais. Soudain, une des trois flèches qui avaient déjà servi tant de fois, déviant un peu, alla frapper la main de Roger. Si Roger n'avait pas vu venir le coup, il ne l'aurait peut-être pas distingué de la chute d'une feuille sèche; mais,

saisissant l'occasion à la volée, il se jeta par
terre avec des gémissements lugubres, prétendant avoir reçu la plus effroyable des blessures.
Tous les autres de se précipiter aussitôt autour
de lui, suggérant à l'envi les remèdes les plus
divers et les plus baroques.

— Il faut y appliquer une peau de chacal toute
chaude.

— Non, non, il faut couvrir la main d'éclisses
et de bandages.

— Il faut faire une compresse de feuilles de
persil.

— Comme si le persil croissait sur un rocher de corail!

— Eh bien! appelle-le comme tu voudras;
donne-lui quelque grand nom scientifique :
feuille contra-venenum, par exemple.

— Il faut le mettre au lit et à la diète.

A ces mots, les gémissements de Roger redoublèrent, prouvant que ce dernier remède
était moins que tous les autres de son goût.
Tout à coup un sanglot frappa l'oreille de
Flossette, et celle-ci se retournant aperçut le
pauvre petit Henri qui, croyant avoir tué son
frère, se livrait au plus violent désespoir.

— Je ne voulais pas, — je ne croyais pas lui faire du mal, sanglotait-il. Oh! Flossette! allons vite à la maison appeler Anne. Oh! que dira maman?

Flossette fut effrayée en le voyant suffoqué par les larmes; passant le bras autour du cou du petit garçon :

— Ne pleurez pas, Henri, dit-elle, tout cela n'est que pour rire. Roger s'amuse. Roger, pour l'amour d'Henri, finissez, je vous en prie.

Roger continuait à pousser des gémissements si formidables que se faire entendre de lui n'était pas chose facile; mais il n'eut pas plutôt compris la réalité, qu'il bondit sur ses pieds, et qu'une cure soudaine se trouva merveilleusement opérée.

— Holà! Henri! tu ne me feras pas croire que c'est sur moi que tu verses en ce moment des larmes si amères. N'avais-tu pas compris que nous jouions? Regarde un peu ma blessure. Elle est terrible, n'est-ce pas?

La vue de la main robuste et brunie par le soleil, tâchée de quelques gouttes de sang à peine, était bien faite pour rassurer celui qui se croyait déjà le meurtrier de son frère.

Les sanglots d'Henri s'apaisèrent peu à peu.

Et maintenant ne pensez-vous pas qu'il serait temps de songer au déjeuner? demanda Flossette. J'ai une faim dévorante.

— Pour moi, je pourrais manger un crocodile bouilli tout entier, y compris les écailles, s'écria Roger.

— Tu pourrais tout aussi bien dire un éléphant à la broche pendant que tu y es, répliqua Albert. Allons, que chacun s'empare d'une corbeille et commence à déballer. Mais n'y a-t-il que ces trois, Flossette?

— Oui, et même celle-là est pour le goûter, dit Flossette en en mettant une de côté.

— Et pourquoi ne pas les ouvrir toutes à la fois? insista Hélène.

— Non, non, s'écrièrent Albert et Roger; il faut garder un peu de plaisir pour ce soir. Et maintenant, haro sur les provisions!

Des exclamations de toute espèce s'élevèrent de la joyeuse petite colonie, tandis qu'apparaissaient les divers objets formant le contenu de la corbeille.

— Une nappe! s'écria Roger. Faut-il être Anne pour avoir songé à une pareille inutilité.

Enfin, cela nous vaudra peut-être de voir courir quelques fourmis de moins dans nos comestibles. Oh! oh! quelle splendide pyramide de sandwiches! Les sandwiches d'Anne sont toujours exquises.

— J'en ai fait une partie, Roger, dit Flossette.

— Vous, petite fée! Je croyais qu'il avait été convenu qu'Anne aurait seule le droit de surveiller les préparatifs; mais nous aurions bien dû deviner que vous seriez privilégiée.

— Anne n'avait pas le droit de nous cacher ce qu'elle comptait dire à Flossette, commença Hélène de son ton le plus offensé.

— Anne a tous les droits quand elle nous prépare de pareilles gourmandises, dit Albert, tirant du fond de la corbeille la plus appétissante tarte aux cerises. Flossette est comme son enfant. D'ailleurs, je voudrais bien voir laquelle de vous serait capable de préparer des sandwiches qui aient quelque peu la tournure de celles-ci?

— Qui que ce soit peut faire des sandwiches, dit Hélène.

Albert haussa les épaules :

— Qui que ce soit sait les manger. Quant à les préparer, c'est une autre affaire.

— Et qui nous dit que Flossette ait vraiment aidé? répliqua Hélène; je parie, moi, qu'elle a seulement voulu faire l'importante comme à l'ordinaire, et se mêler de ce qui ne la regardait pas.

Les garçons observèrent Flossette avec curiosité pour voir comment elle allait prendre les paroles d'Hélène; mais elle ne leva pas même les yeux, et seule une rapide rougeur qui envahit ses joues montra qu'elle avait entendu. Henri se rapprocha d'elle, et lui prit la main avec un mouvement de tendresse qu'il réservait en général pour sa mère.

— En tout cas, tu es polie, Hélène, je te rends cette justice, dit Albert. Voyons, puisque tu y tiens tant, éclaircissons la question sans plus de retard. Flossette, une fois pour toutes, quelle part avez-vous prise dans la confection des sandwiches? La cour vous somme de dire ici toute la vérité.

— Anne a coupé le pain et la viande, et j'ai arrangé les sandwiches, répondit Flossette ne pouvant s'empêcher de sourire des façons d'Albert.

— Bravo, Flossette! nous n'avons pas besoin d'en savoir davantage. Voici maintenant les couteaux, les fourchettes, le sel et la moutarde. Et toi, Suzanne, quels trésors découvres-tu dans ton panier?

— Voici un poulet froid et quelque chose de blanc dans un plat couvert; je ne sais pas ce que c'est.

— C'est une mayonnaise ou une crème, observa Lucie. Et voici encore six œufs durs. Mais comment Anne a-t-elle pu préparer tout cela en si peu de temps?

— Le poulet restait d'hier soir, dit Flossette, et les œufs sortaient de l'eau bouillante quand elle les a mis dans le panier.

— Là! quand je vous le disais, reprit Hélène plus offensée que jamais, il faut que Flossette ait tout su d'avance!

— Eh bien! Où est le grand mal? dit Albert. Allons, finis-en avec ces idées ridicules. Mais pourquoi Anne ne nous a-t-elle pas mis un septième œuf?

— Je n'en dois pas manger, dit la petite voix de Henri.

— Très-bien. Il est évident qu'Anne ne saurait faire d'erreur. Oh! oh! voici encore sept petits pains, des assiettes, des verres, du vin, du fromage. En vérité, elle n'a rien oublié, cette brave nourrice! Flossette, je vous en fais mon compliment.

— Allons, sans plus de retard, mettons la table. Où étendons-nous la nappe?

La question ayant été promptement décidée, et les provisions étalées par terre, les jeunes naufragés se mirent à l'œuvre, et ne s'arrêtèrent que quand il ne resta plus, du repas servi, que la nappe, les verres et les assiettes vides.

Puis on voulut édifier une tente en suspendant des châles aux branches des arbres, et une heure se passa encore ainsi, le plus gaiement du monde.

XVII

SOUS LE GRAND CHÊNE.

Cependant les jeunes architectes finirent par se déclarer fatigués. Roger rappela tout à coup que le drapeau vert n'avait pas été hissé; mais, en même temps, il se déclara trop las pour réparer l'oubli.

— Peu importe maintenant, dit Flossette, qui avait plusieurs fois dans l'après-midi entendu derrière la haie de légers bruits de pas, et qui se doutait bien que la fidèle Anne n'avait pas attendu jusqu'alors pour satisfaire son inquiète sollicitude à leur sujet.

Hélène et Lucie reprirent leur place sur la balançoire, Albert tira un livre de sa poche, et Roger, se glissant sous la tente et s'y allongeant sur l'herbe, se livra à l'intéressante occupation de taquiner Suzanne. Quant à Flossette,

13

tandis qu'elle réfléchissait à ce qu'elle allait
faire, elle vit Henri qui s'approchait timidement.

— Venez avec moi, lui dit-elle à demi-voix
en le prenant par la main, nous explorerons
ensemble.

Mais ils ne rencontrèrent ni tigres ni lions.
Peut-être étaient-ils tous deux trop fatigués
pour de semblables aventures. Ils se conten-
tèrent de marcher doucement jusqu'à ce qu'ils
eussent atteint un vieux chêne au tronc massif,
au-dessous duquel une mousse épaisse s'éten-
dait, formant le tapis le plus moelleux. Flossette s'y assit et attira le petit garçon auprès
d'elle.

— Que ferons-nous maintenant, Henri?

— J'aime tant à être ici, dit-il en se serrant
contre elle et la regardant avec des yeux remplis de tendresse. Flossette!...

— Eh bien! quoi? mon chéri.

— Je crois que je vous aime plus que tout
au monde, excepté maman. Je voudrais que
vous m'aimassiez autant que je vous aime.

— Mais je le fais, Henri, de tout mon
cœur.

Il secoua la tête d'un air incrédule.

— Quoi donc, vous en doutez? Et pourquoi ne voulez-vous pas croire que je vous aime?

— Vous l'avez dit un jour, il y a longtemps, persista tristement le petit garçon.

— Je l'ai dit, Henri. Mais à quoi pensez-vous?

— Oui, oui, ce jour qu'ils ont jeté tous vos livres par terre, vous avez dit que... que vous nous haïssiez tous.

—Oh! Henri, mais j'étais en colère ce jour-là, c'était très, très-mal de ma part et, de plus, ce n'était pas du tout vrai. Serait-il possible que, depuis ce jour, vous l'eussiez toujours cru ainsi? Mais j'en suis désolée.

— Alors vous m'aimez. Oh! cela me fait tant de plaisir! Et maintenant, Flossette, voulez-vous me parler encore de votre secret. Je voudrais devenir un petit serviteur du Maître?

— Ne pensez-vous pas que vous l'êtes déjà?

Henri secoua la tête :

— Je ne puis pas; je ne sais pas comment faire. Flossette, dites-m'en quelque chose de plus.

Flossette garda quelques minutes le silence,

se demandant ce qu'elle pourrait dire au petit garçon pour le consoler et l'encourager. N'était-ce pas là une nouvelle occasion que le Maître lui procurait de faire quelque chose pour son service? Et Flossette se prenait à aimer de plus en plus le drapeau sous lequel elle s'était enrôlée.

— Henri, dit-elle, aimeriez-vous entendre un passage d'une lettre que j'ai reçue de Gérald l'autre jour?

— Comme vous voudrez; mais j'aime surtout quand vous parlez vous-même.

— Vous savez que je raconte tout à mon frère. Je lui ai donc écrit notre conversation de l'autre jour dans le grenier. Cela ne vous fait rien, n'est-ce pas, Henri? ou trouvez-vous que j'aie eu tort?

— Non, non, cela m'est égal; mais, Flossette, que vous répond-il? Dites-le moi, je vous en prie.

— Je le cherche. Je sais que c'est quelque part dans la seconde page. Oh! voici:

« Je ne puis te dire assez combien me rend heureux la pensée que ma Flossette chérie s'est résolûment engagée au service du Maître.

J'avais souvent pensé, chère enfant, que nous étions trop complétement absorbés l'un par l'autre, et c'est pour cela sans doute que le Maître nous a séparés, afin de nous attacher plus étroitement à Lui, et afin que ma Flossette devînt sa petite servante. S'Il l'a placée dans le milieu où elle est en ce moment, c'est qu'Il lui réserve là quelque chose à faire, et ce que tu me dis de Henri m'en est la preuve. Je prévois qu'Il veut faire de ce petit garçon son serviteur, et employer sa servante Flossette à le lui amener.

» Que ton principal souci, ma petite sœur, soit de te tenir, à toute heure, près du Maître, afin de pouvoir entendre sa voix quand Il veut te donner un ordre. C'est difficile, me diras-tu, de ne jamais s'en éloigner, et je te l'accorde; mais, pour cela, compte sur sa force et non sur la tienne. Sitôt que tu te sens faiblir cours, sans perdre un instant, lui raconter ton danger, supplie-le de te garder lui-même, et Il le fera; crois-le seulement, et confie-toi à sa tendresse.

» Dis au petit Henri combien ton Maître est puissant et tendre; dis-lui qu'il n'a pas à crain-

dre de le trouver jamais exigeant. Si le Maître
réclamait de Henri un rude travail, Il aurait
soin, tout d'abord, de lui donner des forces.
Parfois c'est un fardeau de souffrance dont Il
charge les siens, et la seule chose qu'Il leur
demande alors, c'est de le porter avec patience,
par amour pour Lui. Il aime à voir ses serviteurs
et ses servantes sourire au milieu du travail et
de la peine, et pour y parvenir, notre secret
sera de L'aimer, de Lui confier tout ce qui nous
inquiète, et de faire joyeusement ce qu'Il nous
commande. »

— Ne croyez-vous pas qu'Il m'a donné un
petit fardeau à porter, Flossette? Cependant je
ne suis pas encore son serviteur.

— Mais vous allez l'être, n'est-ce pas, Henri?

— Ah! mais Il a commencé par me donner
le fardeau.

— Oui, mais peut-être, quand vous serez son
petit serviteur, vous commandera-t-Il de le porter en souriant.

Henri soupira.

— Il vous en donnera la force, si vous le Lui
demandez. Je suis sûre qu'Il mettra lui-même
un sourire sur votre visage.

— Flossette, est-ce Lui qui vous empêche maintenant d'avoir des colères lorsque Hélène est si méchante pour vous?

— Oui, je Lui ai demandé de m'apprendre à aimer Hélène, et je sens qu'Il commence à m'exaucer, dit Flossette à demi-voix; mais, s'il m'arrivait de me conduire comme je l'ai fait une fois devant vous, vous saurez, Henri, que c'est parce que je me suis éloignée de mon Maître, au lieu de me tenir étroitement attachée à Lui.

Henri se souleva à demi pour embrasser Flossette.

— Je vous aime tant! dit-il.

— Et moi aussi, mon chéri.

Il y eut un instant de silence.

— Flossette, reprit Henri d'un air pensif, je crois que j'aimerais encore mieux être son enfant que son petit serviteur, car alors Il me porterait dans ses bras, comme me dit quelquefois maman.

— L'un n'empêche pas l'autre, ce me semble, lit Flossette réfléchissant à son tour. Du moment que nous Lui appartenons, nous devons nécessairement être ses enfants; mais nous

pouvons en même temps Le servir. Je serais
bien fâchée de n'être pas sa petite servante;
c'est un si grand plaisir que de faire quelque
chose pour Lui!

— Je ne comprends pas bien, Flossette.

— Eh bien, je vais vous faire une comparaison : moi, je suis la sœur de Gérald et son
enfant aussi, et en même temps j'étais sa petite
servante, c'est-à-dire que je l'aimais si tendrement que je cherchais toujours l'occasion de
lui être utile en quelque manière. — Les yeux
de Flossette se remplissaient de larmes, tandis
qu'elle rappelait ainsi le passé. — Mais aussitôt
que j'étais triste ou fatiguée, Gérald ne se sou-
venait plus que j'étais sa servante, et il me prenait dans ses bras pour me consoler, comme si
j'étais son enfant. Ainsi, quand il m'a vue si
malheureuse de son départ, il m'a fait asseoir
dans son propre fauteuil, et il m'a servie à son
tour. Henri, je crois que c'est ainsi que le Seigneur Jésus agit avec nous.

Henri buvait chaque parole de la petite
fille.

— Flossette, dit-il quand elle eut fini, je
voudrais bien être son petit serviteur.

— Pourquoi ne le seriez-vous pas? demanda Flossette.

— Je ne sais pas comment faire. Comment avez-vous fait?

— Je lui ai dit...

— A qui?

— Au Seigneur Jésus.

— Vous lui avez dit quoi?

Le ton des deux voix était rempli de respect.

— Tout simplement que je désirais être sa servante, et que, comme vous, je ne savais comment faire. Puis, je me suis donnée à Lui, et je crois qu'Il m'a prise.

— Prise, et comment?

— Mais... prise pour Lui appartenir désormais, tout juste comme si je vous faisais un cadeau et que vous le prissiez pour vous en servir.

— Mais ne L'aimiez-vous pas auparavant?

— Quelquefois je croyais L'aimer; d'autres jours, je ne L'aimais guère; mais c'est tout autre chose que d'être sa petite servante.

— Moi aussi, il me semble quelquefois que je L'aime, quand maman m'en parle, par exemple; mais je voudrais en être tout à fait sûr, et je ne me soucie d'en parler qu'avec vous.

13.

— Voici ce que je ferais si j'étais à votre place, Henri, dit Flossette en prenant une de ses mains entre les siennes ; je m'agenouillerais tout seul dans un petit coin, et je demanderais d'abord au Seigneur Jésus de dicter ma prière ; puis je Lui raconterais toutes mes difficultés, et je Le supplierais de faire pour moi ce que je ne puis faire moi-même, et Il le ferait, Henri, parce qu'Il l'a promis.

— J'essaierai, dit Henri. Et fera-t-Il de moi son petit serviteur à l'instant même ?

— Je ne sais pas. Peut-être que non. Gérald dit que quelquefois Il ne nous exauce pas à la première prière, afin d'exercer notre patience ; mais, tôt ou tard, Il exauce toujours.

— J'espère qu'Il ne me fera pas trop long-temps attendre, dit Henri.

XVIII

UN ACCIDENT.

— Où pouvez-vous bien avoir été si longtemps, Henri et vous, Flossette? Voilà un siècle
qu'on ne vous a vus.

— Nous avons été assis là-bas sur la mousse
la plus grande partie du temps, dit gaiement
Flossette, et ici à quoi vous occupez-vous tous?

— A bâiller et à pleurer votre absence,
Hélène surtout, dit Roger. Allons, Albert, mon
camarade, dépêchons-nous de fermer ce livre.
Flossette n'a pas encore eu aujourd'hui le tour
de balançoire promis.

— Oh! je ne suis pas pressée, se hâta de
dire Flossette, qui prévoyait des difficultés.

— Et pourquoi donc? Allez-vous devenir
poltronne?

— Non, non; je n'ai rien moins que peur;

mais j'aime autant attendre à un autre jour.

— Et pourquoi Flossette aurait-elle peur de se balancer? demanda Suzanne.

— Ma chère enfant, tu feras mieux de réserver tes questions pour des sujets mieux à la portée de ton humble intelligence, dit Roger d'un ton condescendant. Allons, Hélène, allons, Lucie, vous avez gardé la balançoire la moitié du jour durant. Maintenant, qu'on déguerpisse pour laisser la place à d'autres !

Lucie obéit à l'instant, trop heureuse de quitter un siége qu'elle occupait à contre-cœur; mais Hélène ne bougea pas.

— Flossette n'a aucun droit à la balançoire.

— Encore la même comédie, Hélène! dit Albert mettant son livre dans sa poche. Voyons, ne sois pas si obstinée; il est impossible que tu trouves du plaisir à être assise sur cette balançoire pendant la journée entière. D'ailleurs, j'ai promis un tour à Flossette, et je te préviens qu'elle l'aura, que tu le veuilles ou non.

Tandis qu'Albert parlait ainsi, Roger secouait les cordes en manière de persuasion, et commençait même à tirer le siége en arrière.

— Tu as beau vouloir résister, Hélène, tu y

perdras tes peines. Vous, Flossette, taisez-vous;
— c'est dans l'intérêt même d'Hélène que nous
ne voulons pas la laisser se conduire comme
une égoïste qu'elle est. Allons, pour la dernière
fois — veux-tu — descendre — de bonne grâce
— oui — ou non?

Et chaque mot s'accompagnait d'une secousse
de plus en plus énergique.

— Roger, finis! tu me feras tomber! mais,
Roger, tu vas me faire mal! Je vais envoyer
Lucie chercher Anne.

— Lucie n'ira pas, c'est moi qui te le dis.
Et d'ailleurs, t'imagines-tu qu'Anne prendrait
ton parti?

Au même instant, Albert trancha la question
en donnant à la balançoire une brusque impulsion par laquelle Hélène perdit l'équilibre et
tomba en avant dans ses bras tout prêts à la
recevoir. Avant qu'elle eût le temps de se reconnaître, il l'avait déposée par terre sur le
gazon et mis à sa place Flossette qui, de son
côté, résistait encore. Puis aussitôt, Roger saisit tout à la fois et la balançoire et Flossette, et,
courant en arrière, il la retint haut entre ses
deux mains, prêt à lui donner l'élan.

— Maintenant, Hélène, cria-t-il, gare! quitte la place, ou il t'arrivera malheur!

— Je ne bougerai pas. Flossette n'a aucun droit à la balançoire. Je resterai ici.

— Va-t-en, te dis-je, je vais lâcher tout! Un — deux — trois. — Allons donc, Hélène, allons! obéis!

— Non, je n'en ferai rien. Tu n'oserais pas!

Roger, quelque irrité qu'il pût être, n'avait aucune intention de faire le moindre mal à sa sœur. Mais, au moment où Albert s'avançait vers elle pour joindre encore une fois l'action aux paroles, la balançoire échappa aux mains fatiguées de Roger et, descendant impétueusement, vint frapper le visage d'Hélène, tandis qu'elle demeurait obstinément, demi-assise, demi-couchée, à la place où Albert l'avait déposée sur l'herbe.

Le choc renversa Hélène. Quant à Flossette, la commotion, jointe à l'horreur de l'accident lui firent perdre l'équilibre, et elle se laissa tomber elle aussi de toute sa longueur sur le gazon; mais, à l'instant même, elle fut debout, et, pâle, tremblante, elle courut à Hélène qui poussait des cris affreux. Le sang inondait le

visage de la blessée, et le mouchoir de Flossette
fut aussitôt teint en rouge. A cette vue, Lucie
éclata en sanglots, et Henri, dans l'excès de sa
terreur, avait perdu la respiration, mais personne ne pouvait songer à eux.

— Appelez Anne, oh! appelez Anne, criait
Flossette au désespoir. Courez vite, Roger; pas
vous, Albert, restez ici, je vous en prie. Elle
est si terriblement blessée! Oh! comment Roger
a-t-il pu faire une chose pareille?

— Il n'en avait pas l'intention; mais la balançoire lui a échappé, je l'ai bien vu, dit Albert
d'une voix rauque. Si seulement elle n'avait pas
été si obstinée! Croyez-vous qu'elle ait bien
mal, Flossette?

— Je ne sais pas bien, je ne peux pas voir.
Hélène, ne voulez-vous pas me laisser regarder?

Mais Hélène avait enseveli son visage dans
le mouchoir que Lucie lui avait donné, et poussait des gémissements lamentables. Le sang
coulait toujours avec une telle abondance, que
même les regards étonnés de l'insouciante Suzanne se changèrent bientôt en larmes. Quant
à Flossette, elle ne pleurait pas, elle était blanche et froide comme le marbre; mais, age-

nouillée par terre, elle soutenait Hélène, et lui passait de nouveaux mouchoirs à mesure que les premiers étaient trempés de sang.

— Voici Anne! enfin, enfin, la voici!

L'attente n'avait duré que quelques minutes, mais qu'elle leur avait paru longue! L'arrivée d'Anne les déchargeait d'une terrible responsabilité. Pauvre Anne, elle était bien bouleversée, elle aussi; mais elle avait eu pourtant la présence d'esprit d'apporter un paquet de charpie qui était toujours prêt pour de semblables occasions.

Il fut très-difficile de persuader à Hélène d'écarter le mouchoir dont elle s'obstinait à se cacher, et quand enfin elle y consentit, ceux qui l'entouraient furent épouvantés à la vue de la blessure qui la défigurait. Ce visage si joli et si frais dix minutes auparavant était changé au point que sa mère elle-même aurait eu de la peine à la reconnaître.

Tout un côté était contusionné, et un clou avait profondément déchiré la joue au-dessous de l'œil que, par miracle, il n'avait pas atteint. A l'ouïe des exclamations de tous, Hélène redoubla ses cris et ses gémissements :

— Que vais-je devenir? s'écria-t-elle. J'ai si mal, si horriblement mal? Oh! Anne, croyez-vous que ma figure sera jamais comme autrefois?

A force de perdre du sang elle était toute faible et tremblante, et elle se cramponnait à Flossette sans la reconnaître. Anne dépêcha Albert pour chercher le docteur, et Roger pour amener deux ou trois des domestiques; alors, avec le soin le plus minutieux, elle banda le visage d'Hélène, dont les cris s'affaiblissaient peu à peu; enfin, avec l'aide des autres domestiques, la pauvre enfant fut transportée jusqu'à la maison et déposée sur son lit.

Il était étrange de voir comment, au milieu de la confusion générale, chacun venait chercher auprès de Flossette conseil et consolation, et comment elle était la seule qui parût avoir conservé un peu de calme. La pauvre Anne se faisait de si amers reproches pour avoir laissé les enfants seuls, qu'elle était incapable de veiller sur Hélène. Ce ne fut que lorsque Flossette lui eut répété bien des fois que l'accident aurait pu tout aussi bien arriver quand même elle fût demeurée toute l'après-midi avec eux, qu'elle commença à se calmer. Roger était plus désespéré encore et pleurait comme un enfant au souvenir de sa folle étourderie, refusant de se laisser adresser la parole par qui que ce fût; ce que voyant, Flossette prépara un verre d'eau sucrée, y versa de l'eau de mélisse, et, à force d'amitiés et de bonnes paroles, parvint à le lui faire avaler. Puis, quand elle le vit un peu remonté, elle courut à Henri auquel personne n'avait pensé, et qui s'était réfugié dans un petit coin où il sanglotait convulsivement en appelant : maman! maman! d'une voix entrecoupée.

Flossette fut épouvantée en voyant son visage contracté par l'effroi, sa respiration haletante et ses cris douloureux de : « Oh! Flossette! j'étouffe! j'ai si mal! » Aussi, dès que le docteur fut arrivé, elle se glissa dans la chambre d'Hélène et murmura à l'oreille d'Anne :

— Je crois que Henri n'est pas bien. Le docteur ne pourra-t-il pas venir le voir aussi?

L'alarme qui se trahit sur le visage d'Anne fit comprendre à Flossette que ses craintes n'étaient pas exagérées.

— Flossette, ma chérie, dit Anne, voulez-vous rester ici avec le médecin? Je crois que je ferai mieux de ne pas quitter Henri. S'il allait mourir avant l'arrivée de... Puis, voyant que, dans son émotion, elle en avait trop dit : — Allons, allons, ajouta-t-elle, ne vous épouvantez pas. J'ai eu tort de parler ainsi; mais, voyez-vous, je suis si troublée moi-même que je sais à peine ce que je dis. Et sans attendre une réponse, Anne s'éloigna, laissant la femme de chambre pour veiller avec Flossette sur Hélène que le médecin pansait. Flossette s'approcha du lit, et y demeura en silence, secondant le médecin de tout son pouvoir, et saisissant toutes les occasions d'être utile, si bien que, quand celui-ci eut fini, il se retourna vers elle en souriant :

— Quelle fameuse petite garde-malade vous êtes! dit-il; c'est un vrai plaisir que de vous avoir pour aide.

Ah! c'est que Flossette était déjà l'aide et la petite servante d'un Autre, et, au milieu même de l'agitation et des inquiétudes de l'heure présente, elle éprouvait un sentiment étrange de paix et de courage. Il lui semblait que son Maître la tenait par la main, et lui disait à l'oreille tout ce qu'elle devait faire.

— Où est allée Anne? demanda le docteur.

— Près de Henri, répondit Flossette; je crois qu'il n'est pas bien.

— Ah! vraiment! je le verrai avant de m'en aller, dit-il d'un ton grave.

Cependant, au bout de quelques minutes, il reprit d'un air plus gai, s'adressant à Hélène :

— Je crois que maintenant tout ira bien. Comment vous trouvez-vous, ma chère enfant?

— J'ai horriblement mal. Je ne puis souffrir d'avoir toute la figure ainsi enveloppée.

— Ah! il vous faudra pourtant le supporter pendant quelques jours. Voyons! du courage! ne vous sentez-vous pas un peu mieux? un peu moins faible et moins étourdie?

Un sanglot lui répondit.

— Allons! il ne faut pas vous désoler ainsi. Regardez un peu quelle gentille petite garde vous avez auprès de vous.

— Qui donc?

— Flora Hamilton. Elle et moi nous sommes de vieux amis, quoiqu'elle ne m'ait jamais donné grand travail depuis sa naissance. Mais je ne connaissais pas encore tous ses talents.

— Je ne veux pas de Flossette, dit Hélène

avec humeur. Puis, comme le médecin s'éloignait : — Docteur, dit-elle, ma figure sera-t-elle bientôt guérie?

— Oh! de quelque temps il ne vous faudra pas prétendre à la beauté, jeune fille, dit le docteur en souriant. Il se passera bon nombre de jours avant que les blessures soient fermées, et les cicatrices disparues.

Il fit signe à Flossette de le suivre, et, arrivé sur le seuil :

— Tenez-la très-tranquille, ma chère enfant, dit-il à demi-voix. Point de bruit ni d'émotions.

— Flossette, que vous disait le docteur? demanda durement Hélène, comme Flossette venait reprendre sa place auprès du lit.

— Il désire que vous demeuriez très-tranquille.

— Cela m'est impossible! ma tête me fait un mal affreux, et j'ai des douleurs partout. Flossette, je n'ai pas besoin de vous ici; vous pouvez vous en aller de ce pas.

—Mais je dois être votre garde-malade, Hélène chérie; vous ne devez donc pas me renvoyer.

Au lieu de répondre, Hélène se prit à gémir de plus belle.

— J'ai besoin d'un autre mouchoir, reprit-elle tout à coup. Pas vous, pas vous, Flossette; Hortense me le donnera.

Mais la femme de chambre demeurait assise, se contentant de pleurer, sans songer à se rendre utile. Flossette se leva donc doucement et, ouvrant un des tiroirs de la commode, essaya de trouver l'objet demandé.

— Pas dans la commode! Que vous êtes stupide! s'écria Hélène entendant d'où venait le bruit, tandis que les bandages qui entouraient sa tête lui ôtaient presque complétement l'usage de ses yeux, — dans l'armoire à glace, au rayon du milieu, à gauche.

Mais Flossette se tenait immobile et comme pétrifiée; car, dans sa recherche, elle avait amené au jour divers objets cachés au fond du tiroir, et, dans le nombre... — Flossette pouvait à peine en croire ses yeux — oui, elle était bien là... sa lettre, sa lettre à Gérald, sa lettre perdue!

XIX

PARDONNÉE.

— Eh bien! où est-il donc ce mouchoir, Hortense? cria Hélène avec impatience. Mon père! que j'ai donc mal!

Au son de cette voix, Flossette tressaillit et devint écarlate. Elle mit silencieusement la lettre dans sa poche, courut à l'armoire à glace et apporta le mouchoir à la malade.

— Flossette! s'écria Hélène reconnaissant son pas, ce n'est pas à vous que je le demandais. Je ne désire pas que vous ayez rien à faire avec mes tiroirs.

« Il n'est pas difficile de comprendre pourquoi », aurait pu penser Flossette; mais elle était trop agitée en ce moment pour réfléchir, et ce fut pour elle un grand soulagement que d'entendre des bruits de pas et de voir entrer madame Chevalier et le colonel.

Tous deux paraissaient également inquiets et bouleversés; mais, ce qui surprit Flossette, c'est que madame Marchal n'était pas avec eux. Néanmoins, sentant que sa présence n'était plus nécessaire, la petite fille disparut sans bruit et monta droit à sa chambre. Alors, tirant la lettre de sa poche, elle l'ouvrit et la parcourut des yeux. Oui, elle était bien là tout entière. Ligne après ligne, page après page, Hélène l'avait donc lue d'un bout à l'autre. Oh! comment avait-elle pu faire une chose pareille? sanglotait amèrement Flossette. Je ne pourrai jamais l'aimer à présent. C'est trop mal de sa part! Avoir lu tout ce que je confiais à Gérald! J'aurais préféré quoi que ce fût. Non, je ne pourrai jamais lui pardonner.

Ne jamais pardonner Hélène! Quoi! lorsque le Maître de Flossette lui avait pardonné tant de fois à elle-même tant de choses coupables! Flossette avait-elle donc oublié sa requête journalière : « Pardonne-nous comme nous pardonnons aux autres »? Flossette qui avait chaque jour *des* offenses à se faire pardonner, ne saurait-elle pardonner *une* offense?

Non, non, elle n'en pouvait demeurer là, et,

s'agenouillant auprès de son lit, repentante et
humiliée, elle supplia le Maître de lui donner la
victoire sur sa colère et son indignation. Vaincre
elle-même lui était impossible, mais elle était
sûre que Lui triompherait pour elle.

Une demie heure plus tard, la porte s'ouvrit
et Anne entra. Flossette, accoudée à sa fenêtre,
ne l'avait pas entendue.

— Flossette !

— Oh ! nourrice, parle vite, comment va-t-
elle ?

— Ma chère enfant, tout le monde vous
demande. Que faites-vous donc ici ?

— Je désirais être seule un moment. Hélène
va-t-elle mieux ?

— Il n'est guère possible qu'elle aille mieux
de sitôt, répondit Anne.

— Mais espères-tu que sa figure sera bientôt
comme auparavant ?

— Je ne sais pas trop. Le médecin ne paraît pas inquiet pour sa vie, mais ce serait un
grand chagrin pour monsieur et madame si sa
figure demeurait marquée.

— Oh ! pauvre Hélène, que je la plains ! Anne,
j'espère qu'il n'en sera rien. Si cela m'était

14

arrivé à moi, ce serait différent; mais Hélène
est si jolie! Quel grand dommage!

Anne se félicitait intérieurement que le mal
fût arrivé à tout autre qu'à sa Flossette.

— Du reste, nous n'avons guère eu le temps
d'y songer, reprit-elle; car nous avons été bien
inquiets au sujet du pauvre petit Henri.

— Henri! c'est vrai, je l'avais oublié. Comment va-t-il, lui aussi?

— Il va mieux, dit Anne avec un profond
soupir; mais j'ai bien cru un moment... et le
docteur aussi...

— Quoi donc?

Le ton effrayé de Flossette, qui commençait
à comprendre, fit hésiter Anne.

— Henri n'est pas en danger? Anne, réponds-moi donc.

— Il a eu une crise, comme il lui arrive
d'ordinaire, paraît-il, quand il a une grande
émotion.

— Mais tu ne veux pas dire...

— Je ne croyais pas qu'il pût y résister, dit
Anne gravement. Il me paraissait aussi près
que possible de sa fin. Pauvre madame Marchal! Elle adore cet enfant; mais, voyez-vous,

Flossette, il ne sera jamais mieux ni plus fort. Il paraît que, depuis sa naissance, il a une maladie de cœur, et qu'il peut mourir au premier moment. C'est pour cela qu'on prend si grand soin de lui. Mais je ne sais vraiment à quoi je pense de vous dire tout cela ; n'en parlez jamais à personne, je vous en prie. Mademoiselle Hélène n'en sait rien, non plus que mademoiselle Suzanne, et j'ai eu tort de vous en rien dire.

— Je garderai le secret, dit Flossette ; et, quelqu'un appelant Anne, la petite fille demeura seule et pensive.

« Il peut mourir au premier moment, » se répétait-elle. C'était donc là ce que Henri voulait dire quand il parlait de n'être jamais un homme. Pauvre Henri ! pauvre mère surtout ! Mais, au milieu de tout cela, quelle consolation de savoir qu'il s'est donné et qu'il appartient désormais au Maître.

Flossette était profondément triste, mais elle ne pleurait pas. Il y avait, dans ce qu'elle venait d'apprendre, quelque chose de trop solennel pour des larmes. Elle éprouvait, pour l'enfant et pour la mère, une tendre pitié, et se serait sentie prête à faire pour eux quoi que ce fût au monde.

Les jours suivants furent, pour Flossette, des jours bien remplis, si remplis, qu'elle dût mettre les leçons de côté. Madame Marchal ne pouvait se passer d'elle, car Henri était encore trop faible et trop souffrant pour être laissé seul, et, quand sa mère devait forcément le quitter, il ne semblait heureux que si Flossette demeurait avec lui. Hélène, de son côté, souffrait beaucoup et devenait de plus en plus irritable et exigeante. Tout d'abord elle avait essayé de bannir Flossette de sa chambre; mais bientôt elle changea de plan de conduite et se mit à la commander d'un ton que Flossette trouva souvent bien dur de subir patiemment. Et cependant jusqu'au bout elle fut patiente, patiente à un point qui l'étonnait elle-même, patiente beaucoup plus au dehors qu'au fond du cœur.

Un soir, quelques jours après l'accident, Hélène était allongée sur un canapé dans sa chambre; elle n'en était pas encore sortie, et son visage était encore bandé. Flossette avait passé auprès d'elle une partie de l'après-midi, lui rendant mille petits services, et lui faisant la lecture, car Hélène n'avait pas encore eu permission de se servir de ses yeux.

Cependant Flossette venait de quitter la chambre, et Anne étant absente aussi, Suzanne se trouvait seule avec Hélène, lorsque celle-ci lui dit tout-à-coup :

— Suzanne, n'y a-t-il ici personne d'autre que toi? En es-tu bien sûre?

Suzanne fit des yeux le tour de la chambre et souleva même les rideaux du lit pour s'assurer qu'ils ne cachaient aucun être vivant.

— Non, personne, dit-elle. Que veux-tu faire?

—· Tu ne le diras pas; je veux aller jusqu'à ma commode.

— Oh! non, Hélène, je t'en prie, tu tomberais.

— Pas du tout. Garde tes avis pour toi, et surtout fais attention de ne pas rapporter ce qui ne te regarde pas.

Hélène se leva, non sans quelque difficulté, et parvint à se soutenir en s'appuyant au dossier du sofa. La perte de son sang et deux ou trois jours de fièvre l'avaient si fort affaiblie

qu'elle ne s'était pas senti jusque-là le courage
d'aller plus loin que son canapé, et encore avec
le secours d'Anne ou de Flossette.

— Tu vois bien que tu ne peux pas marcher, s'écria Suzanne en la voyant chanceler. Je
t'en prie, laisse-moi appeler quelqu'un, ou bien
te donner ce dont tu as besoin?

— Non, je veux le prendre moi-même.

Hélène se traîna jusqu'à la commode; mais,
pour ouvrir le tiroir, elle dut encore récla-
mer l'assistance de sa sœur, qui la vit avec
surprise chercher d'une main tremblante, puis
bouleverser le tiroir en murmurant avec
inquiétude :

— Où peut-elle être passée? Je croyais...

— Qu'est-ce donc, Hélène?

Hélène ne fit aucune réponse, mais poursuivit ses recherches plus fiévreusement que
jamais.

— Ne trouves-tu pas ce qu'il te faut? Oh!
que c'est ennuyeux! Flossette! Hélène a perdu
quelque chose qui était dans ce tiroir. Ne pouvez-vous pas lui aider à le chercher?

Flossette venait d'entrer. Hélène se tourna,
et leurs yeux se rencontrèrent. Les deux jeunes

filles se comprirent aussitôt. Flossette devina
ce qu'Hélène cherchait. Hélène vit que Flossette savait son secret, et, se sentant coupable,
elle demeura immobile, appuyée contre le tiroir entr'ouvert.

— Suzanne, je vais rester ici maintenant,
vous pouvez aller jouer; je prendrai soin d'Hélène.

Suzanne, qui n'aimait guère la contrainte
d'une chambre de malade, bondit joyeusement
au dehors.

— Hélène, reprit doucement Flossette, venez vous asseoir, il ne vous faut pas demeurer
là debout. Vous auriez dû demander à quelqu'un
de vous chercher ce dont vous aviez besoin.

Hélène repoussa la main qu'on lui offrait et
se traîna jusqu'à son canapé. Flossette arrangea
ses coussins, et lui mit son châle sur les pieds,
tout en se demandant quelle conduite elle devait tenir. Serait-t-il plus généreux de sa part,
serait-il plus sage de ne rien dire, comme si peu
lui importait ou qu'elle n'eût pas compris? Elle
prit enfin son parti :

— J'ai quelque chose à vous dire, Hélène,
commença-t-elle en s'agenouillant auprès du

canapé. — C'est une lettre, n'est-ce-pas, que vous cherchez?

Point de réponse.

— Je l'ai trouvée un jour, — et... et je l'ai prise.

Toujours même silence. Flossette sentait son cœur battre avec force. Devait-elle en dire davantage? N'avait-elle pas fait assez d'avances? Elle avait eu la générosité de ne pas articuler un seul mot de reproches; ne pouvait-elle pas s'en tenir là?

Mais s'en tiendrait-elle là, si son Maître lui ordonnait d'en dire davantage; s'Il voulait que, par la patience et la tendresse, elle Lui gagnât le cœur d'Hélène? D'ailleurs, le Maître lui avait maintenant appris à pardonner.

— Hélène chérie, reprit-elle, si vous saviez comme j'aurais voulu que vous n'eussiez pas pris ma lettre! J'ai eu tant de peine à vous le pardonner! Je sais bien que c'était très-mal à moi d'écrire ce que j'ai dit de vous, et je suis bien contente à présent que ma lettre ne soit pas partie; mais j'aurais bien préféré qu'elle fût arrêtée en route par quelque autre moyen.

— Et comment savez-vous que je l'ai lue? demanda brusquement Hélène.

— Je n'en sais rien; mais je ne vois pas alors quel autre motif vous aurait poussée à la prendre.

— Eh! bien, oui, je l'ai lue.

Toutes deux demeurèrent silencieuses pendant quelques minutes.

— Quand l'avez-vous trouvée? demanda Hélène.

— Le jour de l'accident.

— Depuis si longtemps! — Est-il possible! Flossette?

Elle se rappelait toutes les complaisances de la petite garde-malade, et sa patience infatigable à satisfaire ses moindres désirs; combien de longues heures Flossette avait passées auprès d'elle à lui faire la lecture, se privant ainsi de toute promenade et de toute distraction. Hélène éprouvait une émotion comme elle n'en avait pas souvent ressenti.

— Oui, répondit Flossette. Et des lèvres d'Hélène s'échappèrent ces mots qu'elle était peu habituée à prononcer :

— J'en suis bien fâchée, pardonnez-moi.

— Ne voulez-vous pas m'embrasser, Hélène?

Il n'en fallut pas davantage. La généreuse

tendresse de Flossette avait vaincu. Hélène jeta
ses bras autour de son cou et pleura abondamm-
ment. Le mur de glace entre les deux enfants
était rompu pour toujours. Oh! combien Flossette était heureuse et reconnaissante envers
son Maître de l'avoir empêchée d'adresser à
Hélène aucune parole dure ou irritée. Ah! ce
n'est pas par des mots blessants qu'elle aurait
pu amener dans les yeux d'Hélène les larmes de
repentir que celle-ci versait en ce moment.

XX

A PROPOS DE GÉRALD.

— Je ne puis pas comprendre pourquoi je
ne reçois pas de lettre de Gérald, disait tristement Flossette.

— Si j'étais vous, je ne m'en inquiéterais pas
ainsi, répondit Hélène. Sans doute il est occupé.

Les deux petites filles causaient ainsi ensemble sous un grand chêne du bosquet. Hélène, assise sur un tronc renversé, travaillait
activement à l'un de ces petits ouvrages de fantaisie qu'elle aimait tant; son visage était sil-
lonné par une profonde cicatrice rouge; néanmoins l'expression en était devenue tellement
plus douce et plus gracieuse, qu'on trouvait à
la regarder bien plus de plaisir qu'autrefois.
Flossette était étendue sur l'herbe à côté.

— Gérald n'est jamais trop occupé pour m'écrire, reprit-elle.

— Mais il se peut qu'il le soit en ce moment. Oh! quelle quantité d'oiseaux! regardez donc, Flossette. Ce doivent être des pigeons sauvages.

Flossette, par complaisance, leva un instant la tête; mais bientôt son regard s'abaissa de nouveau vers le sol et ses yeux se voilèrent de larmes.

— Flossette, reprit Hélène, à votre place, je ne voudrais pas perdre ainsi mon temps, couchée sur l'herbe à ne rien faire.

— Je suis fatiguée.

— Et de quoi?

— Gérald n'a pas écrit depuis si longtemps!

— Ce n'est pas cela qui peut vous fatiguer, j'imagine.

— Mais si. Oh! Hélène, je voudrais tant savoir comment il va et ce qu'il fait!

— Je vois que vous aimez à vous tourmenter, comme maman; pour moi, je ne me fais jamais de souci de l'avenir.

Flossette se contenta de soupirer.

— Il est juste trois heures, dit Hélène en tirant sa montre, et nous devons partir à quatre.

— Que je voudrais donc que la promenade n'eût pas lieu !

— Oh ! Flossette, ce sera délicieux. Papa dit que cette route et ce site sont admirables.

— Oui, en effet. Je les connais, Gérald m'y a menée quelquefois.

— Vraiment ! ah ! j'oubliais que vous avez habité le pays avant nous. Mais maman et Henri y viennent aussi. N'aurez-vous pas du plaisir à faire cette promenade avec eux ?

— Je suis sûre que Lucie ou Suzanne aimeraient y aller à ma place, continua Flossette du même ton découragé.

— Non, non ; papa et maman désirent que ce soit vous qui veniez, Flossette. Quelle bizarrerie est la vôtre, de ne pas vous en soucier !

— N'en dites rien à tante Élise au moins.

— Elle le verra bien vite elle-même, si vous faites une figure pareille.

Flossette ne répondit pas.

Hélène continua, de son côté, à travailler en silence.

Tout à coup Flossette fit un mouvement pour se lever.

15

— Où allez-vous, Flossette?

— Je rentre.

— Pourquoi donc? J'aime tant vous avoir ici avec moi.

Flossette se rassit toujours en silence; Hélène reprit d'un ton un peu embarrassé :

— Je voudrais vous dire quelque chose.

— Et quoi donc?

— A propos de cette lettre... que j'ai prise... vous savez. Je ne vous ai jamais bien dit combien j'avais de regret; mais vous le comprendrez, n'est-ce pas, Flossette?

— Oui. N'en parlons plus, Hélène, répondit Flossette, qui n'ignorait pas tout ce qu'un pareil aveu coûtait à l'orgueil de sa compagne.

— Si, si; c'était indigne de ma part. Je ne l'avais pas senti sur le moment comme je le sens maintenant.

— Il n'y faut plus penser désormais, dit Flossette. C'était aussi bien mal de ma part de parler de vous comme je le faisais.

Les deux petites filles retombèrent de nouveau dans le silence. Les abeilles butinaient activement sur les fleurs sauvages; les corbeaux, perchés sur les branches voisines, faisaient en-

tendre leur bruyant croassement; les petits oiseaux y répondaient par des chants pleins de
gaieté, et Flossette se demandait si ces petits
êtres avaient jamais aucun chagrin, ou s'ils
connaissaient rien de la douleur de la séparation.

— Il est temps d'aller nous habiller, dit
Hélène en se levant.

Flossette la suivit et monta dans sa chambre.

— Oh! que je voudrais donc ne pas être
obligée de sortir, soupira-t-elle de nouveau. Et
dire qu'il faut encore avoir l'air enchantée pour
ne pas leur faire de la peine; et je le serais, du
reste, si seulement... Oh! Gérald, mon chéri,
pourquoi donc ne m'écris-tu pas?

Les larmes lui coupèrent la parole. En effet,
depuis de longues semaines Flossette n'avait
rien reçu de son frère, et une douloureuse inquiétude l'envahissait peu à peu. Elle pressen-
tait un malheur et elle comprenait, aux manières du colonel à son égard, toujours plus
bienveillantes et plus paternelles, que celui-ci
partageait ses craintes.

La course projetée avait pour but la source
d'une petite rivière à quelques milles de dis-

tance, au milieu des rochers les plus pitto-
resques, et l'idée de la longue promenade en
voiture découverte aurait, en toute autre circonstance, charmé Flossette; mais, en ce moment, elle se sentait trop désolée pour jouir de
quoi que ce fût.

Aussi Flossette recula-t-elle de surprise
lorsque, s'étant approchée de la glace pour
mettre son chapeau, elle aperçut son propre
visage. Eh quoi! cette expression triste et maus-
sade convenait-elle bien à une petite servante
du Maître? — Mais je suis si inquiète et si lasse!
plaida Flossette. Mais Gérald n'avait-il pas dit
que le Maître aimait voir, à toute heure, sa
petite servante sourire? Il était bien facile
d'exhorter Henri à la patience, et lui, pourtant,
pauvre petit garçon, n'avait-il pas un fardeau
bien lourd à porter? Et, pendant les derniers
temps, ne l'avait-il pas porté de bien bonne
grâce? Flossette voudrait-elle se laisser devancer
par son ami? La petite servante murmurerait-
elle parce que son Maître lui envoyait un peu
d'inquiétude à supporter? Ne saurait-elle pas
surtout recourir à la seule ressource infaillible?
N'irait-elle pas s'agenouiller aux pieds de son

Maître? — Prie, raconte-lui toutes choses et il t'aidera! murmurait une voix au fond de son cœur. Mais non, elle se sentait décidément trop découragée, oubliant que le courage ne pouvait lui venir d'aucune autre source. Il y avait comme un poids sur son cœur, et elle oubliait combien la prière aurait rendu ce poids moins lourd. Elle se contenta donc de terminer sa toilette, puis elle se laissa tomber sur son petit canapé, et poussant un profond soupir : — Oh! Gérald, murmura-t-elle, pourquoi ne m'écris-tu pas, ne fût-ce qu'une toute petite lettre? Je suis si malheureuse!

Mais Gérald ne pouvait l'entendre, Gérald ne pouvait la consoler.

Bientôt Hélène vint l'avertir que la voiture attendait. Flossette prit ses gants et son ombrelle, et la suivit. Les chevaux piaffaient d'impatience, et madame Marchal avait déjà pris place au fond de la voiture. Flossette s'assit sur le devant avec Hélène, tandis que le petit Henri se blottissait entre son père et sa mère. Un instant encore, et l'attelage, était en route, Fido bondissant joyeusement autour de la voiture.

— Flossette, n'êtes-vous pas contente de

venir avec nous? demanda Henri, remarquant
son visage défait.

— Ma chère enfant, vous sentez-vous malade?
ajouta madame Marchal.

— Non, merci, dit Flossette, les yeux encore
une fois remplis de larmes.

— Cette enfant est bien pâle! murmura
madame Marchal en échangeant avec son mari
un regard de compassion. Flossette le saisit au
passage et sentit redoubler ses angoisses,
comme le poids qui pesait sur son cœur. Quand
on arriva au but de la promenade, elle n'avait
pas prononcé une parole. En vain le colonel
avait raconté de ces histoires de chasse ou de
vie militaire qui l'amusaient tant d'ordinaire ; à
peine avait-elle seulement prêté l'oreille. Elle se
cramponnait pour ainsi dire à son chagrin, et
refusait de s'en laisser distraire par quoi que ce
fût. Henri la considérait d'un air triste et
surpris. Il ne pouvait comprendre ce qui était
arrivé à sa chère Flossette, et se demandait si
elle ne s'était pas attiré quelque reproche.
Pourtant, ni papa ni maman ne semblaient fâ-
chés contre elle. Décidément, il n'y pouvait rien
comprendre.

La route se rétrécissait à chaque pas, et, au bout d'une heure de marche, la voiture se trouva dans une sorte de défilé étroitement encaissé entre deux montagnes hautes et boisées où elle avait tout juste la place d'avancer. Henri parut un instant alarmé et saisit la main de sa mère; mais celle-ci n'eut qu'à dire : « Ne crains rien, mon chéri », pour le rassurer complétement. Au même instant, ils atteignirent un endroit où la route s'élargissait quelque peu. Le cocher se retourna :

— Impossible d'aller plus loin, monsieur, dit-il. Monsieur Hamilton se faisait toujours descendre ici, et continuait à pied. Cet endroit est le seul où la voiture puisse tourner.

— Peux-tu marcher un peu, Élise? demanda le colonel.

— Certainement. Ce sera avec grand plaisir, dans un si joli endroit.

— Attends encore un peu avant d'admirer. Flossette et moi qui sommes venus ici déjà; nous savons mieux ce qui t'attend, n'est-ce pas, Flossette?

Flossette se contenta de répondre par un léger sourire. Tous descendirent de voiture et poursuivirent leur route dans l'étroit défilé qui n'était plus qu'un sentier au-dessus duquel les arbres des deux montagnes entre-croisaient si bien leur feuillage, que les promeneurs n'apercevaient plus le ciel, et que les rayons du soleil eux-mêmes perçaient à peine l'épais berceau de verdure. Tout à coup le défilé se termina brusquement, et ils se trouvèrent au bord du plus délicieux ruisseau qui ait jamais coulé en murmurant sur des rives fleuries, à travers des rochers moussus, à l'ombre d'arbres gigantesques.

— Oh! Édouard, il vaut vraiment la peine d'arriver jusqu'ici, s'écria madame Marchal; il y a longtemps que je n'ai rien vu d'aussi beau.

— Si tu le permets, je vais te laisser un moment à ton admiration pour grimper, avec Hélène et Flossette, jusqu'au sommet de cette montagne et voir le coup d'œil que l'on a de là-haut.

— Je l'ai déjà vu, dit Flossette; ne puis-je pas rester avec tante Élise?

— A votre choix, mon enfant. Cependant, il me semble qu'une petite course vous ferait du bien.

Mais Flossette n'était pas de cet avis; elle ne se souciait de rien qui pût la distraire de sa préoccupation pénible.

— Eh bien, soit! nous irons seuls, Hélène et moi, et nous vous laisserons ici pour protéger tante Élise et Henri. Mais, pour un instant, j'ai besoin de votre aide. Venez avec nous, Flossette.

Elle obéit, se demandant avec surprise ce qui le pressait tant de revenir sur ses pas. Mais, en arrivant à la voiture, le mystère s'éclaircit : le colonel tira du caisson trois petites corbeilles, et en fit porter une à Flossette, tandis qu'il se chargeait des deux autres. Évidemment il aurait aussi bien pu les porter toutes les trois lui-même; et Flossette comprit que, s'il avait réclamé son aide, c'était par pure bienveillance, afin de changer le cours de ses tristes réflexions. N'était-ce pas ainsi que le Maître lui donnait souvent à faire de petites choses qu'Il aurait pu accomplir sans elle, afin de lui procurer le plaisir d'être utile? Flossette n'avait même pas le courage de réfléchir à la question qui se posait ainsi au fond de son cœur. Pour le moment, elle se sentait indifférente à

15.

tout. Elle se contenta donc de marcher en silence à côté du colonel, et, lorsqu'ils furent de
retour au bord du ruisseau, elle déposa sa corbeille à côté des deux autres, laissant à Hélène
le plaisir d'en soulever le couvercle et d'y trouver les gâteaux et les fruits les plus appétissants.

Les cinq promeneurs s'installèrent donc
pour goûter sur le tapis de mousse épaisse qui
couvrait le sol. Fido se tenait tout près, re-
muant la queue, attendant patiemment la por-
tion que, du reste, chacun se disputait le plaisir
de lui donner. Enfin, quand on eut achevé les
prunes, les pêches, les tartelettes, et qu'on se
fut désaltéré à l'eau fraîche et transparente du
ruisseau, le colonel partit avec Hélène pour
l'expédition projetée.

XXI

AU BORD DU RUISSEAU.

— Maman, conte-moi une histoire, demanda Henri.

— Quelle sorte d'histoire, mon bijou?

— Parle-moi de ta petite sœur Blanche.

— Je t'en ai si souvent parlé, mon chéri.

— Ah! mais Flossette n'en sait rien. Flossette, maman avait autrefois, il y a bien longtemps, une gentille petite sœur qui s'appelait Blanche. Je suis bien fâché qu'elle soit morte, parce que j'aurais aimé la connaître. Et vous, Flossette?

— Moi aussi, répondit-elle.

— Tante Louise dit que je lui ressemble beaucoup. Est-ce vrai, maman?

Madame Marchal soupira.

— Très-vrai, mon chéri.

— Seulement je ne suis pas malade comme
elle, n'est-ce pas, maman?

— Non certainement, se hâta de répondre
madame Marchal. Mais, Henri, continua-t-elle,
n'aimerais-tu pas faire une petite promenade?
Si vous alliez, avec Flossette, jusqu'à ce tournant
là-bas, où le ruisseau se perd sous les roches?

— Oh! oui, dit Henri. Voulez-vous venir,
Flossette?

— Très-volontiers. Mais tante Élise ne doit
pas marcher davantage. Je prendrai bien soin
de lui, tante; demeurez ici, et soyez sans inquiétude.

Madame Marchal tira de sa poche un petit
livre, mais au lieu de lire, elle suivit des yeux
les deux enfants qui s'éloignaient.

Henri ne pouvait pas marcher et parler tout à
la fois; Flossette ne rompit donc pas le silence
jusqu'à ce qu'ils eussent atteint le point que
madame Marchal avait indiqué. Puis ils s'assirent au pied d'un saule pleureur, et peu à peu la
respiration du petit malade devint plus facile.

— Flossette, commença-t-il, je crois que
maman n'aime pas que je lui parle de sa sœur
Blanche.

— Vraiment, et pourquoi?

— C'est parce que la petite Blanche est morte, je pense.

— Tante Louise m'a raconté une fois qu'elle était morte de la poitrine.

— Tante Louise dit que je lui ressemble exactement.

— Mais, Henri, les gens ne meurent pas parce qu'ils ressemblent à des gens qui sont morts.

— Non. Ce n'est pas tout à fait ce que je voulais dire. Flossette, — et le petit garçon contempla un instant le ciel à travers le feuillage, — Flossette, vous arrive-t-il jamais de désirer mourir?

— Je ne sais pas trop, dit Flossette avec un peu d'émotion. Je crois que si Gérald mourait, je voudrais mourir aussi, mais ce serait mal.

— Serait-ce vraiment mal, Flossette? Alors je ne dois pas le désirer non plus, reprit Henri avec calme. Mais ce doit être si beau là-haut, et il doit faire si bon d'habiter avec le Seigneur Jésus! car je suis maintenant son petit serviteur. Oh! Flossette, je suis si content que vous soyez venue vivre chez nous et me parler de Lui!

— Oh! Henri, je ne me sens rien moins que disposée à être sa servante aujourd'hui, dit Flossette avec amertume.

— Mais vous l'êtes, dit Henri.

— Je n'en sais plus rien. Il me semble impossible de prendre patience, tout à fait impossible de continuer à vivre sans recevoir des nouvelles de mon frère.

Henri la regarda tout surpris :

— Impossible, Flossette? Quoi, alors même que le Seigneur Jésus le veut?

Ces simples paroles pénétrèrent jusqu'au fond du cœur de Flossette. Ce n'était pas elle cette fois qui avait apporté à Henri un message du Maître; c'était l'enfant qui le lui apportait à elle-même. Et ce message, n'était-il pas tout juste celui dont elle avait besoin? Oserait-elle maintenant répondre au Maître qu'il lui était impossible de faire ce qu'Il attendait d'elle? Non, non. De son cœur s'éleva enfin la silencieuse prière qui avait été si souvent pour elle le secret de la victoire, et Flossette se sentit presque aussitôt, à sa grande surprise, devenir plus calme.

— Je suis si heureux d'être son petit serviteur! reprit Henri. J'aime sentir que je lui appartiens tout à fait. Mais Il ne me donne pas beaucoup à faire.

— Gérald pensait qu'il en serait ainsi, répondit Flossette.

— Oui, à moins qu'il ne me donnât des forces auparavant; mais je ne suis pas plus fort qu'autrefois.

Flossette ne savait que répondre.

— Aussi je vois bien que décidément je ne serai jamais un homme. Je ne le dis pas à maman, parce qu'elle en serait triste; mais je vous le dis à vous. Flossette, quel âge faut-il avoir pour être un homme?

Flossette n'en savait rien, et Henri poursuivit, comme se parlant à lui-même, le front appuyé sur sa petite main amaigrie :

— Albert n'est pas encore un homme; maman dit qu'il ne le sera pas de plusieurs années, et pourtant il est bien plus âgé que moi. Flossette, j'ai bien peur qu'il y en ait pour longtemps, continua l'enfant avec tristesse.

— Pourquoi donc, chéri?

— Si je ne dois mourir que tout juste un peu avant de devenir un homme, il me faudra en-

core attendre très-longtemps, et je crois que
je ne pourrai pas sourire jusqu'au bout. C'est si
difficile quand j'ai bien mal!

— Vous êtes presque toujours de bonne humeur depuis quelque temps, Henri. Et ne
croyez-vous pas que si le Seigneur Jésus vous
ordonne d'attendre, Il vous en donnera la force?

— Mais ne venez-vous pas justement de dire
qu'il vous était impossible d'attendre plus longtemps des nouvelles de Gérald? insista Henri,
comme si l'impatience de Flossette devait excuser la sienne.

— Ah! mais c'était très-mal de ma part, je
vais tâcher de prendre patience.

— Flossette, pourquoi est-ce mal de désirer?...
Vous savez ce que je veux dire.

— Je pense que c'est parce qu'il semble que
nous soyons fatigués de faire ce que le Seigneur
Jésus nous commande. Ne le croyez-vous pas
ainsi?

— Eh bien, je me contenterai de penser
combien ce sera délicieux d'y être plus tard, et
je tâcherai de ne plus souhaiter d'y aller avant
le jour qu'il choisira lui-même pour m'appeler.

— O Henri! vous en savez maintenant

bien plus long que moi sur tout cela, dit tristement Flossette. J'ai été si mal disposée tous ces derniers temps! Et puis, je voudrais bien que vous ne parliez plus de mourir.

— Je n'en parlerais pas si maman était là; mais, Flossette, pourquoi n'en pas parler, puisque enfin il est bien sûr que je mourrai quelque jour? Je pensais aussi que vous seriez contente de savoir que je n'ai plus peur maintenant. Et j'aurais bien tort d'avoir peur, n'est-ce pas, puisque le Seigneur Jésus m'aime, et que je Lui ai demandé, je ne sais combien de fois, de me laver de mes péchés, et de me rendre blanc, blanc comme la neige? Flossette, croyez-vous que ce soit difficile de mourir?

Flossette le regarda toute surprise. Le petit garçon timide n'avait jamais parlé si ouvertement, même avec elle.

— Eh bien! reprit-il, tandis qu'elle hésitait à répondre, je ne pense pas que ce soit difficile, car je me figure que le Seigneur Jésus viendra Lui-même me chercher, et qu'Il m'emportera dans ses bras jusqu'au ciel. Qui sait s'il faut longtemps pour aller au ciel?

— Je n'en sais rien. Je n'y avais jamais songé.

— Moi j'y pense souvent; j'aime beaucoup y penser. Mais je ne m'inquiète pas de savoir si ce sera long, du moment que je serai en sûreté dans ses bras. Peut-être, au contraire, que nous arriverons tout de suite. Oh! que ce sera beau, le ciel!

Flossette caressa tendrement, mais sans prononcer une parole, la petite tête qui s'appuyait sur ses genoux. Elle ne pouvait entendre le petit garçon parler ainsi sans être prête à pleurer, car elle avait appris à l'aimer comme un frère.

Tout à coup, le bruit de grosses gouttes se succédant avec rapidité sur le feuillage qui formait berceau au-dessus de leurs têtes se fit entendre, et, au même instant, le colonel apparut.

— Eh bien! enfants, s'écria-t-il, ne nous avez-vous pas entendus appeler? Vous étiez donc complétement absorbés par la conversation. Regardez un peu quel gros nuage noir là-bas. Il me faut emporter Henri si nous voulons échapper à l'averse. Courez en avant, Flossette. Vous trouverez déjà maman et Hélène dans la voiture.

Les gouttes se multipliaient à chaque instant; mais le colonel hâta le pas, et l'on attei-

gnit bientôt la voiture. Par bonheur, c'était une
calèche qui se fermait au besoin, de sorte qu'ils
purent rentrer sans se mouiller, malgré l'orage
qui éclatait sur leurs têtes.

Flossette fut la première à franchir le seuil,
et Suzanne vint en courant à sa rencontre :

— O Flossette! s'écria-t-elle, figurez-vous
qu'il est arrivé une lettre du Brésil, mais qu'elle
n'est pas pour vous. C'est à papa qu'elle est
adressée, et ce n'est pas l'écriture de M. Hamilton. O ma chère! quel orage! mais je vois que
vous aviez fermé la voiture.

— Je le crois bien, dit le colonel posant
Henri par terre. Suzanne, mon enfant, prends
ton frère par la main, et allez voir avec Anne
s'il n'a pas les pieds mouillés et s'il n'a besoin de
changer de rien. Eh bien, Flossette, qu'avez-vous?
s'écria-t-il en voyant tout à coup la pâleur mor-
telle qui s'était répandue sur le visage de la petite fille.

— Mais qu'y a-t-il donc, ma chère enfant?
répéta-t-il.

Les lèvres de Flossette se refusaient à prononcer une seule parole; mais ses yeux expri-
maient la désolation.

— Elle est prête à s'évanouir, dit madame Marchal. Venez vous asseoir, ma chérie, continua-t-elle en la prenant par la main.

Mais Flossette fit un pas en arrière :

— Non, non, s'écria-t-elle d'une voix entrecoupée. La lettre?... Gérald?

— Maman, le facteur a porté une lettre du Brésil, et je l'ai dit à Flossette, interrompit Suzanne alarmée à la vue de l'effet qu'avaient produit ses paroles. Je ne croyais pas lui faire de la peine.

Ce n'était pas le moment de blâmer Suzanne pour s'être mêlée de ce qui ne la regardait pas.

— Où est cette lettre? demanda vivement le colonel; et, sur la réponse de Suzanne, il conduisit Flossette dans le petit salon où madame Marchal les suivit.

Oui, elle était là, avec son timbre étranger et son écriture inconnue, la lettre venue de si loin. Madame Marchal entoura tendrement de son bras la petite fille dont tout le corps était agité de tremblements convulsifs. Oh! qu'elle les trouvait longues ces minutes durant lesquelles le colonel rompit le cachet, et parcourut les pages qui lui annonçaient le sort de son frère.

— Flossette, ma chère enfant, dit-il en l'attirant à lui — mais, d'un mouvement brusque, elle s'arracha de ses mains, — Gérald a été malade. Un de ses amis me l'écrit; mais il ne faut pas trop vous en tourmenter.

Le visage de Flossette devint alternativement pâle et cramoisi :

— Gérald malade, articula-t-elle avec peine; mais... mais il n'est pas mort?

Les yeux de Flossette demeuraient secs; ceux de madame Marchal s'étaient remplis de larmes de compassion. Le colonel attira de nouveau Flossette dans ses bras; cette fois elle s'y laissa tomber sans faire aucune résistance.

— Mon enfant chérie, dit-il, vous ne devez pas vous affliger ainsi à l'avance des chagrins que Dieu pourrait vous envoyer. Gérald n'était que malade lorsque la lettre a été écrite, et Dieu peut l'avoir guéri à l'heure qu'il est.

— Était-il déjà mieux quand on a écrit?

— Non; mais le mieux vient vite.

Elle regardait la lettre en silence, n'osant demander de plus amples détails; mais sa physionomie disait clairement sa pensée. Le colonel ne savait ce qu'il devait dire ou taire.

— Il a trop travaillé, reprit-il. Le climat l'a
éprouvé tout d'abord; au lieu de se reposer, il a
voulu tenir bon jusqu'au bout, et il a été de plus
en plus mal.

— Et je ne puis pas le soigner! murmura
Flossette plus amèrement que jamais. Je ne
puis rien faire pour lui !

— Ma petite fille peut prier. Flossette, vous
savez quelque chose du pouvoir de la prière.

Mais Flossette se sentait sans force et sans
courage. Son chagrin lui paraissait décidément
trop lourd pour qu'elle pût le porter, du moins
avec patience. Et si Gérald allait mourir! A
cette pensée, une pâleur livide se répandit de
nouveau sur ses traits.

— Qu'y a-t-il, ma chérie? demanda madame
Marchal.

— Ne pouvez-vous pas m'en dire davantage?
supplia Flossette. N'écrira-t-on pas bientôt de
nouveau? Gérald sera-t-il... sera-t-il bientôt...?

— Je ne doute pas qu'une lettre n'arrive
très-prochainement. Et quant à Gérald, Dieu
peut le rétablir très-vite, si telle est sa volonté.

Si!... Ah! c'était contre ce « si » que tout le
cœur de Flossette se révoltait. Perdre Gérald lui

était impossible. Gérald ne devait pas mourir.

— Merci, dit Flossette; et, quittant le salon, elle prit le chemin de sa chambre.

— Laisse-la aller, Édouard, dit Mme Marchal; Flossette sait où trouver le secours et la consolation.

Oui, Flossette le savait, mais elle n'était pas disposée, ce soir-là, à chercher nulle part secours ou consolation. Elle ne voulut parler de son chagrin à personne, pas même à Henri. Peu eût importé si Flossette en avait parlé à son Maître. Mais elle se cramponnait étroitement à sa peine, au lieu de la déposer à ses pieds. Aussi, quoi d'étonnant si, pendant toute cette soirée et les jours qui suivirent, le visage de Flossette ne quitta pas son expression soucieuse, et si la petite fille sentit au fond de son cœur comme si toute la joie de sa vie l'avait abandonnée!

XXII

FLOSSETTE APPREND A ATTENDRE

— Flossette, vous gaspillez votre temps. Je ne puis tolérer une semblable paresse.

Mademoiselle Bartel est très-injuste, pensait Flossette, d'exiger de moi quoi que ce soit. Comme si je pouvais, en ce moment, faire autre chose que gaspiller mon temps! »

La petite fille se livrait à ces réflexions plus ou moins sages, dans l'attitude la plus nonchalante, en face d'un problème qu'elle ne pouvait résoudre, probablement parce que, dès le début, elle s'était mis dans la tête qu'elle ne le résoudrait pas. Du reste, elle ne paraissait avoir aucun désir d'y arriver.

— Je ne puis tolérer une semblable paresse, répéta mademoiselle Bartel. Je n'ai aucune intention de vous faire de la peine; mais vous savez que votre tante désire que vous continuiez régulièrement vos leçons. Et, quelque pénible que vous trouviez de concentrer votre attention, votre désobéissance n'a aucune excuse.

Flossette se contenta de jouer avec son crayon et garda le silence. Elle éprouvait un certain plaisir à se trouver malheureuse, et à penser que mademoiselle Bartel était bien peu charitable de ne pas avoir pour elle une profonde sympathie.

— Je vous accorde encore dix minutes pour finir ce problème, dit-elle ; après quoi nous passerons à l'histoire.

Flossette ne répondit pas davantage, et prit un air offensé! Henri, qui faisait une copie, assis en face d'elle, la regardait de temps en temps, demi-surpris, demi-attristé. Il désirait tant qu'elle achevât vite son problème! Il avait si grand'peur qu'elle fût punie! Il se demandait comment Flossette pouvait oublier qu'elle était la petite servante du Maître, et qu'elle devait sourire au milieu de ses tristesses.

— Les dix minutes sont passées. Avez-vous fini votre problème, Flossette?

—Non, mademoiselle Bartel. Il est si…si long.

16

— Est-ce bien la raison qui vous a empêchée de le finir?

— Non, répondit aussitôt Flossette, qui était droite avant tout.

— Vous reconnaissez donc que vous avez été paresseuse?

— Je ne peux pas faire ce problème, mademoiselle Bartel.

— Flossette, ce « je ne peux pas » est faux. C'est « je ne veux pas » que vous devriez dire.

Flossette garda encore une fois le silence.

— Il faudra que ce problème se fasse pendant la récréation. Allez maintenant chercher votre histoire. Venez, Hélène et Suzanne. Nous en sommes restées, je crois, au second chapitre du règne de Charles IX.

Mademoiselle Bartel se mit à lire à haute voix, s'interrompant fréquemment pour faire des questions. Hélène et Suzanne étaient attentives et répondaient à merveille. Flossette avait l'air de planer dans les espaces, et répondait entre ses dents.

— Qu'avez-vous dit, Flossette? Voulez-vous répéter? je n'ai pas bien entendu. Comment s'appelle le fils de François Ier?

— Henri II, dit Flossette.

— Combien Henri II a-t-il eu de fils?

Silence. Les pensées de Flossette erraient en Amérique.

— Répondez, Suzanne.

— Quatre, dont trois ont régné, mademoiselle Bartel.

— Très-bien. Flossette, vous perdrez toutes vos marques par votre inattention. Quel est l'aîné de ces trois fils?

— François II, dit Hélène.

— Pouvez-vous me dire quel fut le successeur de François II, Flossette?

Flossette regarda mademoiselle Bartel d'un air distrait.

— Quel fut le successeur de François II? répéta-t-elle.

— Oui. Qui fut roi après lui?

— Son fils.

— Flossette, vous ne faites pas la moindre attention. Qu'est-ce que Suzanne vient de dire?

N'ayant rien entendu, Flossette ne pouvait rien répéter.

— François II a-t-il donc laissé des fils? Flossette, je suis sûre que vous savez tout cela.

— Non, dit Flossette en hésitant.

— Eh bien, quel fut son successeur?

— Son frère, dit enfin Flossette.

— Comment l'appelez-vous?

— Henri III.

— Flossette!

— Je veux dire Henri IV, se hâta de reprendre Flossette complétement embrouillée.

— De plus en plus mal. Vous aurez un mauvais point pour votre histoire. Répondez, Hélène.

— Charles IX, dit Hélène.

Mademoiselle Bartel reprit sa lecture pendant quelques minutes :

— Flossette, dites-moi le nom des deux reines dont le livre vient de nous parler.

— Marie de Médicis... non, je veux dire Anne.

Mademoiselle Bartel lui mit la main sur la bouche :

— Flossette, il faut absolument ou vous taire, ou réfléchir avant de parler. Ceci est plus que de l'inattention.

— Catherine de Médicis et Marie Stuart, dit Suzanne répondant à un regard de la maîtresse; car Flossette continuait à garder le silence.

— De qui Marie Stuart fut-elle la femme?

— De François II, dit Hélène.

— De quel pays est sortie Catherine de Médicis, Flossette?

Flossette semblait vouloir lire sa réponse dans les moulures du plafond.

— Assez, dit froidement mademoiselle Bartel, je ne vous ferai plus une seule question, Flossette, car il est évident que vous y mettez de la mauvaise volonté. Allez vous asseoir dans ce coin, et quand nous irons faire notre promenade, vous resterez ici pour achever votre problème.

Flossette n'aurait pas voulu laisser voir combien elle était sensible à la punition; mais, pour elle, perdre sa course quotidienne dans les champs avec Fido, c'était une privation véritable. Elle se dirigea donc fièrement sur le siége indiqué, et s'y tint immobile jusqu'à ce que les leçons fussent terminées.

Ce ne fut que quand la porte eut été refermée sur mademoiselle Bartel et les enfants, que l'orgueil de Flossette se brisa, et qu'elle sentit combien elle avait eu tort et combien elle était malheureuse.

16.

Pourquoi, oh! pourquoi avait-elle agi de la sorte? Pourquoi avait-elle montré tant de paresse et de mauvaise humeur? Elle n'osait plus même s'excuser à ses propres yeux en prétextant son inquiétude. Être triste, passe encore; mais désobéissante, mais irritée, quelle honte!

Ah! c'est que Flossette avait négligé, pendant ces derniers jours, la précieuse habitude de demander sans cesse au Maître cette force toute puissante qu'Il donne en échange de la prière. Elle avait essayé, comme aux jours d'autrefois, de s'avancer seule. Quoi d'étonnant que la petite servante eût glissé le long du chemin?

Flossette se sentait profondément humiliée. Elle se rappelait tout ce qu'à diverses reprises elle avait dit à Henri. Que devait-il maintenant penser d'une telle conduite? Et puis, ce qui était bien plus grave encore, n'avait-elle pas déshonoré le nom de son Maître aux yeux de tous? Et ce Maître Lui-même, ce Maître si plein de tendresse, ne L'avait-elle pas attristé en refusant d'attendre avec patience, en se tenant éloignée, alors qu'Il lui disait de s'appuyer sur son bras?

Les larmes du repentir jaillirent des yeux de

Flossette, et, s'accoudant sur la table en cachant sa tête dans ses mains, elle fit monter vers Dieu une ardente prière pour demander ce secours, cette patience dont elle avait si grand besoin. Continuer à vivre dans cette cruelle incertitude lui semblait impossible. Mais elle savait que son divin Maître pouvait la rendre capable de tout supporter, alors même que — elle osait à peine en entrevoir la possibilité — alors même qu'Il lui reprendrait son frère bien-aimé. Mais ce qu'elle demanda plus ardemment encore, ce fut le pardon de son Maître pour les fautes de cette triste semaine et de cette matinée déplorable. Elle Le supplia de prendre dans ses bras son enfant trop faible et trop désolée pour marcher seule, et de la garder Lui-même du mal dont elle ne savait pas se défendre. Tout à coup ces paroles : « Père, que ma volonté ne se fasse pas, mais la tienne, » lui revinrent à l'esprit. Pouvait-elle, en pensant au sort qui attendait peut-être Gérald, les prononcer en toute sincérité ? Non, non. Elle sentait à cette seule pensée tout son être se révolter encore une fois. Mais du moins je puis prier pour qu'il se rétablisse, murmurait Flossette au mi-

lieu de ses larmes ; je ne pourrais vivre sans
cela, et Dieu nous dit, dans sa Parole, de demander tout ce que nous désirons. Plus ardente
que jamais, la prière s'échappa de son cœur ;
mais, par la force du Maître, elle put ajouter cette
fois la parole de soumission de Jésus lui-même :
« Père, que ma volonté ne se fasse pas, mais la
tienne ! »

Flossette comprenait enfin que la volonté du
Père était infiniment plus sage que la sienne.
Et comment la petite servante aurait-elle prétendu savoir mieux que son Maître ce qui était
bon pour elle et pour Gérald ? Ne pouvait-elle
le confier à l'amour et à la sagesse de Dieu ?

Ce fut ainsi que, dans le silence de la salle
d'études, la petite servante déposa aux pieds de
son Maître le fardeau qu'elle avait si pénible-
ment porté pendant plusieurs semaines. Alors,
tirant de sa poche son « *Pain quotidien* », elle
y lut ce verset marqué pour le jour :

« Celui qui peut vous préserver de toute
chute. »

C'était là tout juste le passage qu'il fallait à
Flossette, et elle sentit son cœur se remplir
d'une force nouvelle. Oui, son Maître *pouvait*

tout ce qu'elle ne pouvait pas. Son Maître pouvait la préserver de toute chute; arrêter sur ses lèvres toute parole de murmure ou de colère; en un mot, rendre sa petite servante telle qu'Il la voulait, à la seule condition qu'elle s'abandonnât entièrement à sa volonté. Flossette sentit que, dès ce jour, ce verset lui serait précieux et qu'elle ne pourrait plus l'oublier; car il lui semblait qu'il fût sorti tout exprès pour elle de la bouche même de son Maître.

La Flossette qui accueillit mademoiselle Bartel était toute différente de la Flossette que mademoiselle Bartel avait laissée dans la salle d'études une heure auparavant. Les humbles excuses de l'élève, et la vue du problème réussi achevèrent de désarmer la maîtresse. Mademoiselle Bartel embrassa tendrement Flossette, l'appela « sa chère enfant », et se hâta de quitter la salle. Elle venait d'apprendre des nouvelles qui lui inspiraient la plus grande compassion pour Flossette.

L'heure du dîner vint bientôt. Le colonel était grave ce soir-là, et considérait avec surprise le changement qui s'était opéré dans la physionomie de Flossette ce matin encore si sombre,

ce soir si calme et si souriante, quoique toujours sérieuse. En la voyant ainsi, il résolut de
ne lui rien dire des nouvelles qu'il avait reçues,
afin de ne pas ajouter une angoisse de plus à
son attente déjà si cruelle.

Flossette n'eut donc aucune nouvelle de ce
frère tant aimé. Elle ne sut rien du nuage qui
s'assombrissait toujours plus et qui menaçait
de fondre sur sa tête. Le paquebot d'Amérique
avait eu cette fois quelques heures d'avance,
et lorsque, le lendemain, qui était le jour ordinaire, Flossette courut au-devant du facteur,
elle ne vit aucune lettre portant le timbre du
Brésil.

Et Flossette soupira, mais elle ne laissa
échapper aucune parole de murmure ou d'impatience. Il était douloureux, pour ceux qui
l'aimaient, de la voir devenir chaque jour plus
silencieuse et plus pâle; mais qu'auraient-ils pu
lui dire?

Ainsi les jours succédaient aux jours, pleins
d'angoisse et de tristesse, sans doute, mais,
non plus comme autrefois, assombris par la
révolte ouverte ou silencieuse. Flossette avait
appris à attendre avec patience.

XXIII

C'était par une délicieuse journée, et les enfants avaient passé l'après-midi entière dans le verger. Les garçons étaient en vacances ce jour-là, par suite d'une indisposition de leur professeur; circonstance qui était loin de les affliger, quel que fût, à cet égard, le sentiment du pauvre homme lui-même. Les filles, de leur côté, avaient aussi eu congé à cause du temps magnifique. L'été serait bientôt passé, disait Anne, et il fallait profiter le mieux possible des derniers beaux jours.

Certes, ce jour-là, le conseil d'Anne n'avait pas été perdu; il était impossible d'avoir mieux profité de l'après-midi. Les jeux s'étaient succédé avec un infatigable entrain. Lucie, comme toujours, était du nombre, et quoique Flossette

eût trouvé tout d'abord pénible de prendre part
à la gaieté générale, elle fut bientôt récompensée
de ses efforts pour s'oublier elle-même, en devenant peu à peu aussi animée qu'aucun de
ses compagnons. Henri seul ne pouvait se
joindre aux jeux; mais il se tenait tranquillement assis sur un banc de mousse où Anne
l'avait placé, et écoutait avec un visage satisfait
et souriant les cris joyeux auxquels·il n'avait
aucune part.

— Faites ce que vous voudrez, vous autres,
mais pour moi je déclare qu'il m'est impossible
de courir une minute de plus, s'écria enfin Hélène, jetant son chapeau sur l'herbe et se jetant
elle-même à côté du chapeau. J'ai si chaud, et
je suis si fatiguée!

— Moi aussi! Moi aussi! répétèrent deux
ou trois autres voix, et, l'instant d'après, on eût
pu voir un certain nombre de petits garçons
et de petites filles coucher de tout leur long
au milieu des grandes herbes.

— Flossette, puis-je venir m'étendre près
de vous? demanda le petit Henri.

— Ne croyez-vous pas que vous ferez mieux
de rester où vous êtes, Henri? Car pour peu

que l'herbe fût humide, tante Élise ne l'aimerait
pas.

— Humide, ma chère Flossette! s'écria Roger. A moins que vous n'ayez vous-même arrosé
le jardin, je ne sais pas d'où l'humidité pourrait venir.

— Je resterai ici, si Flossette le préfère, dit
Henri.

— Et si j'allais plutôt m'asseoir à côté de
vous! dit Flossette, d'un bond quittant sa place
et courant au petit garçon, qui la remercia par
un silencieux baiser.

— Messieurs et mesdames, s'écria tout à
coup Roger, puisque Flossette occupe la place
d'honneur, et que nous sommes tous humble-
ment couchés à ses pieds, prions Sa Majesté de
daigner faire, du haut de son trône, un speech
à nous, ses fidèles sujets, ou, en d'autres
termes, de nous raconter une histoire.

— Oh! non, Roger; cela m'est impossible!

— Impossible! Allons donc! Henri, emploie
ton influence pour la décider.

— Voulez-vous, Flossette? insista timidement
Henri.

— J'ai tellement chaud! voulut prétexter Flossette.

— Écoutez! écoutez! cria Roger. Sa Majesté commence.

— Mais, Roger!...

— Continuez, ma chère : — J'ai tellement chaud, dit la casserole au chaudron, que j'ai peur de me trouver mal. — Pourquoi donc alors restez-vous au feu? demanda le chaudron. — Parce que c'est mon devoir d'attendre que vous veniez prendre ma place, répondit la casserole.

Un rire général accueillit l'improvisation de Roger. Mais Henri ne savait qu'en penser :

— Est-ce là une vraie histoire, Flossette? demanda-t-il.

— Rien autre chose qu'une des plaisanteries habituelles de Roger, dit Flossette en riant. Vous ferez bien de poursuivre, Roger; d'autant plus que je suis la casserole et que vous êtes le chaudron; puisque j'ai tellement chaud ici, votre devoir est de venir prendre ma place.

— Oh! oh! miss Flossette, vous avez la repartie prompte, pour une jeune fille de votre âge. Écoutez maintenant; je propose que quelqu'un de la société récite un morceau de poésie du haut d'un arbre.

— Volontiers, dit Hélène, car il faudra nécessairement que ce soit Albert ou toi.

— Flossette saurait grimper sur quel arbre que ce fût, j'en suis sûr. N'est-ce pas vrai, Flossette?

— Je suis souvent montée sur ce pommier, répondit-elle.

— Vraiment, dit Suzanne. Je ne vous ai jamais vue le faire.

— Non, je n'en ai pas eu le courage depuis le départ de Gérald, dit Flossette en baissant la voix, et puis je deviens trop grande maintenant.

— Oh! montez-y encore une fois, rien que cette fois, insistèrent Suzanne et Lucie. Ce serait si amusant de vous entendre réciter une poésie de là-haut.

Flossette ne voyait aucune difficulté à la chose. Le pommier en question était un vieil arbre au tronc bas et noueux, aux branches couvertes de fruits, et très-facile à escalader. Grimpant lestement de branche en branche, Flossette parvint bientôt au sommet, et, du milieu des rameaux, montra son visage animé par l'exercice et souriant de plaisir. Roger lança en l'air son chapeau, et cria trois fois « Hourra! » de sa voix la plus énergique.

— Et maintenant, Flossette, dites-nous « la Laitière et le Pot au lait ». Je sais que vous avez appris cette fable dernièrement.

— Non, « le Rouet de ma grand'mère », demanda une autre voix.

— Non, non, « les Catacombes de Rome », cria un troisième.

Mais Flossette semblait avoir oublié sa promesse. Les yeux fixés vers l'entrée du verger, dépassant du regard tous les arbres, elle paraissait contempler un spectacle étrange et inattendu. Évidemment il y avait là quelque chose d'extraordinaire. Comment en douter en voyant ses joues en feu et sa respiration haletante?

— Flossette, qu'est-ce donc?

Mais Flossette n'écoutait pas. Elle se tenait debout sur une grosse branche inclinée qui, sans l'aide de ses mains, ne lui aurait fourni qu'un appui assez périlleux. Tout à coup, lâchant le rameau auquel elle se soutenait, elle

poussa un cri, et leva les bras, dans un mouvement de joie soudaine.

— Mais, F ssette, que faites-vous? Flossette, prenez .rde! Vous allez tomber encore
une fois! s'écria Albert bondissant vers elle.

— Oh! non, non! Voici oncle Édouard!
Voici... Oh!

— Flossette, ne soyez pas folle! Tenez-
vous bien, s'écria de nouveau Albert, sautant
à son tour sur le tronc, et du tronc dans les
branches. Papa est-il vraiment de retour? Il
avait dit qu'il ne reviendrait probablement pas
sitôt.

— O Albert! vite, vite, aidez-moi à descendre, s'écria Flossette, se cramponnant à lui
dès qu'il fut arrivé à sa hauteur.

— C'est bien mon intention, puisque je suis
monté exprès; mais enfin, qu'y a-t-il? Avez-
vous peur, ou est-ce que la tête vous tourne?

— Non, non, mais je ne puis pas attendre.
Vite, Albert, ne voyez-vous pas que c'est Gérald?...

En effet, le colonel, accompagné d'un jeune
homme, arrivait au même instant au pied
de l'arbre : — Où est Flossette? demandait

une voix, et, du milieu de l'arbre, répondit un cri de joie si intense, qu'on eût presque dit un cri de douleur.

Albert put croire qu'elle allait se précipiter au bas de l'arbre, et il lui fallut tenir ferme pour l'en empêcher.

— Flossette, au nom du ciel, une minute de patience, et nous y sommes!

— Flossette, ma chérie, doucement, ou tu vas tomber.

Obéissant par instinct à la voix de Gérald, Flossette sentit son impatience se calmer, et Albert put la déposer saine et sauve à terre. Mais elle tremblait au point de ne pas pouvoir se soutenir, et à peine eut-elle fait deux pas, qu'elle tomba dans les bras de Gérald, ouverts pour la recevoir.

— Ma Flossette, ma bien-aimée, tu ne t'attendais pas à me revoir encore?

— Comment l'aurais-je pu? O Gérald! est-ce bien vraiment toi? Gérald, mon Gérald chéri, je ne puis pas le croire. Es-tu de nouveau tout à fait bien? Comment es-tu venu?

— J'ai été envoyé, ma chérie.

— Envoyé. Et par qui? O Gérald! c'est délicieux de t'avoir de nouveau.

— Ma chère enfant, si je n'étais pas revenu,
tu n'aurais déjà plus de frère. Le retour seul
a pu me rendre à la vie.

— Mais je ne comprends pas. As-tu donc été
si malade? Oh! mon pauvre Gérald! est-il possible?

— Ceux qui m'ont embarqué se doutaient
peu qu'il me serait encore permis de revoir
l'Angleterre; aussi peu que je m'attendais à
rencontrer au port le colonel Marchal pour me
recevoir comme un père.

La voix du jeune homme était émue en prononçant ces mots.

— Et tu resteras maintenant? Tu ne t'en
retourneras plus jamais là-bas? Oh! Gérald!
j'ai besoin de m'asseoir sur tes genoux pour
sentir que c'est vraiment toi. Cela me semble
encore impossible. Tu n'es plus du tout malade, n'est-ce pas? Mais je n'aime pas te voir si
pâle et si défait.

— N'importe, Flossette; nous lui ferons vite
prendre bonne mine au milieu de nous, dit
gaiement le colonel. Quel plaisir ce sera de le
soigner!

Gérald secoua la tête : — Je n'ai plus besoin

de soins, dit-il. L'air de la mer a fait pour moi
des merveilles, et l'air natal en fera plus encore.
Flossette ne m'appellerait pas « défait », si elle
m'avait vu il y a six semaines.

— Mais, oncle Édouard, interrompit Flossette, troublée par une pensée soudaine, comment se fait-il? — Je ne comprends pas...
Gérald a dit que... Étiez-vous donc allé à sa
rencontre?

— Et dans quel but pensez-vous que j'étais
parti?

— Pour vos affaires, avait dit tante Élise.

— Eh bien! vous savez maintenant de quelles
affaires il s'agissait aujourd'hui.

— Mais comment aviez-vous pu deviner l'arrivée de Gérald?

— Je n'avais pas voulu vous attrister inutilement, ma petite Flossette, c'est pourquoi je
ne vous avais parlé de rien; mais un jour, j'avais
reçu une lettre disant que Gérald serait embarqué sur le prochain paquebot, comme dernière chance de salut. Mais cette chance était
bien faible, et je tremblais d'avoir à vous rapporter de douloureuses nouvelles, au lieu de
Gérald lui-même.

Pour un moment, Flossette cacha son visage contre le bras de son frère, incapable de supporter la pensée de ce que ce retour aurait pu être.

— Mais maintenant je suppose que le frère et la sœur seront bien aises de pouvoir causer un moment en tête-à-tête avant le dîner, dit le colonel, prenant dans ses bras le petit Henri toujours assis sur son tronc d'arbre. Menez-le dans le bureau, Flossette. Je sais que c'est votre pièce favorite.

Flossette croyait rêver. Elle pouvait à peine croire encore que ce fût bien Gérald, son propre frère, qui marchait à côté d'elle à travers le jardin.

— Oh! que Dieu avait été bon pour elle! Combien Il l'avait bénie mille fois plus qu'elle ne le méritait! Son cœur bondissait de reconnaissance et de joie.

Madame Marchal était sur le perron où elle avait déjà souhaité au jeune homme une cordiale bienvenue. En l'apercevant, Flossette quitta la main de son frère pour se jeter dans les bras de tante Élise.

— O tante! s'écria-t-elle en fondant en

17.

larmes dans l'excès de sa joie, quel bonheur!
Je ne sais comment le dire. Je ne sais comment
remercier Dieu d'avoir ramené mon Gérald.

— Dites-lui cela même, Flossette chérie,
quoiqu'Il le sache déjà, murmura madame Marchal.

Oui, le Maître savait déjà de quelle joie le
cœur de Flossette était rempli, car c'était Lui
qui avait tout conduit pour la rendre heureuse.
Qu'Il était patient et tendre, le Maître de la
petite servante!

XXIV

OMBRES ET LUMIÈRES

— Décidément, Gérald, vas-tu demeurer toujours ici maintenant?

— Demeurer ici, Flossette?

— Oui, dans cette maison, avec moi et eux tous?

— Cette maison ne m'appartient pas, mignonne.

— Mais tu ne vas pas t'en aller et me laisser seule de nouveau? O Gérald! promets-le moi.

À ces mots, Flossette, qui avait repris dans le grand fauteuil sa place de prédilection auprès de son frère, se redressa tout alarmée.

— Je ne songe pas à retourner au Brésil, ma chérie. Ce climat m'a été trop contraire. Je ne pourrais que retomber dans l'état d'où je sors, et je ferais les frais du voyage en pure perte.

D'ailleurs mon départ m'a forcément fait perdre la position que j'occupais.

— Est-ce qu'en général, dans ce pays-là, les Européens sont malades?

— Nullement. Je ne conçois pas pourquoi je m'en suis si mal trouvé.

— Pour moi, j'en suis bien contente. Est-ce mal à moi de penser ainsi, Gérald? Mais enfin, sans cette maladie, tu serais encore là-bas, et je ne t'aurais pas, en ce moment, assis près de moi.

— Oui; mais il me faut renoncer à l'espérance de faire fortune, et d'acheter pour ma Flossette une autre petite maison de campagne qui, cette fois, lui appartienne bien en toute propriété.

— Je ne me soucie pas que tu fasses fortune. Je n'ai besoin ni de maison de campagne, ni de quoi que ce soit au monde, aussi longtemps que je te possède. O Gérald! dis-moi que tu ne songeras plus à tout cela, et que tu me laisseras demeurer avec toi.

— Mais il me faudra habiter un tout petit logement à Londres.

— Cela m'est égal.

— Et puis il me faudra être tout le jour au travail, et toi dans quelque pension modeste, car mes moyens ne me permettront pas de garder Anne. Ce sera pour toi une triste existence. N'aimerais-tu pas mieux continuer à vivre ici?

— Je ne comprends pas que tu puisses seulement me le proposer, dit Flossette avec indignation.

— J'ai peur que tu ne te rendes pas compte de la vie qui t'attend. Et, d'un autre côté, le colonel m'a dit qu'il ne savait pas comment ils pourraient se passer de toi, lui et les siens.

La physionomie de Flossette exprima de nouveau la plus vive alarme :

— Gérald, tu ne veux pas dire?... tu ne songes vraiment pas à me quitter encore?

— Si je consens à m'imposer à moi-même ce sacrifice, ce ne peut être que dans ton intérêt, ma chérie.

— Je t'assure que je pourrais vivre, sans qu'il m'en coûtât rien, dans la maison la plus petite qui ait jamais été bâtie, insista Flossette. Gérald, je t'en prie, ne me refuse pas!

— Et tu voudrais bien être de nouveau ma petite servante?

Flossette garda un instant le silence. Ce mot était devenu pour elle si sacré, qu'elle en avait presque oublié le sens ordinaire. Elle aimait Gérald de toute son âme, avec passion; mais le servir n'était plus désormais la joie dominante de sa vie. Un autre sentiment avait pris dans son cœur la maîtresse place, et Flossette elle-même n'aurait pas désiré qu'il en fût autrement. Gérald vit le changement survenu tout à coup dans sa physionomie :

— Dis-moi le fond de ta pensée, ma chérie, tu n'as jamais eu l'habitude de me rien cacher.

— Gérald, je suis maintenant la petite servante du Seigneur Jésus.

— Et tu penses que tu ne peux pas être la mienne en même temps?

Il parlait ainsi pour l'éprouver. Le visage de Flossette prit une expression plus sérieuse encore.

— Je crois que si, dit-elle, après un instant de réflexion; pourvu que l'autre garde toujours la première place.

Gérald se pencha vers elle, et l'embrassa en silence.

— Cela ne te fait pas de la peine? dit-elle à demi-voix.

— De la peine! ma bien-aimée! C'est pour moi la plus réjouissante des nouvelles. Puisses-tu désormais être sa servante et non la mienne; travailler pour lui et non pour moi; recevoir en récompense son approbation et non la mienne. De la peine! mais ce que tu m'apprends a été le sujet de mes prières depuis des années. Désormais, Flossette, nous servirons ensemble le même Maître, et nous nous servirons l'un l'autre par amour pour Lui.

— Oui, dit Flossette, car je sens que je t'aime plus que jamais. Gérald, je suis si heureuse que tu me comprennes!

Flossette sentait déborder ce soir-là la coupe de son bonheur. Certes le Maître la payait au centuple pour tout ce qu'elle avait souffert.

Ce fut une longue et douce conversation que celle du frère et de la sœur, quoiqu'elle parût bien courte à Flossette. Puis, en l'honneur du retour de son frère, la petite fille fut invitée à dîner avec les grandes personnes, et à s'asseoir auprès de celui qu'elle aimait si tendrement. Elle était donc là, près de lui, ne perdant ni un seul de ses gestes, ni une seule de ses paroles. Qu'il était étrange et délicieux d'entendre résonner de nouveau cette voix chérie après les longs mois de séparation, de cette séparation qui eût pu durer des années. Combien Flossette remerciait maintenant Dieu pour cette maladie qui lui avait coûté tant de larmes, et pour ce long et pénible silence qui se terminait par un bonheur si inespéré!

Après le dîner, la famille entière se réunit dans le grand salon, afin d'y fêter l'arrivée de l'absent.

Les enfants, voire même le petit Henri, eurent la permission de veiller beaucoup plus tard que d'ordinaire. Ce dernier avait été grave et silencieux, depuis le retour de Gérald, et s'était plus que jamais tenu auprès de sa mère. Le récit de quelques-unes des aventures de voyage du jeune homme ramena le sourire sur sa figure douce et pâle; mais il gardait toujours le silence. Tout à coup Flossette traversa le salon et vint s'asseoir à côté du petit garçon dont le visage rayonna aussitôt d'une joie sans mélange.

— Henri, aviez-vous cru que je vous oubliais? demanda Flossette, si doucement que madame Marchal seule put l'entendre.

— Non, Flossette; je vous aime tant!

— Gérald est mon grand frère, mais vous êtes mon petit frère, vous; n'est-ce pas, Henri?

— Et maman ne sera-t-elle pas jalouse? demanda en souriant madame Marchal.

— Oh! non, tu ne pourrais pas l'être, maman, car tu sais bien qu'il n'y a personne qui te ressemble. Mais vois-tu, après toi, Flossette est tout ce que j'aime le mieux, parce que...

Il n'acheva pas sa phrase.

— Pourquoi? mon bijou, demanda madame Marchal. Mais elle ne reçut pas de réponse, et la conversation devint générale. Flossette demeura encore quelque temps auprès du petit garçon, causant avec lui à demi-voix. Gérald s'en aperçut, et fut réjoui de voir que la joie ne rendait pas sa Flossette égoïste, et qu'elles avait encore, au milieu de son bonheur, s'oublier elle-même et penser aux autres. Et quant à Flossette, oh! combien elle fut heureuse, quelques heures plus tard, d'avoir consacré un moment de la soirée à son petit ami.

— Allons, dit enfin le colonel, il est temps que toute cette jeunesse aille dormir, car il se fait tard.

Quelques instants plus tard Anne parut pour emporter Henri; les autres enfants sortirent après avoir dit bonsoir; Flossette demeura là dernière, et se tint auprès de son frère pour sentir encore une fois le bras de celui-ci autour de sa taille, selon la vieille et douce habitude.

— Flossette, sais-tu que tu as grandi? dit-il.

— Vraiment! Tout le monde ici me trouve si petite.

— Ah! çà, Flossette, vous n'imaginez pas, je pense, que nous allons renoncer à vous de bonne grâce? interrompit le colonel. Gérald me paraît avoir la ridicule intention de vous emmener; mais je prévois, moi, que son projet rencontrera ici de sérieuses résistances.

— Flossette décidera, dit Gérald en souriant.

— Flossette! Pas le moins du monde. Elle n'est pas encore fille majeure. Et d'ailleurs, vous me l'avez donnée pour un grand nombre d'années.

— Oh! Gérald, que tu as donc bien fait d'être malade! Quand je pense que tu devais être absent si longtemps!

— Tu aurais eu le loisir de m'oublier.

— Gérald! peux-tu parler ainsi? Mais c'est pour rire, n'est-ce pas?

— Il va sans dire que vous n'avez encore formé aucun plan, reprit le colonel. Il vous faut prendre un repos complet d'un mois, après quoi nous penserons aux affaires.

— J'ai commencé à y réfléchir dès le jour où ma tête a pu supporter la moindre préoccupation, colonel, et je serais bien désappointé si, avant dix jours, je n'avais pas trouvé quelque emploi à Londres.

— Et quelle sorte d'emploi?

— Je serai clerc chez un avoué, faute de mieux.

— Et vous emmèneriez notre Flossette, qui a toujours vécu au grand air, dans quelque étroite rue de Londres, pour s'y étioler faute de soleil et de bonne nourriture!

— Je ferai tout mon possible pour Flossette; mais les mendiants n'ont pas le droit de choisir, dit Gérald d'un air un peu contraint.

— Mille pardons, M. Hamilton, répliqua le colonel avec son demi-sourire un peu ironique; mais ma fille adoptive n'est point une mendiante, non plus que son frère. En tout cas,

vous ne me refuserez pas de regarder toujours
cette maison comme votre quartier général.
Quant à une occupation pour vous, j'espère que
nous pourrons y pourvoir mieux que vous ne
pensez. Du moins, je crois avoir, de par l'affection que nous portons tous à Flossette, le droit
de vous demander de ne rien conclure sans me
consulter.

Gérald allait exprimer au colonel sa reconnaissance, lorsqu'une femme de chambre ouvrit
la porte :

— Mademoiselle Flora voudrait-elle monter
un moment? Monsieur Henri la demande.

— J'y vais, dit Flossette surprise. Gérald,
ajouta-t-elle, je ne te dis pas bonsoir parce que
je vais redescendre tout de suite.

En disant ces mots, elle quitta le salon, et
monta en courant l'escalier qui conduisait à la
petite chambre attenante à celle de madame Marchal, qui était celle de Henri. Le petit
garçon était déjà couché, et sa mère était assise
auprès du lit, sa Bible à la main, car elle venait
de lui lire quelques versets, selon son habitude
de chaque soir. La bougie était posée sur une
table derrière le rideau du lit, et le petit visage

pâle reposait à l'ombre sur l'oreiller; néanmoins Flossette put lire dans les yeux de l'enfant l'impatience avec laquelle il épiait son arrivée.

— Me voici, Henri, que puis-je faire pour vous?

La réponse se fit attendre quelques instants. Henri se contentait de tenir la main de Flossette entre les siennes. Tout à coup madame Marchal crut remarquer quelque chose d'inaccoutumé dans la respiration de l'enfant.

— Te sens-tu tout à fait bien, mon chéri? demanda-t-elle. N'as-tu mal nulle part?

— Non. Maman, j'aimerais voir les étoiles; voudrais-tu soulever le store?

Madame Marchal s'approcha de la fenêtre, et ouvrit les rideaux tout grands; elle aimait, comme son fils, la vue du ciel.

—Flossette chérie! dit l'enfant, de sa voix la plus douce. Maman, je l'aime tant! Je l'aime parce que...

— Parce que quoi, mon bijou?

Il alla cette fois jusqu'au bout de sa pensée :

— Parce qu'elle m'a appris à aimer Jésus.

— Et Jésus aussi aime Henri...

— Oh! beaucoup, beaucoup plus qu'Henri ne l'aime. Flossette!

— Qu'y a-t-il, chéri?

— Je ne sais... Flossette... Maman... — Sa parole devint embarrassée, et madame Marchal frissonna d'épouvante.—Le Maître n'a pas donné beaucoup à faire à son petit serviteur, n'est-ce pas, Flossette? Mais aussi le petit serviteur n'avait pas beaucoup de forces.

— Et un jour, là-haut, vous pourrez faire beaucoup plus pour Lui, n'est-ce pas, Henri? murmura Flossette en indiquant de la main le ciel étoilé.

Le petit garçon sourit : — Oui... je serai plus fort, là-haut. Flossette... non, maman... Ah! oui, je me rappelle ce que je voulais dire... Flossette, vous serez toujours, toujours, la petite fille de maman, n'est-ce pas?

— Toujours... après Gérald. Et je serai toujours votre sœur, Henri.

Il la regarda avec tendresse, mais sans rien ajouter. Flossette demeura quelques instants en silence, debout auprès du lit. Allait-il s'endormir? Pourrait-elle s'échapper et retourner vers Gérald? Cependant elle attendit quelques instants pour être bien sûre que Henri n'avait plus besoin d'elle.

Non, il n'avait plus besoin d'elle en effet. Pour un peu de temps du moins il n'avait plus besoin de personne. Il demeurait immobile, le regard fixé vers la fenêtre qui laissait apercevoir le ciel. Tout à coup Flossette vit madame Marchal se pencher sur lui; puis elle entendit un son étrange. Flossette n'aurait pas pu dire si c'était un cri, si c'était une plainte, mais elle savait une chose, c'est que soudain l'effroi avait rempli son cœur.

— Sonnez, Flossette! Sonnez! qu'on vienne au secours!

Flossette obéit au cri de la mère éperdue, et revint aussitôt près du lit. Les domestiques accoururent à l'appel; mais le messager venu pour emporter le petit Henri avait été plus prompt encore.

A la première alarme, la mère l'avait soulevé dans ses bras; mais il ne la connaissait déjà plus. Encore un gémissement, encore un sourire, comme si le petit serviteur voulait répondre joyeusement à l'appel du Maître, et la petite tête retomba inanimée en arrière.

— Flossette! Il se meurt! Oh! mon Dieu!
Prends-le sans le faire souffrir. Mon Henri!
mon amour!

A peine articulée, la prière fut exaucée. Si
calme, si paisible avait été le dernier moment,
que madame Marchal elle-même le croyait
encore vivant, qu'il avait déjà pris son essor
vers les demeures éternelles.

Mais quand il n'y eut plus de doutes à con-
server, quand la mère comprit que le grand
sacrifice était fait, une force surnaturelle sem-
bla lui être donnée d'en haut. S'agenouillant
auprès du corps sans vie de son dernier-né,
Élise Marchal ne murmura point, ne pleura
pas. Elle savait depuis longtemps qu'un jour
devait venir bientôt, où son bien-aimé lui serait
ravi, et maintenant que l'heure était arrivée,
elle ne savait que rendre grâces à Dieu des souf-
frances qu'Il avait épargnées à son enfant
chéri, et qu'elle avait tant redoutées pour lui.

La douleur et les larmes auraient leur tour
sans doute, mais, à ce premier moment, la
mère éprouvait presque un sentiment de paix
à la pensée que le petit être souffreteux se
reposait pour jamais dans les bras de Jésus.

Et les sanglots de Flossette furent le premier signal de deuil dans cette maison désolée; et la main tremblante de Flossette fut la première à soutenir la pauvre mère; et, dans les jours de tristesse qui suivirent, Flossette fut le consolateur de chacun et de tous.

— C'est inutile, Flossette; nous ne pouvons nous passer de vous.

Ainsi commença brusquement le colonel, un matin qu'il semblait avoir quelque chose d'important à dire. Six semaines avaient passé depuis la mort de Henri, et Gérald était encore à la Maison-Blanche. Personne ne voulait le laisser partir.

Flossette était entrée dans la bibliothèque pour porter une lettre à son oncle. Celui-ci la fit asseoir sur ses genoux, la prit dans ses bras, et l'y retint affectueusement serrée :

— Nous ne pouvons nous passer de vous, ma petite Flossette. Ce serait briser le cœur de tante Élise que de la quitter. Vous êtes devenue à ses yeux comme le legs de notre enfant bien-aimé.

— Mais Gérald?... dit Flossette. Oh! si nous pouvions vivre ici tous ensemble.

18

— Vous ne tenez donc plus autant à vivre seule avec lui?

— Je ne puis souffrir de penser à vous quitter, dit Flossette avec des yeux remplis de larmes.

Le colonel jouait avec le couteau à papier d'ivoire qu'il tenait entre les mains :

— Je désire vous parler sérieusement, comme à une personne raisonnable, Flossette, dit-il enfin. Voilà un mois entier que je m'efforce en vain de faire accepter à Gérald un plan que j'ai très à cœur pour lui. Cependant, je crois qu'à force de raisonnements j'ai réussi à ébranler ses objections. Vous savez qu'il est temps qu'il prenne un parti.

— Oui; et son projet est d'être clerc à Londres, et de louer un tout petit appartement pour lui et pour moi.

— Mais ce n'est pas du tout un bon plan, Flossette. Il aurait beaucoup de travail et peu d'argent; et, quant à vous, vous seriez très-isolée.

— Mais je ne vois pas ce qu'il pourrait faire de mieux. Oh! je vous en prie, ne le laissez pas retourner en Amérique.

— Non, certainement! Mon désir, Flossette, c'est que cette maison soit désormais votre « *home* » et celui de Gérald.

Flossette ouvrit de grands yeux.

— Oh! oncle Édouard, que vous êtes bon, s'écria-t-elle. Ce serait délicieux!

— Cela vous irait donc?

— Oh! plus que je ne peux dire. J'aime tant cette maison, et puis, avoir toujours Gérald avec moi, quel bonheur!

— Écoutez encore, Flossette. Il faut que vous me compreniez bien. Si ma maison devient la vôtre, je désire vous traiter comme je traiterais mon propre fils et ma petite fille. Pour vous, vous continuerez la vie que vous avez menée jusqu'ici au milieu de nous. Quant à Gérald...

— Eh bien? demanda Flossette avec inquiétude.

— Que pensez-vous que nous ferons d'Albert dans quelque temps?

— Vous avez dit, je crois, que vous l'enverriez au collége, et plus tard dans quelque université.

— Oui, et ensuite il se choisira une carrière

au moyen de laquelle il puisse faire son chemin dans le monde. Car les jeunes gens ne
peuvent rester toute leur vie oisivement à la
maison avec leurs pères et leurs mères. Vous
le savez bien. Seulement le *home* demeure toujours pour eux le *home*, c'est-à-dire le foyer paternel où l'on revient chercher repos et affection.

Flossette commençait à comprendre quelque
peu. Sa physionomie était devenue grave.

— Si Gérald poursuit son plan, il ne sera
toute sa vie qu'un pauvre clerc. J'ai de plus
hautes ambitions pour lui. Dieu lui a donné
une intelligence et des aptitudes qu'il serait
grand dommage de ne pas utiliser. Si donc je
puis lui fournir les moyens d'arriver peut-être
à une position élevée, de devenir riche et utile
à ses semblables, vous devriez en être heureuse
et non point fâchée.

— Je ne suis pas fâchée... mais...

— Mon désir est de voir Gérald faire ses
études de droit, afin d'être quelque jour magistrat. Cet avenir lui sourit beaucoup; seulement
il lui faudra, comme vous le devinez, quitter la
maison pour se rendre dans une Faculté, et ne
revenir ici que pour ses vacances.

— Oh! Mais ne pourrais-je pas aller avec lui? implora Flossette.

Cette fois-ci, ce ne fut pas le colonel, mais Gérald lui-même qui répondit. Au son de sa voix, Flossette tressaillit, car elle ne l'avait pas entendu entrer. Il posa sa main sur l'épaule de sa petite sœur :

— Je dois ajouter un mot, dit-il. Écoute-moi un instant, ma chérie. Ce projet que tu proposes, de vivre avec moi à la Faculté, aurait, sous bien des rapports, des inconvénients beaucoup plus graves que tu ne peux l'imaginer. Mais ce n'est pas sous cet aspect que je veux considérer la question. Sais-tu, Flossette, que pour faire de moi un magistrat, il en coûtera beaucoup d'argent?

— Vraiment ? dit Flossette.

— Oui. Et je n'en ai presque point.

Flossette se prit à réfléchir. — Mais alors...

— Tu as deviné juste, dit Gérald, comme elle regardait le colonel. Oui, Flossette, et une pareille générosité...

— A votre tour écoutez-moi, dit le colonel. Si votre frère n'avait pas noblement agi envers moi, il y a un an, Flossette, je ne serais pas

18.

disposé aujourd'hui à l'adopter pour mon fils.

' — Ne parlez pas ainsi. Du moment que j'occupais des biens qui ne m'appartenaient pas, comment aurais-je pu les retenir plus long-temps? Qui que ce soit aurait agi de même.

Flossette les regardait alternativement l'un et l'autre, ne sachant que penser de la situation.

— J'ai encore quelque chose à ajouter, dit Gérald, et il est essentiel que Flossette comprenne bien. Le colonel a la générosité de vouloir se charger de toutes les dépenses que ma nouvelle vie entraînera, afin de me faire arriver à une position tout à fait au-dessus de mes espérances. C'est pour ton avantage aussi bien que pour le mien, ma chérie, sans quoi j'aurais probablement hésité beaucoup plus encore. Et la seule chose qu'il demande ou désire en retour, c'est que nous lui procurions l'occasion de nous rendre un autre service en faisant de sa maison la tienne.

— Dans ce cas, c'est à nous que Flossette rendra service, dit le colonel; car ma pauvre femme s'est attachée à elle plus qu'à aucun autre peut-être de nos enfants. Elle ne peut oublier que les derniers mots de Henri ont été pour Flossette, et que le dernier vœu de notre fils a été que Flossette pût prendre sa place au milieu de nous. Si elle ne peut pas...

— Si Flossette ne peut pas souscrire joyeusement à ce qu'on lui demande, de mon côté je refuse positivement l'offre du colonel. Flossette, mon enfant, comprends-tu? l'un doit aller avec l'autre.

— Je ne voudrais pas en faire une obligation à Flossette, dit le colonel.

— Mais moi je l'entends ainsi, répliqua Gérald avec fermeté.

— Avant de prendre une décision, Flossette, rappelez-vous donc que vous avez à considérer le bonheur de votre frère autant que le vôtre, dit le colonel. N'oubliez pas que la vie qu'il entendait adopter serait pour lui une vie très-pénible.

— Est-il vrai, Gérald?

— Elle ne me semblerait point trop pénible du moment que j'y verrais clairement mon devoir.

— Mais justement votre devoir n'est pas là, dit le colonel. Voyons, Flossette, après tout, le projet qu'on vous propose n'a pas de quoi tant vous désoler. Votre condition ne sera pas pire que celle des neuf dixièmes des sœurs de l'Angleterre. Tous les frères ont plus ou moins à quitter la maison. Et puis, pensez un peu aux longues vacances que vous passerez ensemble!

Flossette était plus grave que jamais, mais elle ne versait point de larmes, ainsi qu'on aurait pu s'y attendre. Nul ne vit combien était pénible le combat qui se livrait en elle, ni combien fut puissant le secours donné d'en haut. Tous trois demeurèrent silencieux pendant quelques minutes. Tout à coup Flossette releva la tête :

— Gérald, dit-elle, je ferai ce que tu croiras bon.

— Chère enfant, à cause de toi surtout, je ne puis que me réjouir des projets du colonel.

— Mais ne regretteras-tu pas un peu de ne m'avoir pas toujours avec toi?

— Ma chérie, je n'ose rien regretter dans un arrangement qui est si avantageux pour toi sous tous les rapports. Et tu dois aussi te réjouir pour moi, Flossette.

— Ainsi tu vas aimer ta vie nouvelle?

— Je puis à peine y croire, tant l'avenir qui

s'ouvre devant moi est inespéré. Mais je n'aurais
pu y consentir si tu ne l'avais accepté de bonne
grâce. Je veux que ma petite Flossette soit un
rayon de soleil, et non point une charge pour
d'aussi excellents amis.

— Flossette ne sera jamais une charge pour
nous, dit le colonel en la prenant dans ses bras,
et lui donnant un véritable baiser paternel.
Ma chère petite fille, Dieu vous a envoyée ici pour
être une bénédiction parmi nous, et je Le remercie du fond de mon cœur de vous donner à
nous une seconde fois.

Ainsi tout fut décidé, et, malgré le deuil ré-
cent, il y eut ce soir-là de la joie dans la maison. Car le départ de Flossette aurait fait à
tous un vide douloureux, et elle-même ne pouvait que sentir combien il lui en eût coûté de
quitter de tels amis.

Ainsi Flossette Hamilton allait continuer au
milieu des siens à servir son Maître. Elle aurait
encore à écouter sa voix, à obéir à ses commandements, à lui demander sa force, à trouver la joie de sa vie dans son approbation.

Mais quant au petit serviteur, il était entré

dans son repos. Il avait suffi au Maître de faire
une courte épreuve de sa patience et de sa foi.
Le petit serviteur ne pouvait que bien peu pour
son Maître; mais il s'était montré obéissant
dans les petites choses qui lui avaient été con-
fiées, et le Maître n'en demandait pas davantage. Il avait reçu l'ordre peut-être de demeurer immobile, portant une petite lumière pour
éclairer autour de lui, et il était demeuré fidèle
au poste, souriant malgré sa faiblesse et sa
fatigue. Mais le Maître avait vu que c'était
trop encore pour l'enfant, de ce léger fardeau,
et, dans sa tendre miséricorde, il avait pris à Lui
son petit serviteur.

FIN.

TABLE DES MATIÈRES

FIN DE LA TABLE DES MATIÈRES.

PARIS. — IMPRIMERIE DE E. MARTINET, RUE MIGNON, 2

LIBRAIRIE

FRANÇAISE & ÉTRANGÈRE

J. BONHOURE ET Cie

ÉDITEURS

LIVRES

DE FONDS ET EN NOMBRE

PARIS

48, RUE DE LILLE, 48

JANVIER 1877

J. BONHOURE ET Cᴵᴱ, ÉDITEURS

48, RUE DE LILLE, A PARIS

LIVRES DE FONDS ET EN NOMBRE

INSTRUCTION RELIGIEUSE

QUESTIONS ECCLÉSIASTIQUES — CONTROVERSE

Anatomie (l') du papisme, par Puaux. 4ᵉ édition. In-12. 1 50

Apocalypse (l') ou Révélation de Jésus-Christ, brièvement expliquée par l'Écriture et par l'Histoire, par Henriquet. In-8° 3 50

Art (l') de donner, par Larnac. In-12 . . . . 1 »

Astronomie (l'), dans ses rapports avec la religion, par de Rougemont. In-12 . . . . 1 »

Au pape Pie IX. Réponse à sa Lettre apostolique à tous les protestants, par C. Pascal. In-12 . . . . » 75

Avenir (l'), ou les grands traits de la prophétie non accomplie. In-12, relié toile. . . . . 1 »

Bible (la) et le libéralisme. In-8° . . . . 1 »

Catéchisme élémentaire, par L. Durand. In-18, cart. » 40

Catéchisme élémentaire pour les enfants de 6 à 11 ans, à l'usage des églises, des écoles et des familles, par S. Bérard, pasteur. In-18 . . . . » 30

Catéchisme évangélique, par Bernard, pasteur. 3ᵉ édition. In-12, cartonné 1 25

Catholicisme romain et Évangile, ou Nouveauté du Catholicisme romain en opposition à l'Antiquité de la doctrine du Christ et des Apôtres. 2ᵉ édition. In-8°. » 30

Chanoine (le) Grassi de Sainte-Marie-Majeure et le tribunal de l'Inquisition. In-12 . . . . » 10

ÉDIFICATION

Discours de M. MOODY, traduits par Mᵐᵉ MASSEBIEAU-
BOISSIER. In-12. . . . .

> Jésus cherche le pécheur . . . . » 20
> Le Brigand sur la croix . . . . » 15
> L'Evangile . . . . » 20
> Le Geôlier de Philippe . . . . » 20
> Comment faut-il étudier la Bible? In-18 . . . . . » 25

Don (le) de Dieu. Allocutions, par THÉODORE MONOD,
pasteur. In-12 . . . . 1 25

Enseigne nous à prier. Culte du matin et du soir pour
chaque jour du mois. In-12. Relié toile 1 50

Esprit (l'} consolateur du malade. In-24 . . . . . . » 40

Epoques et caractères bibliques. Discours religieux,
par A. BOUVIER. In-12 . . . . 3 50

Etoile (l') du matin. Deux passages de l'Ecriture sainte
et une pensée chrétienne pour chaque jour de l'année.
In-24, 2ᵉ éd. avec filets rouges, rel. toile, tr. dor . . 2 »

France la' et le protestantisme. Discours par A. GOUT,
pasteur. In-8ᵒ. . . . . » 30

Grains de froment. 46 avertissements, traduits de l'anglais de RYLE, par S. BÉNARD, pasteur. In-12. . . . . » 25

Heures du matin et Heures du soir. 2 vol. in-24.
Chacun, relié toile . . . . 3 »
—   chagrin. . . . . 6 »

Heures de recueillement, par THOLUCK. Traduit par
SARDINOUX. 2 vol. in-18. . . . . 5 »

Homélies et Sermons, par E BONIFAS. In-12 . . . . . 2 50

Lettres, fragments de sermons. pensées, par LOUIS
MEYER, pasteur 2ᵉ édition. Un fort vol. in-12. . . . . 4 »

Livre (le du soldat. Prières et cantiques pour les mili-
taires et les marins. In-24 . . . . » 30
Le cent . . . . 20 »

Marcher dans la lumière, ou Quelques conseils à ceux
qui sont entrés dans le repos de la foi, par R. PEAR-
SALL SMITH. In-12. . . . . 1 25

Méditations chrétiennes, par F. OLLIER, pasteur à
Lille Quatre séries formant chacune un volume in-12.
Chaque volume se vend séparément. 2 50

Méditations sur le Cantique de Salomon. In-12. . . 1 50

Méditations familières sur quelques passages des saintes Écritures, par A. MAULVAULT. In-12. . . . . . . 1 »

Nos désastres, leur cause et leur remède, par F. PE-LON. pasteur. In-8° . . . . » 30

Printemps (un) spirituel. Assemblées de Broadlands, Oxford, Brighton. Discours de M. et Mᵐᵉ PEARSALL SMITH, MM. THÉOD. MONOD, HENRY VARLEY, BLACKWOOD, lord RADSTOCK. In-12. . . . . 2 »

Recueil de prières pour le culte domestique et privé, les fêtes et solennités chrétiennes, et les différentes circonstances de la vie, par A. GOUT, pasteur. In-12 . 3 »

Sainte (la) Cène. Sa nature et ses grâces, par A. GOUT, pasteur à Paris. In-18. . . . . 1 50

Sainteté (la) par la foi, par R. PEARSALL SMITH. In-12. 1 50

Secret (le) du Seigneur, par ANNA SHIPTON, auteur de *Dis tout à Jésus.* In-18 . . . . 1 75

Sermons, par A. DECOPPET, pasteur à Paris. In-12. . . 3 50

Sermons, par LOUIS MEYER, pasteur. 2ᵉ édition. In-12. 2 50

Soir (le) de la vie, ou pensées pour les vieillards. Traduit de l'anglais par Mˡˡᵉ RILLIET DE CONSTANT. 2ᵉ édition. In-12. . . . . 1 50

Sous la Croix. Consolations recueillies pour ceux qui souffrent. Un vol. in-12 . . . . 1 50

Tout en Jésus, par M. L. In-18 . . . . 2 »

Traités variés. de divers formats, à . . . . » 10
— Le cent assorti . . . . 6 »

Bon (le) Samaritain, par J. DENHAM SMITH
Choix d'Hymnes.
Comment arriver au vrai repos.
Cri (le) de victoire du chrétien, par Mᵐᵉ PEARSALL SMITH.
Cordon (le) écarlate.
Croix (la) du Christ.
Dessein (le) éternel de Dieu.
Dieu est-il en toutes choses? par Mᵐᵉ PEARSALL SMITH.
Doutes, par Mᵐᵉ PEARSALL SMITH.
Éprouvez toutes choses, par M. PEARSALL SMITH.
Exemple (l') de Saint Paul.

1.

PUBLICATIONS RELIGIEUSES ILLUSTRÉES

Albums bibliques. Gravures en chromolithographie, accompagnées du texte. Chaque album, petit in-4° . .   1   »

> *Alphabet biblique.*
> *Histoire de Moïse.*
> *Histoire de Joseph.*
> *Histoire de Ruth.*
> *Histoire de Daniel.*
> *Histoire de l'enfant prodigue.*
> *— Le voyage du chrétien.*

Almanach de l'Ami de la maison. In-f°, illustré . . .   » 10

> *Franco*, par la poste . . . .   » 15

Aux enfants. Douze livraisons, petit in-4° de 16 pages, illustrées de nombreuses et belles gravures. Chacune.   » 10

> Les 12 réunies en un album 1 50
> L'album, cartonné or   2   »

Aux petits. Neuf livraisons, petit in-4° de 16 pages illustrées de nombreuses et belles gravures, cart. or .   1 50

> Chaque livraison séparément. . . . .   » 10

Bon (le) Berger. Quatre séries renfermant chacune huit gravures bibliques coloriées, avec texte et poésies pour la jeunesse. Couverture illust. Chaque série séparée. .   » 40

> Réunies en un volume cartonné 1 60

Cent gravures bibliques coloriées, avec texte.   4   »

Feuilles illustrées, format raisin, à . . . .   » 10

> *Brisez-moi ces liens.*
> *Enfant (l') prodigue.*
> *Éric et les loups.*
> *Forgeron (le) du village et le Messager de paix.*
> *Il soutient le feu.*
> *Lettre (la) de grâce.*
> *Terrible (le) chasseur.*
> *Semeur (le).*

Feuilles illustrées, demi-raisin . . . .   » 50

> *Agneau (l') pris dans les ronces.*
> *Ce que dit Milly a sa jeune maîtresse.*
> *Joseph, le petit remplaçant.*
> *Petit (le) mousse de Saint-Nazaire.*

Grains d'or. Passages bibliques, sur douze cartes en chromolithographie, sous enveloppe en chromo. *Trois séries.* Enveloppes à filets : Ire rouge, IIe vert, IIIe violet. Chacune . . . . 2 »

Ces cartes sont richement illustrées de fleurs et décorations symboliques. Elles peuvent être données aux élèves les plus avancés des Ecoles du dimanche, envoyées dans des lettres comme souvenirs, servir de signets, etc.

Illustrations bibliques. Cartes coloriées en chromolithographie, réunies en séries de douze sous enveloppes également coloriées. Chaque série séparément. 1 50

Animaux (les) de la Bible.
Oiseaux (les) de la Bible.
Vues de la Palestine.
Histoires de la Bible.
Joseph et ses frères.
Histoire de Daniel.
Histoire de la reine Esther.
Dix (les) commandements (en anglais).
Prière (la) du Seigneur (en anglais).

Ouvrier (l') français. Douze livraisons, in-folio, illustrées de grandes et magnifiques gravures. Chacune . . . . » 10

Réunies en un album, couverture glacée, dos toile. . . 1 50

Pain quotidien. Illustré de 365 gravures. Broché . . . 2 »

— Toile : 2 fr. 50. — Toile, tranches dorées. 3 50

Petite Bible en images. 128 gravures in-16. Cart. 1 25

Souffrir. Tableau en chromolithographie, avec paroles ornées de fleurs symboliques . . . . 2 »

Tableaux (50) de l'Ancien Testament. En feuilles. . 2 50

—   —   Cartonné . . 4 »

Tableaux (50) du Nouveau Testament. En feuilles. 2 50

—   —   Cartonné. . 4 »

Les deux réunis, un volume in-folio, cartonné . . 7 50

Trente images bibliques coloriées, pour la jeunesse. Ancien Testament, album oblong cart. Grand in-4. . . 8 »

Nouveau Testament. . . . . 8 »

Vie de Jésus racontée aux enfants. Texte et gravures. 1 50

Vingt-cinq images coloriées. Trois séries. Chaque gravure est accompagnée d'un passage biblique ou d'un verset de cantique. Ces images peuvent être distribuées dans les salles d'asile, Ecoles du dimanche, etc.

Chaque série : Sous enveloppe de couleur. . . . » 60
—   En feuilles . . . . » 50

L'ami de la Maison, journal mensuel illustré pour les familles.

Le Rayon de Soleil, journal mensuel illustré pour les enfants.
Conditions d'abonnement pour chaque journal :

France, Suisse Belgique . . . . 2 fr. »
Union postale, 2 fr. 50. — Autres pays. . . . . 3 fr. »

On s'abonne en envoyant *un mandat sur la poste*, à l'ordre de MM. Boshoure et Cⁱᵉ. — Les abonnements courent toujours du 1ᵉʳ jauvier au 31 décembre. Ils se payent d'avance. On ne reçoit pas de fractions d'abonnement. Chaque numéro se vend séparément 15 *centimes*.

ANNÉES 1874, 1875, 1876.

Chaque année de l'AMI DE LA MAISON et du RAYON DE SOLEIL forme un bel album, couverture glacée. . . . . 1 fr. 50
Le *Rayon de Soleil,* cartonné or. . . . . 2 fi. 50
—   relié toile, tranches dorées . . 3 fr. 50

Chaque album, *franco,* par la poste : 50 centimes en sus des prix ci-dessus.

Chaque livraison des années 1874, 1875 et 1876 des deux publications se vend séparément : 10 centimes ; *franco,* par la poste : 15 centimes.

Avis. — L'année 1874 du *Rayon de Soleil*, *brochée*, est épuisée. On peut se procurer séparément les livraisons 1, 2, 3, 4, 7, 9, 10, 11 et 12.

La livraison 1ʳᵉ de 1875 est également épuisée.

2

HISTOIRE ET BIOGRAPHIES

LECTURES POUR LES FAMILLES.

Abel Grey. Traduit par S. Bérard. In-12 . . . .   1 50

Adrienne, ou Pourquoi? par Mˡˡᵉ Lydia Branchu. In-12.   3 50

Allégories sacrées, par le Rév. W. Adams. Traduit par
  Mˡˡᵉ Pradez. In-18. . . . .   2 50

Amour et Devoir, par Mᵐᵉ Mathilde Grangier. In-12.   3 »

Angèle, par Mᵐᵉ Mathilde Grangier. In-12 . . . .   3 50

Bonheur (le) du peuple, ou les expériences du père
  François. In-18 . . . .   » 60

Calme (le) après l'orage. Nouvelle de Rosamond L.
  Grey, traduite par Mᵐᵉ Dussaud-Roman. In-12. . . . .   2 50

Clara. Souvenirs. In-12 . . . .   1 50

Cléon. Episode de l'Eglise d'Alexandrie au ıııᵉ siècle.   1 »

Deux amis. par Carteret. 2 vol. in-12. . . . .   4 »

Deux (les) sœurs et leurs amis. Traduit par Mˡˡᵉ Lydia
  Branchu. In-12 . . . .   3 »

Drakenstein. Scènes de la vie au sud de l'Afrique, par
  l'auteur des *Légendes d'Alsace.* Traduit par M. Ros-
  sseeuw Saint-Hilaire. In-12. . . . .   4 »

Emilie et Anna, ou quelques conseils aux nouvelles
  mariées, par Mᵐᵉ W. de Coninck. In-12. . . . .   1 50

En Savoie. par Moïe Hornung. In-12 . . . .   3 »

Equipage (l') du Dauphin. Traduit de Hesba Stretton,
  par Mᵐᵉ E. Delauney. In-12. . . . .   2 50

Colporteur (le). Traduit par F. M. In-12. . . . .   2 50

Dix ans en Chine. Souvenirs d'un militaire français, par
  Jules Duforest. In-12. . . . .   2 »

Ferme (la) de Hillside. Traduit par Mᵐᵉ Rémy. In-12. .   2 50

Fleur (une) dans le désert, par Lydie Ausset. In-12. .   2 50

Fleurs des Pampas. Scènes et souvenirs du Désert Ar-
  gentin, par Mᵐᵉ Beck-Bernard. In-12. . . . .   3 »

Georges et sa famille, par l'auteur de *Clara.* In-12.   3 »

Germaine. Récit du Jura, par Mᵐᵉ Matthey-Amiguet.
  In-12 . . . .   3 50

Grotte (la) de Morisaz, par P. Maillard. In-12. . . .   1 75

Glaucia, l'esclave grecque. Scènes du premier siècle à Rome et à Athènes. Traduit par P. N. Maillard, pasteur. In-12 . . . .   2 50

Hors de l'abîme. Histoire de la vie d'une femme. In-12.   3 »

Idée (l') de Jeannette. Nouvelle, par Mlle Lydia Branchu. In-12. . . . .   2 50

In memoriam, par César Pascal. In-12. . . . .   2 50

Instituteur (l') de Saint-Julian, par F. Pelon. In-12.   1 »

Jeunes femmes. Traduit de Miss Alcott, par Mme Rémy. In-12. . . . .   2 50

Jeune (un) ménage. Journal d'une paysanne, par Mme Matthey-Amiguet In-12. . . . .   3 »

Jeune (une) fille à la vieille mode. Traduit de Miss Alcott par Mme Rémy. 2e édition. In-12 . . . .   3 »

Jours de pluie. Nouvelles, par Berthe Vadier. In-12 .   3 »

Journal de voyage. Italie — Egypte — Palestine — Syrie — Grèce, par Léon Paul. In-12. . . . .   1 50

Luttes et travail, par Cycla. In-12. . . . .   2 50

Mademoiselle Mori. Esquisses de la vie romaine. 2 vol. in-12 . . . .   6 »

Madame Fontenoy. Traduit de l'auteur de *Mademoiselle Mori.* par Adrienne Frènes. In-12 . . . .   3 »

Deux ménages. In-12 . . . .   » 25

Ma Femme et Moi, par Mme H. Beecher-Stowe. 1re partie. Un fort vol. in-12. . . . .   3 50

2e partie. In-12. . . . .   2 50

Manoir et Presbytère. Traduit de Carey-Brock, par Mlle Janin. . . . .   3 »

Marcelle, ou les Préludes de la Révolution française, traduit par Mme Arbousse-Bastide. In-12 . . . .   3 50

Marguerite et Violette. Traduit d'Augusta Senga par Mlle Bertha Voruz 2 50

Marie Stelljern. Histoire d'une institutrice, par Anna Sorel. 3 50

Mas (le) d'Azil. Nouvelle historique, traduite par de Chaptal. Précédée d'une carte. In-12. . . . .   3 »

Mon étoile, par Bertie Vadier. In-12 . . . . 3 »

Mon Frère et Moi. Souvenirs de jeunesse, par Mᵐᵉ
Picanon (Henriette Berthoud), accompagnés de poésies
d'Eugène Berthoud. In-12 . . . . 2 »

Mort (la) d'un ouvrier de Paris. In-12 . . . . » 25

Ned, le voleur converti. Traduit de E. Leach, par
Mᵐᵉ Arthur Massé 1 60

Nouvelles soirées chrétiennes. Récits instructifs et
édifiants. In-12 . . . . 2 50

Où trouve-t-on l'amitié? par Mᵐᵉ M. Grangier. In-12. 3 »

Petites Femmes. Traduit de Miss Alcott, par Mᵐᵉ Rémy. 2 50

Portes (les) entr'ouvertes, par E. Stuart Phelps. In-12. 2 25

Petite (ma) maison du coin. Nouvelle, traduite par
Mᵐᵉ A. Dardier. In-12 . . . . 1 50

Poste d'honneur, par l'auteur de la *Vie au Ghetto.* In-12. 3 »

Préjugés et progrès, par Mᵐᵉ Gore. In-12. . . . . . . 2 »

Rose Dalier, par Valentine Aden. In-12. . . . . 1 »

Secret (le) de Silvio, par Mᵐᵉ Abric-Encontre. In-12. 3 »

Serviteurs (les) du Roi des rois. Traduit de Hesba
Stretton, auteur de *Seuls à Londres, la Première
Prière de Marguerite, l'Équipage du Dauphin,* etc.,
par Mᵐᵉ Elisabeth Delauney. In-12. . . . . 3 »

Sœur (la) cadette In-18. . . . . 1 50

Tombes (les) d'Égypte. Nouvelles recherches dans les
nécropoles de Memphis et de Thèbes, par M. A.
Mattiey. In-12. . . . . 2 50

Travail. Traduit de Miss Alcott, par Mᵐᵉ Rémy 3 50

Triomphe (le) de Marie, dédié aux jeunes filles et
aux jeunes femmes. In-12 . . . . 2 50

Tyrannie (la) rose et blanche, par Mᵐᵉ Beecher-Stowe. 3 50

Vacances en Amérique, par Mˡˡᵉ Julie Annevelle. . . 3 50

Veillées (les) à la ferme. Récits populaires sur la littérature française, par Arthur Massé. In-12 . . . . . . 2 »

Veillées (les) en famille. Histoires pour tous, par
Victor Lamy. In-12. . . . . 2 »

Vie (la) au Ghetto, ou le Médecin israélite . . . . 3 »

Vies (les) brisées, par A.-G. Boutelleau. In-12 . . . 2 50

OUVRAGES POUR LES ENFANTS

Achetez une orange, Monsieur! In-18, illustré . 1 »

Anecdotes sur la vie des animaux, par S. M. F.
Illustrées de 18 gravures par H. Weir. 2 vol. in-12
carré. Se vendent séparément, chacun : broché. . . . 2 »

—   Relié en percaline, tranches dorées 3 »

A propos d'une Bible. Récits de la montagne, par P.
Besson . . . . » 30

Autour de la lampe. Nouvelles par Mlle Couriard. 2 50

A travers mers et forêts. Scènes et aventures de
voyages, par Victor Lamy. In-12. . . . . 3 »

Aventures (les) d'un petit chien, par S. M. F. In-12. » 60

Bible (la) de Noël, par P. Besson. In-16. . . . . . . » 15

Boîte (la) chinoise, par Mme E. Delauney. In-12. 1 25

Canot (le) de sauvetage, traduit de H. Ballantyne,
par Mme Le Page. Deux volumes in-12 illustrés. . . . 5 »

Ce que peuvent faire de petites mains. In-18. . » 30

Chants (les) du presbytère. Cantiques, chants et
romances pour l'enfance et la jeunesse, avec accompagnement de piano ou d'harmonium, por Emma Martin-
Hickel. 2 séries in-4°. Chacune 1 50

Christie et son orgue. Traduit par Mme Masson c.
Mlle Tabarié. In-12 . . . . 1 50

Cœur (le) et l'esprit des bêtes. Récits par Mme W.
de Coninck, illustrés de 18 gravures par H. Weir.
In-12 carré, broché . . . . 2 »

—   Relié en percaline, tranches dorées . . . 3 »

Colombe (la) de Noël, par Alice Veil. In-12, avec
musique . . . . » 25

Contes et récits, par Mme de Witt-Guizot. In-12. . . 1 »

Creux (le) des fougères. Traduit d'Hesba Stretton
par Mme L. Massebieau-Boissier. In 12 (épuisé). . . .

Daph, la négresse. Traduit par Mme E. Delauney . 1 75

Enfant (un) de cœur. Imité de l'anglais par Mlle
Marie Tabarié. In-12. . . . . 3 »

Enfants et animaux. Récits par Mᵐᵉ W. DE COSINCK,
   illustrés de 8 gravures hors texte et d'un grand nombre
   de vignettes. In-12 . . . . 2 50
   — Relié en percaline, tranches dorées 3 50
Exilés (les) en Sibérie, par HORN. In-18. . . . . . 1 »
Fables, par G. T. SABATIER. In-12, illustré.. . . . . . . 1 50
Fille (la) de Luther, par LÉON PAUL. In-12 . . . . . » 25
Flossette. Imité de l'anglais, par Mˡˡᵉ MARIE TABARIÉ . 3 »
Frank. Souvenirs d'une vie heureuse, par Mᵐᵉ PEARSALL
   SMITH 3ᵉ édition. In-12, avec portrait. . . . . 2 »
Frantz le poltron, par Mᵐᵉ W. DE COSINCK. In-12 . . » 30
Frère et sœur. Récit de Noël, par ALICE VEIL. In-12. » 25
Gowinda le cornac. Scènes missionnaires. In-12 . . » 20
Henri le petit mousse. In-18. . . . . » 60
Henri Marsden, par A.-E. WARD. In-12 . . . . . . 2 »
Henry et le Génie Savantin. Traduit par Mᵐᵉ LE
   PAGE. In-12. illustré de nombreuses gravures. 2 50
Histoire du petit David, par M. NATHUSIUS In-18 . » 40
Hommes (les) de demain, par Mᵐᵉ NELLY-LIEUTIER.
   In-12, illustré. . . . . 3 »
Jeunes (les) chasseurs de la Nouvelle-Galles.
   Traduit de BALLANTYNE, par Mᵐᵉ LE PAGE. Deux vol. 6 »
Jolie (la) Ida, par Mᵐᵉ W. DE COSINCK. In-12, illustré. 2 »
Josaphat, le Prince indien. Traduit de l'anglais, par
   Mᵐᵉ SOPHIE G... In-12. . . . . 1 »
Journée (la) d'Emilie, par Mˡˡᵉ LOUISE FLEUR. In-12. 2 50
Marie Lothrop. Traduit par J. A. BOST. In-18. . . . » 80
Miroir (le). Cent fables et allégories, traduites libre-
   ment de Mᵐᵉ PROSSER, par F. CHAPUIS. In-18 cart.. . 1 50
Neuf perles dans un écrin, ou Ce qu'il y a de meil-
   leur. Traduit du docteur R. NEWTON, par FARGUES. 1 »
Noël au centre de l'Afrique. — Noël sur un
   glaçon. Récits authentiques, par G. APPIA. In-12 » 25
Noël chez le grand-père. Récits par F. CHAPUIS. In-12 » 25
Noël (le) des orphelins. In-12 . . . . » 25
Orpheline (l') alsacienne. Nouvelle traduite par
   Mᵐᵉ ELISABETH DELAUNEY 1 50

Petit (le) Bûcheron. Histoire de l'ancien temps. 10 jolies gravures In-12. . . . . » 60

Petite (la) Annette. Traduit de Miss Wetherell, par Mme William Monod. In-12 (épuisé). . . . .

Quinze jours à la montagne, par l'auteur de l'Année enfantine. In-8 carré, illustré de 8 planches coloriées, cartonné. 3 fr. — Relié toile, tr. dorées 4 50

Récits de mères et de sœurs, par MMmes L. Branche. de Coninck, E. Delaunay, Dussaud-Roman, Guizot-de Witt, W. Monod, G. Nadal, de Pressensé, B. Raynaud, E. de Saint-André, Marie Tabarié. In-12. . . . 3 »

Récits de Noël, par de Liefde, avec 14 gravures hors texte. Grand in-12 . . . . 2 »
        Riche reliure, tranches dorées. . . . . 4 »

Récits du dimanche, par J.-L. Micheli 2 25

Secret (un), par Miss Yonge. In-12. . . . . 1 50

Secret (un) bien gardé, par F. Maillard. cart. . . 1 »

Sept cousins. Traduit de Miss Alcott, par Mme Rémy. 3 »

Six semaines à Constantinople. In-18 . . . . . . » 60

Tableaux d'enfants. In-18 . . . . » 40

Village (un) dans les sables. In-18 . . . . 1 20

Petite Bibliothèque de l'enfance. Volumes in-12 illustrés, chacun . . . . » 60

    Cartonnés, avec couverture gaufrée, or et noir. . . 1 »

Récits d'une amie des enfants.
Scènes de la vie des enfants.
Les Robinsons historiques, par P. N. Maillard.
Le Petit Créole, par Mme W. de Coninck.
Patriotisme et charité, par V. Lamy.
Lanoni, la colombe des Hurons.

Il paraît un volume le 1er de chaque mois. Les six volumes ci-dessus, les premiers de la collection (Juillet à Décembre 1876), seront adressées *franco*, au prix de 3 »

    L'abonnement pour l'année entière est de. . . . . . 6 »

1er VOLUME DE L'ANNÉE 1877 :

Mère (la) de Marguerite. Nouvelle faisant suite à la *Première Prière de Marguerite.* Traduit par Mme Dussaud-Roman.

OUVRAGES DIVERS

Exercices de calcul pratique et problèmes sur
les nombres décimaux, à l'usage des écoles élémentaires, par Ch. ROGUET.

En vente : 4ᵉ, 5ᵉ et 6ᵉ cahiers, comprenant des exercices et problèmes sur les nombres entiers, les nombres décimaux et le système métrique. Chaque cahier. » 25

Solutions des exercices et problèmes des cahiers 4,
5 et 6, trois cahiers, chacun . . . . » 25

Instruction (l') populaire en Allemagne, en Suisse
et dans les pays Scandinaves, par F. MONNIER, ancien
maître des requêtes au Conseil d'État. In-8°. . . . . . 6 »

Littérature (la) française depuis la formation de la
langue jusqu'à nos jours. Lectures choisies, par le
lieutenant-colonel STAAFF. 3 forts volumes grand in-8°. 25 »

Les mêmes, reliés, plat toile. . . . . 32 »

Tome I... (842-1790),	Cours 1 (842-1715). 3 » Cours 2 (1715-1790). 4 50	7 50
Tome II.. (1790-1869),	Cours 3 (1790-1830). 4 » Cours 4 (1830-1869). 4 50	8 50
Tome III. (vivᵗ en 1870)	Cours 5 (Prosateurs). 4 » Cours 6 (Poètes). . . 5 »	9 »

La disposition en 3 tomes convient à l'usage des Prix
et des Bibliothèques. Dans l'intérêt de l'usage scolaire,
les 6 cours se vendent *séparément.*

Cet important ouvrage a été honoré, après examen
des divers comités d'instruction publique en France et
à l'étranger, des plus hautes recommandations.

**Livret-Guide de l'émigrant, du négociant et du
touriste** dans les États-Unis d'Amérique o. au Canada,
par M. ETOURNEAU. In-18 . . . . 1 »

Mesures (les) préventives pratiquées en Angleterre
pour empêcher les enfants de tomber dans le crime,
par E. ROBIN. In-8° . . . . » 25

Méthode de lecture sur un plan aussi neuf que simple,
par J..., ancien instituteur. In-12, cartonné. . . . . . » 40

ATLAS D'HISTOIRE NATURELLE
Complément à toute Histoire naturelle

*Albums grand in-4, planches coloriées en chromolithographie
couvertures cartonnées en chromo*

I .... **Tableaux géologiques** du monde primitif et du
monde actuel. 24 planches, accompagnées d'un
tableau synoptique et d'un texte explicatif, par
FERDINAND DE HOCHSTETTER, professeur à Vienne. 15   »
   La reliure toile, tr. dorées, se paye en sus . 3   »

II... **Minéralogie.** 22 planches accompagnées d'un
texte, par le Dʳ KURR. *Un Précis de minéralogie*,
comprenant les principes de cette science, la
description des minéraux et des roches, par M. A.
RIVIÈRE (un volume in-8, avec une planche co-
loriée et un grand nombre de figures interca-
lées dans le texte), se vend, avec l'album 22   »
   Le *Précis* seul 3   »

III.. **Végétaux.** 53 planches contenant au-delà de
600 dessins, accompagnés de 74 pages de texte
explicatif, à deux colonnes, par J. GROENLAND, de
la Société botanique de France 22   »
   La reliure demi-chagrin, tranches dorées, se
   paye en sus 5   »

IV.. **Botanique.** Plantes cultivées et plantes vénéneuses 30 planches avec légendes 8   »

V.... **Plantes vénéneuses.** 19 planches accompagnées
d'un texte explicatif, par le Dʳ AHLES 8   »

VI... **Champignons.** 30 planches accompagnées d'un
texte explicatif, par le Dʳ AHLES 8   »

VII. **Mammifères.** 30 planches avec légendes 8   »

VIII **Oiseaux.** 30 planches avec légendes. 8   »

IX.. **Reptiles, Poissons, Mollusques.** 30 planches
avec légendes. 8   »

X.... **Coup d'œil sur l'Histoire naturelle** des cinq
parties du monde. 48 planches accompagnées
d'un texte explicatif, par H. WAGNER 8   »

XI... Scènes de la vie des animaux. 60 planches, exécutées d'après nature et accompagnées d'un texte explicatif . . . . 10 »

La reliure percaline, tranches dorées, des albums IV à X, se paye en sus . . . . 2 »

Nota : *Les planches des albums IV, VII, VIII, IX et X, ont été composées par le docteur G.-H. DE SCHUBERT.*

Les animaux sauvages. Leurs mœurs, la manière de les chasser. 2 albums in-4° oblong; 10 dessins, par J. DELARUE, accompagnés d'un texte. Chaque album colorié avec le plus grand soin et cartonné . . . . . . 5 »

Les animaux domestiques 2 albums in-4° oblong; texte : 1° la Ferme; 2° la Basse-Cour. Chaque album colorié avec le plus grand soin et cartonné . . . . . . 5 »

Les plus beaux oiseaux des deux mondes. 2 albums in-4° oblong. 10 dessins par J. DELARUE; texte par Frédéric VILLOT, secrétaire général des musées nationaux. Chaque album colorié et cartonné . . . . . . 5 »

Petite Histoire naturelle pour les enfants. 96 planches en chromolithographie, contenant au delà de 1,000 dessins, accompagnées de 150 pages de texte. Un joli volume in-12, broché ou en douze livraisons sous bande, ayant chacune une couverture illustrée à deux couleurs. . . . . 3 »

Relié toile . . . . 4 »

Histoire naturelle de Bébé, contenant 12 planches in-4, soigneusement coloriées, avec légendes en trois langues. Cartonné . . . . 3 »

Le Monde animé. 3 albums in-4, illustrés de 18 planches coloriées, représentant les principaux types des races humaines et des diverses classes du règne animal, accompagnés d'un texte.

Chaque album se vend séparément . . . . 2 »

LA PHYSIQUE EN PRATIQUE

Belle collection d'instruments pour démontrer les effets et les causes des principaux phénomènes de la physique, accompagnée d'une notice. Le tout renfermé dans une boîte de 55 centimètres de longueur, 28 de largeur et 17 de profondeur . . . . 40 fr.

ALBUMS POUR LES ENFANTS

Alphabet favori des petits. 8 planches grand in-8, par V. Urrabieta, tirées en chromo ithographie. E égamment cartonné, avec légendes, couv. en chromo. . **2** »

La première leçon. Guide de la mère de famille — Album in-4, illustré de 21 planches dessinées par A. Langon, coloriées avec soin; précédé d'un alphabet et d'historiettes. Elégamment cartonné . . . . **3** »

     Relié en percaline, tranches dorées. . . . . **5** »

Instruction récréative, dédiée aux mères de famille, pour apprendre aux enfants à penser, à parler et à calculer par l'aspect, par M. N. Bousy. Album contenant 36 planches grand in-4 oblong, élégamment cartonné et colorié avec soin; avec légendes. . . . . . . **8** »

     Le même, avec légendes en allemand . . . . **8** »

     Le même, in-8, monté sur onglets, tranches dorées. **10** »

Nouvelle Instruction récréative. Album contenant 30 planches in-4 oblong, soigneusement coloriées, cartonné élégamment; avec texte . . . . **8** »

Récréations instructives (les) sur les animaux, les arts et métiers, l'agriculture, l'industrie, les sciences et autres sujets variés, par Jules Delbrück.

Quatre séries formant chacune un beau volume in-4°, renfermant 200 pages, ou 400 colonnes de texte; 12 grands tableaux synoptiques tirés sur teintes et coloriés, représentant plus de 200 sujets, suivis d'articles explicatifs, et 12 rondes et chansonnettes en musique, avec accompagnement de piano.

Prix de chaque série pouvant s'acquérir séparément :

Brochée, jolie couverture glacée. . . . . **10** »

Reliée en percaline gaufrée, tranches dorées. . . . . . . **13** »

   —   —   rouge, plat et dos en or, tr. dorées. **14** »

Rondes et chansonnettes enfantines des « Récréations instructives, » avec jeux, danses et scènes dialoguées, sur les vieux airs populaires et sur des airs nouveaux. — Musique notée pour les voix d'enfants, avec accompagnement de piano pour les petites mains.

Un beau volume grand in-4, couverture glacée	5	»
— — cartonné, dos en toile	6	»
— — relié toile tr. dorées	7	50

La Science pour le petit monde. 30 planches coloriées, avec légendes en français et en anglais. Cart. 8 »

Le Dévouement filial. Album in-4, en chromolithographie, planches accompagnées d'un texte explicatif, jolie couverture en chromo . . . . 2 »

Pour le petit monde. Album petit in-4°, illustrations d'Oscar Pletsch, texte par S. M. F . . . . 5 »

Aventures de Sancho Pança pendant son gouvernement sur l'île Barataria. Album de 10 planches in-4°, tirées en chromolithographie accompagnées d'un texte.

Cartonné, couverture en chromo.	6	»
Relié en percaline, tranches dorées	7	50

Les Métiers et leurs outils. Bel album grand in-4°, illustré de 24 planches en chromolithographie, représentant les professions les plus importantes et les instruments à leur usage. Un texte très-détaillé fournit toutes les explications propres à intéresser et à instruire la jeunesse. Cartonné, avec couverture en chromo. 8 »

Les occupations utiles pour la jeunesse. Dessin et coloris. Quatre séries élégamment cartonnées . . . . . 12 »
Chaque série contenant 20 planches d'histoire naturelle, dont 10 soigneusement coloriées et 10 en noir, dessinées par J. Delarue, se vend séparément. . . . . 3 »

Le petit coloriste dans son atelier. 12 planches grand in-8, dont 6 tirées en chromolithographie et 6 noires sur lesquelles l'enfant s'exerce à reproduire le coloris du modèle qu'il a sous les yeux ; élégamment cartonné, couverture en chromo . . . . 2 »

Les nouvelles folies enfantines. 8 tableaux vivants coloriés : La Balançoire et la Raquette. — Les Enfants à l'école. — La Musique au village. — La Voiture aux chèvres. — L'Enfant au berceau. — Les Dénicheurs d'oiseaux. — Le Chien et le Rat. — Nos petits Soldats. In-4°. Cartonné.   8   »

Les métiers en action. 8 tableaux vivants coloriés : Le Tailleur de pierre. – Le Cordonnier. — Le Boucher. — Le Boulanger. — Le Menuisier — Le Maréchal-ferrant. — Le Barbier. — Le Jardinier. In-4°. Cartonné   8   »

Scènes émouvantes et paisibles. 8 nouveaux tableaux vivants coloriés : Chasse sur les toits. — Un combat. — Cache-cache. — Jeu de paume. — La rivière aux crocodiles. — Chasse au lion. — Chasse au tigre. — Saltimbanques. In-4°. Cartonné   8   »

Ces trois publications sont pourvues d'un mécanisme ingénieux, appliqué derrière chaque feuille et mettant les tableaux en mouvement. Les sujets et le texte de ces tableaux joignent l'instruction à l'amusement. Chaque tableau est accompagné d'une légende en français, en anglais, en espagnol et en allemand.

Les mêmes, avec texte espagnol. Chacun   9   »

Albums-joujoux. 8 planches en chromolithographie, accompagnées de texte. Chaque album . . . .   » 30

La maman. — Le rouge-gorge. — A la ferme. Historiettes. — Aventures amusantes. — Un dîner chez Messieurs les chiens. — Une soirée chez Messieurs les chats. — Histoire d'un gâteau.

Jeu des constellations. Charmant tableau de 55 centimètres carrés, contenant les constellations avec les dessins de leurs figures symboliques, dans l'ordre qu'elles occupent au firmament, comme sur une carte céleste. Les étoiles colorées, dont la puissance des instruments nouveaux a révélé les nuances exactes, y parlent agréablement aux yeux autant qu'à l'esprit.

Deux dés, un cornet et autres accessoires, complètent le matériel.

Le tableau est disposé de manière à pouvoir être appliqué aux jeux du Loto, de l'Oie, du Voyageur, etc.

Renfermé avec ses accessoires dans une belle et grande boîte . . . . 12 »

    Tableau dans une boîte, accessoires dans une autre. 6 »

La Science par le Jeu Leçons amusantes de Mme Eugénie Liérou. *Cette métho te est composée d'une série de jeux dont le but est de remplir le programme de l'enseignement primaire et de familiariser avec les connaissances élémentaires des principales sciences, en prenant pour auxiliaire de l'intelligence la mémoire des yeux.*

Etude de l'Europe par le jeu des drapeaux. Joli atlas composé d'une carte de l'Europe tirée en chromo, ainsi que les découpures qui l'accompagnent : cocardes nationales et drapeaux des contrées, de quatre éventails, véritables géographies qui réunissent, tout en les divisant au moyen de lames, les connaissances principales des différents pays.

Grand format, reliure en percaline, encoignures et fermoir doré . . . . 10 »

    Le même, cart. papier maroquiné et fermoir doré. 7 »

    Edition des écoles, petit format, carte muette, un seul éventail, couverture imprimée en noir 2 25

Etude de la France : *Jeu des provinces* (Géographie). Etude des grands versants et des divisions de la France : 1° par bassins; 2° par provinces; 3° par départements.

Joli Album, composé d'une carte de la France, entourée de gravures illustrant le texte, et de 38 petites cartes des provinces indiquant dans quel bassin et sur quel versant elles se trouvent.

    Edition des écoles, couverture imprimée en noir . . 1 50

    Cartonnage riche, avec jetons. . . . . 3 »

    Jeu national (Histoire). Edition des écoles 1 50

    Le même, cartonnage riche, avec jetons . . . . . . 3 »

PUBLICATIONS PERIODIQUES

LE LIBÉRATEUR

JOURNAL D'ÉTUDES BIBLIQUES ET D'EXPÉRIENCE CHRÉTIENNE
paraissant le 20 de chaque mois

SOUS LA DIRECTION DE M. THÉODORE MONOD

Prix de l'abonnement :

Pour la France et l'Algérie . . . . 2 fr. 50
— les pays qui font partie de l'Union postale . . . . . . 3 fr. »
— les États Unis d'Amérique. . . . . 3 fr. 50
— les autres pays . . . . 4 fr. »

Les abonnements partent tous du mois de janvier.
Dix abonnements à la même adresse donnent droit à un onzième exemplaire gratuit.

JOURNAL DES MISSIONS

ÉVANGÉLIQUES

paraissant pour le premier dimanche du mois

Pour la France et l'Union postale . . . . 6 fr.
Pour les autres pays. 8 fr.

LE PETIT MESSAGER DES MISSIONS

ÉVANGÉLIQUES

paraissant pour le premier dimanche du mois

Pour la France et l'Union postale. . . . . 2 fr.
Pour les autres pays . . . . 2 fr. 50

LE TÉMOIGNAGE

JOURNAL DE L'ÉGLISE DE LA CONFESSION D'AUGSBOURG
paraissant le samedi

Pour la France et l'Algérie . . . . 8 fr.
— les Instituteurs, évangélistes, colporteurs. . . . . . . 4 fr.
— les pays de l'Union postale. . . . . 9 fr.
— les États-Unis et le Canada . . . . 10 fr.
— les autres pays . . . . 15 fr.

LA LIBRAIRIE FRANÇAISE ET ÉTRAN-
GÈRE fait les abonnements aux journaux et
revues périodiques de la France et de l'Étranger.

Elle fournit sans délai tous les ouvrages
scientifiques, littéraires et autres dont ses corres-
pondants lui adressent la demande.

Elle est en mesure, par ses relations fré-
quentes avec les pays voisins, de procurer en
très peu de temps toutes les publications de
l'Étranger.

Elle reçoit chaque mois un envoi de Londres.

Par ses rapports avec plusieurs imprimeries
importantes de Paris et de la province, elle se
charge de faire exécuter tous les travaux typo-
graphiques de librairie à des conditions excep-
tionnellement avantageuses.

———

Adresser toutes les demandes, par lettres
affranchies, à MM. BONHOURE & Cie, Éditeurs,
48, rue de Lille, à PARIS.

———

Dijon, imp. Darantiere, rue Chabot-Charny.